山河尺素

一位古典知识分子的日常

朱幼棣　翟永存 ——— 著

图书在版编目（CIP）数据

山河尺素：一位古典知识分子的日常 / 朱幼棣, 翟永存著. -- 成都：四川人民出版社, 2017.7
ISBN 978-7-220-10197-7

Ⅰ.①山… Ⅱ.①朱… ②翟… Ⅲ.①书信集－中国－当代 Ⅳ.①I267.5

中国版本图书馆CIP数据核字(2017)第144261号

SHANHE CHISU:YIWEI GUDIAN ZHISHIFENZI DE RICHANG
山河尺素：一位古典知识分子的日常

著　　者	朱幼棣　翟永存
选题策划	后浪出版公司
出版统筹	吴兴元
特约编辑	石儒婧
责任编辑	刘姣娇
装帧制造	墨白空间·张静涵
营销推广	ONEBOOK
出版发行	四川人民出版社（成都槐树街2号）
网　　址	http://www.scpph.com
E-mail	scrmcbs@sina.com
印　　刷	北京京都六环印刷厂
成品尺寸	143毫米×210毫米
印　　张	13.5
字　　数	200千
版　　次	2017年10月第1版
印　　次	2017年10月第1次
书　　号	978-7-220-10197-7
定　　价	45.00元

后浪出版咨询(北京)有限责任公司常年法律顾问：北京大成律师事务所　周天晖 copyright@hinabook.com
未经许可，不得以任何方式复制或抄袭本书部分或全部内容
版权所有，侵权必究

本书若有质量问题，请与本公司图书销售中心联系调换。电话：010-64010019

序 一位古典知识分子的日常

吴晓波

朱幼棣谢世有年了。

当年在新华社时,他是我的同事、前辈、老大哥,是我见过的知识分子中,最有古之名士风采的一位。

一方面,他好古敏思,是位为人厚道、温润如玉的谦谦君子。另一方面,其爱好及学识之博,宛若启蒙运动年代的"大百科全书"学派。

他出身于浙江黄岩的一个书法世家,祖父是位功力深厚的书法家,因而也学得一手极潇洒的毛笔字,每每令人惊艳;他还是一位珠宝鉴赏家,专门写过一本关于宝石的书;他从山东大学的中文系毕业,后到新华社和国务院研究室任职,是一位标准的"文人",早年却做过地质勘探和技术工作,背着笨重的测量仪表跑遍中国河山。

他曾骄傲地说,他所有对中国地理的认识,小半得自古书中,大半得自脚下。在此知行合一之上的,是他中国顶尖级历史地理学者的学识,此类话题之于他,有若书房散步,娓娓道来自如似随手摘取一本掉落在地上的书本。

有一年,他将数篇历史地理散文新作发于我。我读罢十分感慨,便怂恿他结集成册、付梓出版。他由此心动,日月积累,终于成稿,书中照片大多是他亲手之作,经此才知他还是准专业级的摄影家。这一部呕心之作便是后来的《后望书》。

我感慨于他深具古风的学识与人格,说他"生错了年代",因为这样的一位知识分子,在今日看来实在已经罕见。

2015年6月3日,接到他去世的消息时,心头猛然生出生命脆弱的痛感。朋友平时飘零各地,常常数年没有联系,总想着来日方长,大不了老了之后赖在一起,不想竟是诀别。

过去一年多时间里,朱幼棣的夫人翟永存女士整理他们早年间的往来信件,记录了自相识相爱的点滴细节。这"鸿雁传书"的典故,若是放在往昔,也必然成为他"颇具古风"的佐证,而现下则只能作我们纪念他的方式了。

这一份几百页的书稿里,我粗粗统计了一番,共有563处与"书"相关的文字。其中九成以上意指书本之"书",另有348处与"读"相关的文字。读书人,几乎每一天都离不开与读书相关的生活。与之相对的,"想"与"爱"出现得更为频繁,分别有1000多处与455处。

在我看来,这便是一个古典知识分子的日常了,平日读书、钻研学问、进入到第一线调研,在外时思念爱人、以书信寄情。他们熬至深夜一笔笔写出来的大作,是其位于人前、社会性的抱负与理想,而与爱人、家人间低声的细语、传输的文件,则更代表其平日的性情。

似他这般士大夫式的传统知识分子,在现代都市,去世一位便是少一位,除了他们的作品,多读读他们的生平,或是本人,或是亲友的回忆录,俱已成为拉近与之距离的仅有途径。

目录

序　一位古典知识分子的日常 …………… 吴晓波　001

第一卷 …………………………………… 001

第二卷 …………………………………… 081

第三卷 …………………………………… 155

第四卷 …………………………………… 347

附　录：怀念幼棣（文章六篇） …………… 翟永存　397

第一卷

朱先生：

您好。很高兴那天在广州的花园酒店认识您，只是当时您忙着和银行的人聊天，而我忙着和久未见面的您的姐姐晓华聊天，所以没有机会说话。不过，朱大姐一直在和我聊您，看得出，她非常以你这个弟弟为自豪。

在网上读了您的几篇文章后，说实在的，我非常惊讶，甚至觉得有些不可思议。觉得您同时生活在几个世界里似的，至少同时兼有几个身份：一个是怆然怀古、遗世独立的诗人或说作家；一个是从容应对喧哗纷杂世务的国务院司长；同时又是一个清醒纵论天下、忧国忧民的学者。当作家或官或学者，一职足以累身，何以您能身兼数职而游刃有余呢？

读了你的《后望书》的部分章节，读了你谈黄岩方言的文章，还知道你的毛笔字写得非常好……我想，最真实的你，也许是一个传统文人，从容淡定，讷于言敏于行。入则有治国宏略，济世奇才；出则修身养性，棋琴书画，样样精通……

今夜坐在电脑前，写这封信，感觉是很有诗意的。这封信在我是觉得写给一个诗人；窗外风声阵阵，夜色如此静谧。我住在25楼，又是江边，这个季节，几乎夜夜有风声——那是非常繁复绝不单调的天籁之音啊。常常读书累了，端一杯茶，站在窗前，听风声，看远处洛溪桥灯光繁密，心底是一片宁静的幸福……幸福，我想就是心灵的宁静吧。

还是要自我介绍一下。翟永存，曾是河北大学讲师，后来南下广州，先后在《希望》和《南方都市报》做记者编辑。现在是《家庭》杂志的编辑记者。

就聊到这里吧。寄去我的一张照片，读其信，知其人才好。

谨颂冬安。

翟永存敬呈
2006年12月20日

小翟：

你好！

回到北京后一直很忙，要起草总理的一个讲话提纲。其实也只是几千字的东西，但要反复修改，心里也安定不下来。刚刚交上去，又接到了一个活儿，也是领导的一个讲话。有时人不太有兴趣的事情也必须做，还得做好。我总想这就像农民种庄稼，这是解决口粮的问题，饭碗的问题。

在这期间，我又把《后望书》的第八部分写完了，给蓝狮子发过去了。他们也催得急。这本书大约有20万字，就余下最后一个单元了。人们常说"团结一心向前看"，我还老想朝后瞧一瞧。方便时请你再看一看，提些意见。此外，手头还写着几篇决策参考之类的研究文章。有时也觉得很累。

自己写的东西要离工作远一些,因为工作太敏感。我在新华社担任中央组组长时,就没有写过红墙内外一个字,反写了一本关于珠宝的书。现在研究方言也是,亦是为家乡做点事。家乡一个亭子叫我写碑记,我写了如下文字,附在信后。见笑。

常常在心沉意静的时候,想写一些自己愿意写的文字,做一些自己愿意做的事情,看一点自己愿意看的书,也找朋友喝茶和聊天。

姐姐的身体非常不好,我一直很担心。

即颂一切好!

朱幼棣

2006年12月21日

朱先生:

上午出去采访——广州市有一位小姑娘,读高一,雅思分数考了全国第一,去采访她的父母,想为本刊写一篇家教故事。给《家庭》写了许多家教故事稿,结集出了一本书。一直在往家庭教育方向努力,采访了许多教育专家的教子故事,希望明年能再出一本书。虽是做纪实杂志的记者,有自己的专业方向,还是好的。学者型的记者,这是我努力的目标。

下午回到办公室,看到你的来信,非常高兴。

原来是给总理写讲话稿的啊,令我大跌眼镜。红墙里的生活是怎么样的呢?红墙内的人是显赫还是寂寞?是烦恼的时候多还是快乐的时候多?我觉得当官总不如平民更自由更快乐吧。而人生，终极目标应该是快乐和自由吧。

你的生活是怎样的呢？开心不开心？有忧伤有寂寞吗？每天什么时候去上班？回到家做什么？爱好是什么？博通历史，喜欢怀古，想必你是喜欢旅游的吧。我也很喜欢旅游，常想有朝一日不用工作了，就开一个吉普车去旅游，一路走一路给报纸写专栏。也许这只是一个永远无法实现的梦想。

你的古文写得那么漂亮！古文功底如此深厚。唐宋八大家，最爱哪一位呢？喜欢唐诗宋词吗？唐诗里我最喜欢李白的自由豪放、狂放不羁，宋词最喜欢苏轼的飘逸高洁，不染人世的一丝烟火尘滓，像极了超凡脱俗的清逸月光。另外，喜欢李后主的词，自然率真，全不见技巧，是的，喜欢那一份发自肺腑全无掩饰的率真。常在喧嚣的广州，静坐桌前，一灯荧然，在一杯茶香中，细读苏轼的词，有时也反复读"三言二拍"。读后者因为工作需要，杂志的纪实文体，像极了"三言二拍"的小说。

你所喜欢写的文字我想应该是《后望书》，还有散文吧。《后望书》我非常喜欢，能否把你已写的部分发来，先睹为快？这本书应该能成为畅销书。当然，仅书好还不够，还得讲究一点营销策略，要在多家报纸的读书版介绍它才好。

还有，你的经历我也想了解，网上只能知道大概，想听你讲得更仔细些。关于你的一切，都有兴趣知道。

常有机会到北京组稿，去时联系你啊。

祝幸福平安，圣诞快乐。

翟永存
2006年12月21日

附：以下是吴晓波对朱先生的评价

朱幼棣正在给蓝狮子写一本书，名叫《后望书》，刚刚寄到一章，我选了其中的一节给好朋友们先睹为快，因为觉得好。

朱幼棣是我在新华社时的同事，他当过中央新闻组的组长，当年《人民日报》的头版头条老是"新华社记者朱幼棣报道"，他是第一个去南极的记者，比王石早了10多年。他还是孔繁森的报道者。今天的他，在中南海里工作，天天写报告。不过，这都不足以描述出一个完整的朱幼棣，或者说只是朱幼棣的小部分。他是我见过的最有文化气质的传媒人之一，好古敏思，谦谦君子，有名士风，在某种意义上，他生错了时代。30年来，地质队员出身的朱幼棣几乎跑遍了中国所有稍有点名气的大河山川，他居然还专门写过一本关于宝石的书。有一次去浙江安吉，他说我要去某某关，当年岳飞打金兵就是从这里北上的，当地县官无人知晓，后来按他指的方向驱车前往，问当地老农民，果然有这么一个古地方存在。朱幼棣讷言害羞，为人厚道，写得一手毛笔字。这样的人，现在很少了，以后估计也将绝种。

小翟：

你好！

收到了发来的邮件。很高兴。

在红墙里生活也是很寂寞的。我又不想去串门什么的，也不想在外面咋呼什么。忙的时候少，特别是近些年不求上进，也不想"进步"了。我想，一个人当官是没有尽头的，只要对得起自己的良心就行了。忙时就在办公室里睡。平时上班早一点晚一点都可以，去逛逛书店，也逛逛花市。

我有一个图片库，有近万张照片，分省与分国家归类编排的。从1984年作为第一批南极考察队员起，我就是文字兼摄影记者，成了摄影爱好者。这就像地质勘探中的储量积累。每一个省的照片都有。我想以后写文章，或游记什么的，配上张照片，自己看到这些照片时，也会想起当时的情景，会有动笔的兴趣。我偶尔给报纸写的东西都附上张照片。只是现在时间紧，想做的事多，给报纸杂志写得少了。而且离开新华社后，与媒体的联系也少了。

我的兴趣比较多。比如对经济问题、工业产业问题、流通问题、能源问题——石油储备就是我最先提出来的。我在新华社当过10年的工业采访室主编主任。后来文教和科技采访室合并，矛盾闹得大，所以把我调去当主任。领导说，我是作家、全国作协的会员，当然可以当教科文采访室主任。结果他们都不说话了。但真正与文人相处还是不大容易的，文人都是自恃才高。但我感兴趣的还是科技。从80年代开始，就是常委名单的记者。我大概是好学生，注定没有多大魄力和前程。后来又到山西省委，当了两年办公厅副主任。后来回到了北京。反正我又不是山西人。

当作家要出名，作品要引起争论，要有一个圈子互相吹捧。而我们写的东西一引起争论，工作就没法做了，因为你要采访中央领导。1982年《萌芽》开第一次笔会时，我就是北方组组长，但此后，其他刊物叫我去都没法参加了。因此，作为一个作家也是不成功的。

除了处理生活琐事比较差外，我总觉得自己的研究能力比较强，分析经济、政治问题比较准。我也是国家软科学评审委员会的委员。但你提的问题只要一超前，领导可能就不感兴趣，他们往往等出了问题后才注意。今年，我写决策参考、送阅件之类，占了司里总数的近一半，但多数没有引起领导的注意。但处理自己的事情就比较差。就像写小说的人，分析别人来看起来很狡猾，实际上比较笨。

看了你写的，都有些感动。可能我们有许多兴趣比较相同。

下午又要去京西宾馆开国务院人口计划生育会，实际上是"陪会"，坐在那里也没事。只是要住在那里。

祝一切好。

朱幼棣
2006年12月23日

朱先生：

　　来信收到，谢谢。

　　原来在忙着开会啊。

　　前几天在网上查了有关你的资料，看到了媒体对你的报道，也读到了你自己所写的新闻，还有其他文章。读得多了，对您都有点崇拜了呢。这是我自己所始料不及的。

8日那天，黄总和晓华姐约我第二次与你见面，因为一是要加班，二是——不妨实话实说——当时想，和一个当官的能有共同语言吗？还是不去吧。

几天后，偶然想起，出于好奇，在网上搜索你的资料。读到《后望书》的部分章节和《史海钩沉：东晋皇皇大夏国繁华京都变废墟》时，非常吃惊甚至可以说有点震撼。这些人文底蕴深厚、笔触遒劲苍凉的文章，以及文章背后的心神激荡的多情诗人形象，是如此深地打动了我……

在文章里读到过你犯过心脏病，现在怎么样呢？北京的温度很低，多保重啊。

圣诞快乐。

翟永存
2006年12月24日

朱先生：

你好，很高兴收到你的来信。你的历史这么辉煌啊。决策参考是写给国家领导人看的吗？在这么多工作经历中，最有趣的工作是哪一种？最开心的日子是哪一段？

这一万张图片是存在电脑里的吗？该出本图画书才好。

吴晓波介绍你的那段文字写得真是太好了。字数不多，但您的形象呼之欲出。如果你要征婚，刊发这段文字，女人读了十有八九会写信的。信不信？

也应该向你多介绍一点我的生活。从河北师范大学中文系毕业后，分配到邢台师专教书。3年后到上海华东师范大学读助教进修班，此后到河北大学教书。1993年南下广州做记者。在《南方都市报》做过副刊部副主任，现在是《家庭》杂志社的记者编辑。

我的爱好不多，几乎没有任何交际活动。除了上班编稿写稿外，就是回家读书做饭。喜欢你在解读黄岩方言里的一段话，大意是：不用焚香，在潇潇雨夜，静心读《水浒传》，便是人生的奢侈了。记得有一段日子，因为得知葡萄酒美容，就自酿葡萄酒，味道比买的要好多了。常常在读书时，斟一杯红酒。当然，通常是喝茶读书。

能否发来一张你的照片？还有，如果不介意，你的生活也多讲些吧。

还有一事请教。你对当前的经济形势颇有研究，认为广州的房价会不会跌呢？现在买房用来出租，风险大不大？

另，我也在报纸发散文，附上一篇。

及时回信啊，不要让我等得太久。

祝安好。

翟永存
2006年12月26日

小翟：

你好！

收到了电子邮件。今晚回到办公室,本想国务院领导讲话结束,就没事了。后来,说还要根据会议现场讲的话,和原先写的讲稿,写一个内部通报。在宾馆住老是不得安宁,回到办公室还有一点到家的感觉。

我的那篇《回望奉节》[①]是我写得最好的散文之一。当时三峡正在截流,我又不能站出来讲不同的意见,心情很压抑。那天夜不成眠,写了此篇,后来传给《美文》杂志。很快就发出了。

我认为我还做了一些有意义的事,这可能也是"当官"的好处。比如,前两年关于都江堰修杨柳湖大坝电站,报纸上争论很多。都没有解决问题。正好这年9月,我带着十一个部委的有关人员,从西藏到四川,搞世界文化遗产调查。我未到四川,关于大坝报纸就吵开了。在会上,争论激烈。要修的人说,在都江堰看不到大坝,大坝不会影响景观。我说好吧,我们就到坝址看看。在坝址的岷江边,能清楚看到都江堰的鱼嘴。我说,在这里能看到都江堰,怎么修了几十米高的大坝反看不到了。他们无话可说。我们走后,省里领导在会上做出决定,不要争论了,不要再提修水电站的事。这样,在都江堰修大坝的事就暂搁置了。这可能也是当记者和作家做不到的。

我比较喜欢岑参的西部边塞诗。杜甫的诗,其实最好的是在漂流西南时期,在成都、三峡和最后在湖南写的一些诗,而不是"三

[①]《回望奉节》全文收录于朱幼棣先生《后望书》一书中,2016年由北京联合出版公司·后浪出版公司出版。——编者著

吏""三别"。李白的诗很好，也喜欢，但诗人生活实在不好。记得后来白居易去寻找李白的后人，不过几十年，李白的两个女儿都嫁给了农民，感慨不已。白居易是个天生的"名句制造者"。一些乐府写得如何可以有不同评价，但名句之密集，是不容忽视的。他一生都生活得很好。我去年去龙门时，还去对面山上寻访了他的陵墓。

我在一个精神卫生的国际学术会议上，做过一个报告《中国古代文人的精神问题及其调控方法》，过几天发给你。当时卫生部让我去讲话，我想卫生体制改革是个敏感的问题，不太好讲，而对专家们来说，我又不太懂学术。于是就想了一个边缘的题目，充任学术报告，结果大家都觉得很好。

现在，真正谈一些学术、文学或者其他什么问题的人很少。与大学的专业无关，现在在家里看书、买书的人也不多。

你已经知道了，现在想隐瞒什么都不容易，走到哪里都有报道。今年在浙江调查时，后来还看到网上有个照片，自己都吃了一惊。我还喜欢书法、绘画。"文革"时中学毕业后，跟中央美院一个教授学了好几年。但扔下有几十年了。现在偶尔还画几笔。看看现在画家的作品，我觉得将来还应该捡起来。

我祖父是个功力极深的书法家。他是中学国文老师。爷爷教过的一个学生，西安电子科技大学的教授，说朱老先生是国学大家，我认为是没有问题的。爷爷是中学教师，中医也好，还是当地"国医公会"的会长。那一辈人是学问很深的。可惜我当时年少不太懂事。他去世16年了。在他去世后，我才想起，要把他的书法继承下去。

我有一本经常看的书，就是祖父抄的医案。那个小楷功力，当代无人可及。当然，我想达到这个水平，是绝无可能的。但正因为能在灯下读读碑帖，读读古代贤人的笔迹，常常有思想的交流。真正要认识古人，有些地方还得走一走。今年4月到海南，我特地走了西线，到古儋州，到东坡书院。那天一路上大雨，到东坡书院时，天忽然晴了，真有灵意。整个院子里，只有我和陪同我的两个人。我还买了两个东坡字的拓片，真是喜欢极了。不知你去过西樵山没有？记得当时在佛山开一个会，我是悄悄溜出来，坐在摩的后面，一个人跑去的。

我最近在搞一些医药产业问题的调查研究，已经写了七八篇了，有些篇领导还有重要批示，在业内有很大影响。一些医药企业的人，都把我作为"领军人物"。今年4月在海南开了一次会。我想去哪儿，他们都会安排。只是现在时间有些问题。想做的事情太多，忙不过来。

我今年3月去过贵州，过去也去过。今年到毕节等贫困地区，去看了一个土司衙门。

不知你的照片是不是在那里照的，是不是有个湖？

家里的事情，我姐姐都清楚。也许是因为太善良的缘故，落得今天这么一个结果。

匆匆，先说到这里。

祝好！

朱幼棣

2006年12月27日

朱先生：

《回望奉节》真是太漂亮了，它完全可以成为千世传诵的美文。有些文章就有这样的魅力，读完了，你不仅会爱上它，还会因此爱屋及乌，喜欢上写它的人。能写出如此美文的人，当有一颗像大海一样美丽、辽阔、丰富的心灵。

继续讲我的经历。

我是在13年前，离开河北大学来到广州的。先是做打工记者编辑，后来办了调动手续。1997年初，《南方都市报》由周刊改为日报，于是前去应聘。总编说他们只招聘不办调动手续，如果做招聘记者（又称打工记者），非常欢迎。我想，当初花了很大的力气办跨省调动，现在岂能前功尽弃，于是没去。后来给《南方都市报》写了两篇新闻连载，不仅在读者中反响很大，就连报社的同事也都追看我的连载。当时头版的连载是湖南的杀人大案，我的这篇《征婚征来的悲剧》刊在第三版，却远比头版的连载吸引人。总编主动给我打电话说，我们商量一下你调动的事吧。于是，以最快的速度调进《南方日报》，我在它的系列报《南方都市报》做记者，负责写新闻连载。《南都》人才济济，但能写新闻连载的记者只有两个，一个是我，一个是谭智良。后来，我在副刊部任副主任。调入报社这件事，像当初考上大学一样，令我非常开心。因为是凭了自己的能力。

在《都市报》①的日子，是一段值得怀念的充满激情的岁月。

---

① 本书提到的《都市报》均指《南方都市报》。

领导开明任人唯才；同仁都是风华正茂的年轻人，彼此关系融洽。我当时一周编五个版的《城市笔记》，在副刊倡导新闻体散文，后来这种文体风行全国的都市报副刊；另外，在《新闻周刊》《天津日报》《信息时报》《南方都市报》《燕赵都市报》开散文专栏。是小女人散文那种，写得机智幽默，有一些读者喜欢。另外还写纪实稿，是《知音》杂志千字千元的签约作者，也给《华西都市报》写新闻连载。

2000年，因给《家庭》写稿，调入《家庭》杂志社。《家庭》当时是广州工资最高的媒体。杂志社的日子单调多了，日子过得很平淡。不再写散文，只写纪实稿，因为稿费很高（最少是千字千元，我的最高纪录是一篇纪实稿获《家庭》杂志社的两次奖，拿了四万元稿费）。去年给《家庭》写了11篇纪实稿，今年写得少了，也发了8篇。能在《家庭》或《知音》发10篇以上的纪实作者，全国不过几十名。因为稿费高，重赏之下，稿件全涌到这两本杂志了。

写下这些经历，觉得很惭愧，因为根本没办法与你的相比。

你的地址挺吓人的，居然是中南海。会每期给你寄杂志，这样，你会知道我每个月在做什么。还有我的书也给你寄去。不过，写得实在不好。

祝安好。

翟永存
2006年12月27日

朱先生：

你的信我读了很多遍。就这样追寻着你的踪迹，一点点地了解着你，心里的那份敬慕越来越厚重。

《回望奉节》读得我泪落衣襟，不仅为诗一样优美的散文华章，更为一个诗人的孤独——只有真正遥遥领先众生的哲人才配孤独，只有真正伟大的心灵才会领略孤独，因为他超越时代，不被常人所理解；而凡人，平庸的心灵绝不是孤独，充其量只能称作是寂寞无聊。

而你是孤独的。

在喧哗的尘嚣中，在浅薄无知的记者和官员为三峡大坝一个个爆破工程，为古城的灰飞烟灭喝彩时，只有你，"最具文化气质的传媒人"——这是吴晓波的描述——孤独地、伤心地徘徊在千年古城，为它沉入江底的命运痛心不已。

夜泊长江，临风独立，满目风涛，愁绪绵绵；在飘洒的雨丝中走进小巷，寻找诗人的深深浅浅的足迹——我喜欢这时作为诗人的你，还有你的孤独，你的伤感……非常喜欢。

文章中有许多句子我非常喜欢，比如：

"古城墙有时就像好文章一样值得卒读。""滚滚江水创造了一个无情的字眼：淘汰。"

"刘禹锡毕竟是诗人——在那个时代，做官与做人没有矛盾，做官与作诗没有矛盾，都可以做到尽兴和本色。"

"托孤，这是最高领导的更迭，是一种政治体制顽强而无奈的选择。主公兵败病危，嗣子年幼，更兼无能。众兄弟众将官垂首环立，神色黯然。一个朝代到了这个份儿上，不是一个人或几个人所能挽救的，国家自然无法'永安'了。"

"也曾风起云涌，也曾轰轰烈烈，也曾沧海桑田——可这一切终究要告别。江风猎猎，梳理着思绪，他意识到，千百年后，真正能够留与人世的，不是所谓的'政绩工程'或'形象工程'，甚至也不是什么'口碑'，而只是几页薄薄的诗笺。"

想更多地读一些你的文章，先去书店看看可否找到，如找不到，再请你寄吧。

我去过都江堰，当时是参加《华西都市报》的笔会。真要感谢你，否则多了一个大坝，还成什么风景。我也在网上看到媒体报道你对医改的批评。

的确，你跟多数作家诗人不一样，心襟宽广，且有济世之才；但也与当官的大相径庭，学识渊博，胸怀天下，官场上的你，更像是一个真正的学者。你既不属于文坛也不属于官场。"现在真正能写诗的官员兼作家已经很少了"，但你是个例外。

那张照片是在贵州开笔会时拍的，那条河就是花溪。花溪，真是我所能想到的最美丽的河的名字了。

在网上查不到你的照片，还是想请你发来一张照片。上次见面，全没有印象似的。

你的身体还好吗？能自己照顾好自己吗？晚饭怎么吃？会做饭吗？

请多保重。

翟永存
2006年12月27日

小翟：

你好！

邮件都收到了。很高兴。

昨天事情刚刚完。忙了近两个星期。其实花了也就是三四天时间，但老安不下心来。领导讲完话，任何写的都是领导的，与你无关。这样心态就很平静了。上午我因此就到西单图书大厦逛了两个多小时，11点才到办公室，打开电脑。在图书大厦乱窜，也感到心情很舒畅。记得苏东坡说过，好的风景不是属于哪一个人的，只要你有空余的时间，还要有欣赏的能力和水平（大意）。在图书大厦里走走，就有一种好书都属于你的感觉。

你的纪实写得很好，什么时候寄给我学习学习。

大约在1987年，我写过一篇《中国吉卜赛部落》，是记述南疆的一个"要饭村"会说"法语"的部落的。《萌芽》50年经典文集里选了。在我的纪实类东西中，拿得出手的也就是这一篇。那一天采访，是在路上拦了一辆大卡车，到那个村子里去的。这个村一贫如洗。这个部落是一百多年前从帕米尔高原翻过，在叶尔羌河边定居下来的，主要是流浪要饭为生。

北京的天气已经很冷了，昨天又来了寒流，更冷。

刚写到这里，华北制药的老总来了，上次给他们写了关于丁醇燃料的送阅件，引起了中央的重视。发改委要他们来京汇报，中午又约我吃饭，问我怎么跟发改委说。搞得事情很多。他们的材料写得还是不行，刚清静点，又乱哄哄上了。

明天要去河南开一个会，大约两天后回。先说到这里吧。有一张两年前在西藏照的，那是格日寺，海拔已经有4300多米的样子,当时照了好多照片。后来还去了圣湖纳木错,那正是藏历羊年。纳木错的海拔已近5000米了,还过了唐古拉山口。

祝一切好。

朱幼棣
2006年12月29日

小翟:

你好!

那天,他们送来会议材料,我一看第二天上午只有两个人做报告,便赶紧写一点提纲。来时他们说只要随便讲点什么都可以,我还以为是座谈性质的。一看,还要正式讲话,有几百人参加会议。还是什么中国医药发展与展望论坛。胡扯肯定是不行。忙到了12点多。昨天下午回来,北京又下大雪,郑州小雪,在机场等了八九个小时,飞机上了又下。直到深夜才回来。今天到办公室看看,还有些什么事情。没有今年就打发了。

你很能写啊,而且一定写得很好。现在很能写的人已经很少了,而真正能靠写作生活的人更少。新华社也没有几个。都是拿点材料抄一抄,如果没有人家提供的材料,大部分记者都干不成了。在其他单位也是如此,真正喜欢读书、写作的人已经很少了。这与学哪个专业无关,问题是有没有兴趣。记得少时看到邮局门口,坐着一个代写书信的老头,放着笔墨纸,觉得有些可怜,但也有些尊敬。至少毛笔写得不错啊。

我平时事情较多。现在一些官员的形象确实不好。世风日下。我的社会来往不多。进了红墙后，来往更少了。现在能说说话的人也很少，除了有时跟女儿聊一聊。还有，办企业或者做生意的浙江老乡聚一聚。做生意或办企业的老乡，总体上说比官场的要好些。聊天喝茶时也不用作假，不用装模作样的。

现在的房价，按购买力来评价，已经超过美国的房价。但现在还没有缓解的趋势。根本的症结问题，是中国不让城市居民买农村的房子，不让农民的房子进入流通市场，城里人不能到农村买房子。这是一个十分奇怪的逻辑。农村可以卖地，只有几万元一亩——当然只能卖给政府，政府再转手以高价卖给开发商，从中渔利；可是几十万元的农民住宅却不让卖。这哪里是保护农民的利益？如果老两口能卖掉二十万元钱的房子，宁愿与儿子住在一起，养老钱也有了。有一次我与一个房地产老板说起农村住宅进入市场，他说你千万别给总理出这个主意，这个主意一出，我开发的别墅就没人要了。只有农村的住宅资源是无限的，将来城市也有可能向周边农村扩散。纽约过去一千多万人口，现已减少到700万，芝加哥最多时500万人，现市内已经减少到300万。中国的政策都涉及部门的利益，现在不管挂牌拍卖土地，还是增加二手房转卖的税收，最终都不能抑制房价，而是把价格转移到购买者身上。

说了半天，忧国忧民也没有用。

一年又过去了，还是加紧写《后望书》的最后一节吧。

即颂一切好新年好！

朱幼棣
2006年12月31日

朱先生：

我是用word文档给你写信的，写完了信箱发送时，发现你的信到了，看来我们在同时给对方写信，这真让我非常开心。有了你的信，2006年这最后一天，是过得非常快乐了。

以下是我刚写好的信，附在这里。

给你写信和读你的来信成了我生活中的最快乐最重要的事，所以要多写信来啊。

晚餐有人给做吗？总不能天天在外边吃饭，家常便饭才有利于身体健康。

北京下雪了，天气很冷吧。你要多保重。

我已经多年没见过雪了。如果有机会，在一个下雪的夜晚，一边喝茶一边听你的故事，该是一件很美好的事。

寄去的照片不知收到否，请妥善保存。那张年轻的照片和印在书上的照片，都是我进《家庭》前的形象。那时的我单纯善良，脸上一片天真。因为教了8年书（现在很怀念教书的日子），到了广州做记者也一直顺风顺水，到了都市报，也是海阔凭鱼跃，自由快乐。进了《家庭》后，发现这个单位不同于《南都》，人际关系复杂。我是个非常简单、没有城府、没有心机的人，应付复杂的人际关系不是我的特长。

虽然有种种不如意，但仍非常感谢生活。觉得自己比较幸运，爱好能与工作一致。在我们周围，有多少人辛辛苦苦做一份自己并不喜欢的工作，只是迫于生计，只是为了生存。而我，谋生能与爱好相结合，记者编辑不仅是我喜欢的工作，还能让我丰衣足食，供姐姐和哥哥的孩子读大学，还能给父母买房子。我是个对亲人非常负责，对父母很孝的人。一个人，如果对父母都不好，你不能想象他还能对谁好。

对待感情我一直很严肃。这么多年来一直单身，可能因为交际太少，而且抱了宁缺毋滥的态度。不会唱歌，不会跳舞，不去泡酒吧，也不喜欢和朋友一起打球——对任何体育活动都不太喜欢。最喜欢的便是一个人安静在家。对着菜谱做饭也是件很快乐的事。阳光暖暖地照进房间，靠在床上看书，再煮一杯咖啡，真是非常享受。喜欢一句诗："枕上诗书闲处好，门前风景雨来佳。"我有一个不错的咖啡机，煮出来的咖啡比速溶的好多了，再来广州时，可以请你喝咖啡。

读的书很杂，除了文学，还喜欢哲学、美学、历史。一本冯友兰的《中国哲学简史》读了不知多少遍。我的哲学知识远超过一个哲学专业的本科生。就是散文，也喜欢那种哲理性强的，如周国平的散文。王小波的散文也很好，以最为感性的语言写最深刻的哲理，读起来轻松快乐。张中行的《顺生论》我很喜欢。

新的一年，祝朱先生万事如意。

翟永存
2006年12月31日

小翟：

新年好！

今天无事，写了点关于人口迁移的。灰蒙蒙的天，从窗口望出去，是中南海高高低低的白色的屋顶，还有树梢与寒鸦。

余秋雨的散文不错，但细看有一些问题，就是酸。历史上有一些人与事是不能妄评，不能随便轻薄地议论上几句的，像他在写岳阳楼的那篇文章中，轻率地议论，很败兴。范仲淹首先是政治家与军事家，而不是文人，是西夏眼中的有雄兵百万的"小范老子"，高山仰止啊。这些年来，我西北走得比较多。虽然是南方人，但我还是倾心于壮美的西北。觉得对自己的性格、思想与写作都有影响。当然，随着母亲年纪老了，现在回得更多的还是浙江老家。随信发给你前几年写的一篇关于曾铣的散文。当时我正在山西省委任副秘书长，不像个做官的吧。春节将近，夜里，我独自一个人在招待所的房间里写的。曾铣也是黄岩人，后蒙难。在西北有战功。这篇稿子记述了几次到陕北寻访与思考的经过。有时思考太多，总有磨难似的感觉。但写出以后，还是略舒胸中抑郁之气。

对周国平的散文，开始时也觉得很好。我接连买了六七本。后来综合起来一看，有相似雷同的感觉，觉得新意有些少。哲学我一向认为有很深奥的学问，你有很深的研究，不容易啊。有时觉得古人很智慧，一些小故事、小品，就很有学问，很有哲理。

一片皆白，雪花还在飞舞，不多写了。2006年就要告别了，告别是为了再见。

朱幼棣

2006年12月31日

朱先生：

我没有想到，出身浙江的你如此倾心于西北的壮美。看你的形象温柔敦厚，但你的文章包括这篇却是雄伟壮美，气势恢宏。写到这里，突然明白了你为何最喜欢边塞诗。

我以前也很喜欢余秋雨，但几年后的今天重读，却觉得寡淡、浅薄。周国平的文章倒是一直喜欢。

重读了来往的信件，我对自己的热情也感到十分惊讶甚至有点不可思议。于是心里有点发虚。以你的人生阅历和智慧，你一定在心里笑我的幼稚甚至弱智吧。在我的心中，你是高山仰止。

新年的第一天，坐在书房里写这封信，心绪有点不宁。在反复思考一件事，帮我分析一下，该怎么做。

2002到2004年，有两年的时间，我在中山大学读现代文学专业的硕士课程进修班。当时的想法是，杂志的发行量在下跌，如果有一天倒闭了，最好还能重回大学教书，所以去读硕士学位。后来考过了硕士学位的所有课程，包括很难的全国统考的文综（我们班四十人，只有两人考过），只差英语了，考过英语就能拿到学位。

我是1985年大学毕业的，那个年代，毕业生英语都不太好。去年花了功夫，英语考了五十三分，只差七分没考过。今年是否再学英语再考，有点举棋不定。现在进大学当老师，硕士学位已经太低，得有博士学位；如果不能去学校当老师，硕士学位也没什么用；但放弃，又心不甘。整整两年，几乎所有的星期天全到中大读书，非常辛苦。记得有一次，在回家的公共汽车上睡着了，到了终点站，一位大娘对我喊："姑娘，醒醒，该下车了。"而且外语也花了很多精力才学到这个水平；当然，如果不放弃，再努力半年，也可能还是考不过。事实上为这个学位已耽误了许多稿费。左思右想，不能决定。

来和你商量这些琐事，看来是把你当兄长了。

"过去的总会过去，开始的总要来临"，这是你的新年贺语，我很喜欢。

祝新年好心情。

翟永存
2007年1月1日

小翟：

你好！

收到了邮件，很高兴。关于考研究生的事，既然已经考了多数课程，就差一门英语了，还是应该去考一下。虽然以后不一定有用，主要也是为了回想起来不留遗憾。在人生的每一个要紧处，只要奋斗过，也就足够了。你说呢？

我想起大学毕业那年，我30多了，也报考过研究生。是孙昌熙教授要我考的。也是英语分不够。录取时孙教授刚好去海南开会，不在，如果他坚持一下，我可能就上了，最后在大学教书了。孙教授的眼睛不好，想让我帮他整理论文。我只是想不留遗憾。记得走向考场的时候，正对着太阳，觉得有些残酷。

现在凡是上学和没上过学的，都成了研究生。在研究室里，我的学历是最低的。人家问我，什么学历，我说是硕士前。1993年初我就评上了高级记者，那时评一个正高，还真有些难，但对我评委们都没有异议。而今职称也没用了，这是我进研究室上当的地方。不比国务院发展研究中心，研究室是国务院办事机构，公务员序列，而不是事业单位。工资上就要比走职称低好多。但想想，如果不出来，现在可能都下岗了，我过去工作的矿山，下游是个大水库，污染问题迫使矿山关了门，五部矿区资源大学地质教科书中就有，是个中型矿。前几天，几个老乡在北京聚聚，一个在内蒙古搞矿的，他见我对矿山很专业，说，给我当技术顾问吧。我说，那技术都是30年前的，现在还有什么用。他说现在采矿也差不多，技术还可能没你懂得多。

我们这一代人差的也是外语，虽然在学校的考试还可以。中学时读的是俄语，上大学才学英语。在学校中，一心写小说的，考试成绩大都不好。但我的考试成绩一直很好，没有一门低于90分的。论文与研究也好。当时就发表了10来篇小说，还在《文学评论》上发表过论文，毕业论文也得了"五四奖"。我们两个班100个学生，只有4个名额进新华社，其他新闻单位一个都没有。当时新华社派人来学校挑人，被他们挑上了。而现在找工作，关系是第一位的。像你这么有勇气一个人跑到南方，凭自己的本事去闯，还挺勤奋地写稿，真是佩服。

写稿也是，不可能都是自己喜欢写的。有的也是为了工作，或者为了稿费。虽然人的需求并不多，但没有钱也不行，喝茶吃饭的钱总得有，心里才能踏实。有钱不一定有尊严，但没有钱的生活一定不会有尊严。一个人走时可以挤公共汽车或骑自行车，但大家在一起时都要别人买单不行。那时一个星期写一个中篇，一天一个短篇都干过。现在，因为眼睛不好，夜里已经不太写了。

你也得注意身体，未来还长。写东西很伤神，也伤身体。因为靠写稿挣钱，实在不太容易，这像手艺活，很辛苦啊。下面附上一篇我过去写的《行走与写作》，这篇也是为了稿费，当时应《写作》杂志之约。不好写，就变成了随想式的文字，一节一节的了。

只看到你一张在花溪的照片，其他照片没有。还发过其他的吗？

拉拉扯扯地说了不少。先说到这里吧。祝一切好。

朱幼棣

2007年1月2日

朱先生：

的确，写稿伤神，有时甚至是一件比较痛苦的事。纪实稿只是用来换稿费的，创作乐趣不大。不能编故事，语言也不能太个性化，否则就不像新闻纪实。特稿考量作者的，主要是综合能力，比如新闻敏感、采访能力、是否会讲故事等。叙述故事要生动，人物形象要呼之欲出，语言要流畅，情感要充沛。

还是要再学英语，争取考过，即使考不过，你说得很好，只要奋斗过，不留遗憾，就足够了。以前在河北大学教书时，有一段日子，常跟着研究生去听一个老师讲《庄子》。记得一次停电，在教室里点着蜡烛上课。窗外北风呼啸，雪花飘飘。讲的是庄子的生死观。摇晃的烛光中，老师凝望夜色沉沉，神情迷茫。还听过一个老先生讲《楚辞》，每周到他家里上课，老教授一头白发，穿着黑色中式棉袄（在河北大学校园里，穿中式棉袄的大都是国宝级的人物）唱起《楚辞》,音调悠扬,非常好听。那时听完了研究生的大部分课程,却不知道去拿个学位,后来为此非常遗憾。

  你的经历这么丰富啊。那本珠宝的书,应该与矿山生活有关吧。你应该是七七级或七八级的吧。当时在大学读书时,觉得七七级、七八级的学生非常有才气。八〇级的学生,就普通了。

  那几张照片,不是通过网上发的,是随杂志一起寄过去的。大约你上班后应该可以收到。

  信中所附的《行走与写作》,有很多乱码,再发一遍给我。读了部分没有乱码的地方,觉得写得非常好。

  祝新的一年,万事顺心。

翟永存
2007年1月3日

小翟:

  你好!

  原来过节在那里写稿啊。

  我是七八级的。1977年也考上了,当时报考的还是数学专业。后来因为父亲"右派"还没有平反,体检了也没上成,真是难过透了。1978年春天去山东福山铜矿技术科对口学习3个月。回来时报名已经结束了。那天傍晚大雨,我坐在办公室里流泪。技术员老黄回来看见,问我。他说跟区招办的人认识。那个矿山,离小镇还有20里路。那天晚上下着大雨,老黄冒雨到镇上,给我要了张报名表。可矿里一直不让我下山复习功课,要我参加专案组做记录。直到考试前4天,才准了假,才下山回到县城的家里。我当时一个人做着几个人的工作。参加高考后,就没有退路了,技术科进了一个描图员,矿部办公室从矿厂调了一个写材料的,工会安排了一个放电影和宣传的。而这三个工作原先都是我一个人做的。当时我想,不管什么学校,就是考上师专也得离开。

我妹妹晓青是七七级,当时她在黄河故道的农场里种苹果,在江苏考上大学的,她读的是化学系。去年10月,我到美国时,她来芝加哥接我。在她家住了3个晚上。她现在密歇根大学。每天,都聊到深夜12点多。回忆童年和少年时代,感慨不已。她说,她当时也是学校的最高分进去的。安娜堡的夜,下了去年第一场雪。我的姐姐与弟弟则在江西考上,他们当时都在建设兵团。家里还有个小妹,就留下照顾父母了。

对一个人、一个家庭的了解,莫过于家乡。因为人们不但知道你的为人,还知道你的亲戚朋友,上溯到你的几代先祖。前些年,黄岩修复了瑞岩寺,作为浙江省几个与日本等国有交流的重点寺院之一。后来他们让我题大雄宝殿。县上的同志说,我们也可花钱请书法家或名人题,但这不是花钱的事。因为人们天天要在大殿里进香,题这个字的人不能让人家有议论。我做的,也就是不想让人家有议论。我和孩子的母亲,10多年没有话可说,分居了多年。我还想凑合着算了。后来她提出来离婚,我还说,你再想想吧,她不肯,就办了手续。人不能老想做生意,当老板,哪有什么话可说的?那些大大小小的女老板是什么样子?我到美国告诉妹妹离婚的事时，心情还不好。她说好事好事，你以后老了可以到我这里来住住。

在网上看了你写的一些纪实文章。不错，很有可读性。有一个建议，写某些纪实还是用笔名较好。记得80年代我给《青年文学》写了个中篇报告文学《理性与情感》。可后来中青社出书时，收了三篇报告文学，用的书名是《人工大流产》。这是《青年文学》杂志社的马未都编辑写的，他用了笔名瘦马，他妈是一家医院的妇产科主任，有一些专业知识和故事。可是我见到一些熟人，就不断问起，你怎么写《人工大流产》啊，严重影响了"名声"，弄得我很不好意思，要解释一番，说这一篇不是我写的。在10多年前，我还与弟弟写过一本书，当时起名为《当代私营经济史》，后来出版社为了发行，改成《中国大陆新富豪》，还删去了七八万字。出版社倒是赚钱了，书上了地摊，封面花里胡哨的，很俗，印了几十万册，后来出版社连版样都卖了钱。我们的稿费很少，可书也拿不出手了。惭愧得很。作者有时很无助，是个弱势群体。怎么把自己写的东西炒得很畅销，这是个本领。我这方面的本领就很不济。

现在，打开电脑，都要看看有没有你的信。

先说到这里吧。

祝一切好。

朱幼棣
2007年1月4日

朱先生：

来信收到，读完后觉得非常亲切，觉得正在了解现实生活中的你。

很喜欢读你的经历。原来考大学还这么费周折。那样的深山深处，那样下雨的傍晚，那样坐在办公室垂泪的你，还有那个侠义的老黄，都让我感动。在矿山待了几年？工作辛苦，生活也很艰苦吧。

很想知道你在南极的经历。吴晓波好像说你也去过北极，是真的去过，还是他的笔误？

你们家姐妹兄弟都很出色啊。晓华姐的口才也很好，聊起你来，滔滔不绝，且讲得绘声绘色，听得我十分神往。

照片收到了吗？现在的我是半老徐娘了，可当年在河北大学时，却是公认的大学里最漂亮的女教师。不过，现在同事们仍开玩笑说我是杂志社的形象大使。还有一个女编辑，很漂亮。不过那种美比较妖冶，化很浓的妆，穿很招摇的衣服。每次开作者笔会时，男作者都会围着她，女作者却更喜欢和我聊天，她们喜欢我"温文尔雅""一身正气"。这是作者的评论，可不是我自吹的啊。

很喜欢和你在信中聊天。喜欢把苦恼和快乐全告诉你，喜欢遇到犹豫不决的事时，听一听你的忠告。你的信口吻像兄长一样亲切，文字也好，像茶一样平实而有韵味。每天都在网上查几次信箱，只为了看看有没有你的信。

斯文·赫定的游记写得这么漂亮，有机会要找来读一读。

祝一切安好。

翟永存
2007年1月4日

小翟：

你好！

来信收到了。

岁月过得匆匆，流水一般。北京元旦那天还下雪，天很冷。现在雪还未化尽。窗外的屋顶一片片的白，如同陕北高原的起伏不平的雪野。只有几丛光秃树梢从屋后冒了出来。那幢楼原是李岚清副总理的办公室，现在换了一个主人。那次李副总理叫我去写讲稿，谈怎样在稿件中写进他想说的话，即如何当好市长，说了两个多小时。这一切还如同在眼前——人事的更迭也与岁月一样快啊。

收到了寄来的照片。好靓啊。附上两张照片，一张是1987年在新疆交河故城拍的，我起名为《交河的情人》。后来我两次去时，都没有找到原来拍摄的地方——这是我的一个发现，当时在那间破屋下的灶台上，我还从沙中找到了半截蜡烛，是最后一个逃离交河的人家留下的？独自一人在交河故城中徘徊，感受岁月和历史，体味人生，至今记忆犹新。现在交河游人如织，风化毁损严重，早已旧貌不存。另一幅是从我的办公室望出去的景色，树上经常有乌鸦或喜鹊。

这两天，我想赶紧把《后望书》赶完交稿，手头要做的事情太多，访美归来，还有三篇关于美国高等教育调查报告还未完稿。先要摆脱几件工作，心里的压力也少些。否则老是不能集中精力。1月18日可能要去海南开会，会议主办方催我写一个论文提纲，是关于竞争情报的，我至今还未弄明白如何动手写。看看到时能不能请出假来多待一两天。

你的散文写得不错，读起来也比较轻松。有些需要仔细看。

星期天还要值班。

祝一切好！愿你生活得愉快！

朱幼棣
2007年1月5日

朱先生：

一大早想写这封信，但作者在网上不停地发稿件来，不停地问选题。每天都得开着QQ，这几乎成了生活方式。现在与作者联系，不再用电邮，而是用即时通讯。就是说，他报选题或发稿件来，我都能与他在网上立刻"面对面"地交流，告诉他这个选题值不值得做，这个稿子我是否要编，还是否需要他改，如何改等。这就是我工作的主要内容。还有，很多时候，要替作者去找选题；等接到稿子后，如果题材不错写得不好，还要替他重写。编辑要替作者服务，如此才能拿到好稿件，才能完成工作。如果组来的稿子不好，发不出来，杂志社有规定，连续3个月发不出稿，就会被炒鱿鱼；而且发稿少了，奖金也会少很多。压力是有，但是，总起来说，现在做这份工作已经游刃有余。每月也只是上半月比较忙，下半月就很轻松了，可以去别的城市出差组稿。

如果去海南开会时，有时间在广州停留一两天，那就太好了。我去机场接你好吗（得老实承认，开车技术不佳）；再请你到家喝咖啡；如果再有时间，如果阳光灿烂，坐在公园的草地上，听一听你的故事，也是一件很美好的事。

散文除了写那种没什么主题、很轻松好读的外，也写一些严肃的，比如开过很长一段女权主义专栏。评论家、中山大学教授艾晓明，有一次在《羊城晚报》发评论时，谈到广州的女性作家，还把我列了上去。当时喜出望外。因为，觉得自己只是个文学爱好者而已，根本称不上是作家。

你的《后望书》写完了没有？发过来先睹为快。想认真读两遍，也许真的能给你提点意见。

以前写过诗吗？你的散文跳跃性很大，我想你应该写过诗。

你的工作那么忙，要写的东西那么多，一定也很伤神的。那张中南海的照片非常美丽。坐在办公室里，面对窗外如此美景，笔下一定有灵气的。交河的照片也拍得富有诗情画意。

北京很冷。多保重啊。

祝好。

翟永存
2007年1月6日

小翟：

你好。回来后看了你写的散文，觉得好，形成了自己的特色与风格。一是写得流畅平实，又不拖泥带水的，很生活。二是机智与幽默，每一篇中都有几处，给人以意外之感。三是观察生活细，有细节。这也许就是文章的眼。使人发出会心的笑，比较耐读。我想，让我写写不出来。

继忠给我一本2005年散文学会编、花城出版社出的散文选。翻过后，觉得多数没法看。能看下去的不足四分之一。张承志的每一篇质量都不错，看得出来打磨过，思想与思维方式上的偏颇也就可以忽略，至少文字是很认真。特别是一些名人，水平委实令人失望。这也许是当前文学走入窄路、与读者离得越来越远的原因之一。有些文字写出来要放几天，想一想，有空拿出来看看，是否可做些修改。就像广东煲汤，得有时间与文火。但有时催稿就没办法了，"墨未浓时书已成"，自然写不成好字。章诒和近来又出了本《伶人往事》。她的文章一些人很生气，当初就想禁《往事并不如烟》。写得从容不迫，一看就是"大户人家"，也与出身教养有关。

小题就应当小写。记得余秋雨说什么他母亲搬到上海后，不甚适应环境是"两种文化的冲突"。我在余姚住过几天，特地去寻访河姆渡遗址，问瓷上林湖，还在陋巷中找到了王阳明的故居。那天雪下得好大，飞飞扬扬。其实，小城穷巷中隐藏着多少深厚的文化与思想？那是前年，我在中央党校，找了个选题，回老家去调查，特地跑到余姚。王阳明故居后进院子里的蜡梅，淡淡地在雪中开着，真香。上林湖是最早的青瓷窑址，比景德镇还早几百年,每一片碎瓷都给人许多想象。

我还去了几家工厂,有一家兼并了上海的红星电器厂。这厂家还做空调,出口欧洲。欧洲不喜欢把空调挂在窗外面,怕影响建筑外观,空调多为移动式,冬天收藏进地下室。他们根据法国、意大利、西班牙等国建筑物不同的窗户式样,同时做固定窗户的物件。他们生产的冰箱国内无名,出口量挺大的。这有中西文化冲突吗?当然,余秋雨有些是写得不错的,但有的就像做菜放多了油似的,显得腻。如果困难时期吃不上饭时还好,而现在大家恨不得都去吃野菜,纯天然原生态什么的,自然觉得油多了有些不对。还有一些女作家,年轻时写得清新可看,后来变成了妇女,写得格调也不高,最后来成了"事儿妈",什么都往上堆,像《大浴女》《玫瑰门》之类。还有,那本散文集中《生命是用来挥霍的》,用80后的语言,有话不好好说,装嫩,很悲哀啊。像韩寒,话很冲,有时还脱口"他妈的",但年轻的敏感,像嘲笑"梨花体",打得很准啊。——可能我说得有些刻薄,妄评而已。有时看出人家的不足,自己当力戒之。在书法中,手俗是很忌的。黄庭坚书法上一辈子都在"抖擞"沾染的"俗气",我们哪有这种勇气与追求。

在广州时,继忠让我给他的散文提意见,我看后说可以写一些黄岩方言进去,这种做出来的东西地道一些。河埠头就不同于码头,镬灶就与灶台有别,"映阶草色"实则是"檐阶"或"沿阶"——您是大学国文老师,我只是胡说而已。把老家方言中一些古汉语提炼出来,自然会有一点唐风宋韵,当然这需要花点功夫。

记得前几年新闻研究所办班,给人家讲课,其他人都讲新闻写作,经济科技报道编辑什么的,我说你们要我讲什么都可以,没人讲的选题由我来讲。那些学员来自全国各地，问题提得也很怪，我当时在山西任职，赶回来讲课。比如说卫慧、棉棉的作品，金庸的小说，有的书十几分钟就翻完了，大致的印象评价也不会错。敏感的话题不说，言其他，如卫慧文字比棉棉好一些，后者连基本训练都欠缺。我不说身体写作，就说也有用头发蘸墨汁写毛笔字的，那叫书法么？

我每天早起，临一个小时帖，有时也抄一些诗词，觉得神气清爽。过节亦然。只在3号下午出去与朋友喝茶聊天。也分辨不出"肥硕的香"与"清秀的香"，更觉不出"香得清脆""韵致上的大方与开阔"。那茶还是我从继忠办公室冰箱里拿来的铁观音。我觉得自己还是有些粗，这也与当过矿工有关，有时生活的印记难以磨灭。

说到这里，祝一切好！等你来信。18日去海南，要等到了那边再看看，是否接什么领导的讲稿，如果没有，当想法来广州。

朱幼棣
2007年1月7日

朱先生：

谢谢表扬，真的让我非常开心。既然你说我的散文好，那一定是好了。

有点可惜的是，现在不写散文了。好在写纪实稿也是件有意义的事，老百姓爱读。我们杂志发行量有三百万册，想想有那么多读者，也觉得值得写。

我不喜欢所谓的精英文学，这可能与经历有关。在报社做了那么多年，报纸的副刊自然是办给市民看的。《南方都市报》之所以能"一纸风行"，也是因了它的平民立场，做老百姓喜欢看的新闻，敢把戴安娜死亡的事做头版头条；而某些媒体，是为当官的服务的，全是当官的行踪，没有老百姓关心的政治新闻。

当时我所编的都市报副刊《城市笔记》，专发市民散文。所谓市民散文，有两层含义。第一，文章的作者几乎全是市民，他们有的是打工仔，有的是白领，甚至还有泥瓦工、搬家公司的工人。第二，内容是反映市民生活的。这些文章原汁原味地呈现了都市生活的各个侧面，反映底层百姓谋生的酸甜苦辣，有的还像新闻一样，提供了可资借鉴的信息，比如讲述火车站上演的各种骗局，能给读者以有益的警醒。这些散文大多是记事的，叙述节奏比较快；语言生动活泼，讲究原汁原味。我把这种反映都市生活、记事的新体散文，称为新闻体散文。

记得当时我在竞岗演讲中说，旧的传统散文，那种追求意境，那种一朵花就要描绘千言的文章，那种节奏极慢的农业社会的散文，随着都市化的来临，已被市民所抛弃，代之的是市民散文，是这种言之有物、叙述节奏较快被称为新闻体散文的新散文。大家一起来努力倡导它，相信我们的副刊会因此在中国文学史上留下痕迹，就像当年《新青年》的同仁一起倡导白话散文而永垂青史一样。现在看来，当时的年少轻狂并非全无根据，因为，不久，这种新闻体散文便在全国的都市报副刊上开始风靡，《广州日报》出了副刊《身边》，《燕赵都市报》的副刊甚至直接就叫《笔记》。一点也不吹牛，新体散文的兴起，《南方都市报》副刊功不可没。

这个话题，好像可以写篇论文。

你姐夫黄总的散文我也看过，文笔还是不错的。

章诒和的《往事并不如烟》是我非常喜欢的一本书。近来还读了《亮剑》，也很不错。另外，周大新的小说我一直很喜欢，毕飞宇的《玉米》值得一读。易中天的书读来也有趣。我喜欢那种轻松有趣的书。至于80后作家的书，根本不去看。那样的年纪，能洞悉人性吗？能写出好作品吗？你的批评一点也不苛刻。

去了海南再定是否来广州。如果有领导的讲话要写，当然是误不得的。总有机会见面的，也还是需要见面的，虽然想到见你，不免有点紧张，有点难为情，但老是纸上谈……兵也不行吧。

每天早晨临帖一小时，这么优雅的生活啊。在如此喧哗的北京，你恐怕是唯一的雅士了。写毛笔字能使人心静，书法家和画家全是高寿。爱好书法也是一个很不错的养生之道。

祝安好。

翟永存
2007年1月7日

小翟：

你好！

收到了邮件。见了一面，当时确实没有太多的印象。现在看到照片就不同了，慢慢地回忆起，就亲切多了。

那天我在深圳开会，姐姐叫我过到广州来，主要是为银行的一件事，钱被深圳骗了，正常的贷款，但设了骗局。国企的老总干的。所以一直听他们在说，介绍情况。有时这类事情就像智力测验，要你迅速做出判断、比较正确地应对这些问题。

你对官员的印象不大好是很自然的。部门、地方，总是把权力发挥得很充分。一有利益就抓住不放，就像看大门的总想刁难每一个路过的人一样。中国卫生、教育、医药问题也大抵如此。一年一万多种药的批文，审批得过来吗？所以谁在这个位置上，都要出事情。还有医保目录，药品定价，都有腐败。

过去也是，我一般是不管，人都靠自觉。彼此要宽容与理解。记得还是在新华社时，那年查有偿新闻，有个记者拿了五千元，她说是搞发布会得的。我说，你可以先放在这里，我不会说，过几个月，如果查到，你就说交组织了，我会替你承担责任。如果没查到，你就拿回去吧。我当时是室主任和国内部的党委委员。后来她拿回去了。

我们都是从苦难中走过来的人。过去也与今天打工的没什么区别。每天都下矿井，穿一件破破烂烂的工作服，戴一顶藤帽。累了，找块木板在井下角落里歇一会。我主要是测量放样，爆破后，渣还没有清干净，烟也没排完，就钻进去了。风钻工打炮眼，我得用红漆画出来，做上记号，哪是主炮孔，边上打几个，他们就按照画出来的布孔。遇到打天井或通风井，放样就很难。拿着电筒和蜡烛，头上还不断掉石子。后来把这段生活写成小说《野百合花》，1985年四川电视台拍过个电视剧，可惜当时我在南极，没看到。2000年我跟一位领导去南疆，因为行程紧，有个村子领导没去，第二天领导走了，让我代表他去一下。那个村子在塔克拉玛干沙漠的边缘，引水渠的末端，真是一贫如洗。有个老汉一直跟着我，后面跟着只小羊。最后要求去他家，家徒四壁，真是十分可怜，我当即自己掏钱，给了他200元，老汉哭了，他一辈子没见过这么多钱。我上车时，他坚决拦住了我，话我又听不懂，原来老汉要杀那只羊，留我吃午饭。我十分感动，谢绝了，那情景是永远难以忘记的。现在给你发上一张当时拍的老汉的照片。

我在新华社工作了17年。新华社有坚持真理的传统，现在情况怎样，我就不清楚了。1985年夏天，我刚从南极回来，回老家休假，还未结束，国内部的一位老同志，因不同意胡耀邦"有水快流"的提法，一再反映矿产资源上的乱采滥挖问题，胡批示"半路又杀出一股黑风"，不久，老同志脑溢血。我未休完假就赶回来"接班"，被任命国内部副主编，当时我进新华社只有3年，就有通稿的签发权。在记者的来稿中，只要提到"有水快流"，我照样一律删去，不提。不赞成的，我一律不写。三峡工程人大通过后的春天，我组织首次中华环保世纪行去长江三峡，租了长江航道局航道船，单机单舵，要冒很大的风险。从重庆沿长江而下，后写了反映长江三峡水库建成后的污染问题的内参。一个人无力回天，当时写这篇稿件，在一片赞歌声中找毛病也要冒很大的风险。后来邹家华副总理批示，开头一句也不太好，"不修三峡工程污染也是存在的，记者反映流速减缓后污染可能加重"，就凭这篇稿件，后来国家拨款建成了三峡库区环境监测系统。当时我是新华社写内参最多的记者之一，也是现在电视广播中大气污染预报建立的建议者。

这些说来都是一个个故事。首届地球奖时，解振华局长对评委说，你们评比规则我不管，但朱幼棣一定要评上。1995年奖了3万元，还是不算少的。因地球奖并不是新闻奖，当时是很难评的。总之，一个人怎样做，与职业有关也无关，职业只是一个平台。新华社毕竟是一个大的平台。你说呢？

附上一篇几年前的旧作。也许是西部歌行的绝响，在一个小旅店里写的，没有发表过。只是随意写写，有感而发。算是个诗评。

我当争取能来广州。再见。

即颂，一切好。

朱幼棣
2007年1月7日

小翟：

你好！

看了你的来信，很高兴。

写稿很寂寞，也觉得艰苦。整整一天了，进展也不大，只写了二千来字。没有进入感觉。先把文字拉出来再说吧。头里乱哄哄，又催三亚的论文，报了个题目——《竞争情报与信息安全》，不知到时能不能写得成。总又要花些时间。会是19日开。

人是要有一些念想的。可能这念想永远都做不到。1999年我去做山西省委办公厅副主任时带了本什么书，可能你也想不到，日本人写的《山西古迹志》。我是在北京琉璃厂的一个楼上角落里找来的，只印了几百册，这两个日本人1940年跟着侵华日军进来，从大同直到风陵渡。当时肯定是作为侵华的工具。他们到每一个地方都有军队保护调查考察。后来，经历了日本战败、投降。这本书最后写成，出版，是在1956年。其间长达十五六年的写作、反思，这两个日本人脱胎成了真正的学者，这对我震动很大。现在做学问，谁还肯下十五六年功夫？而这本书，本来应该是中国学者写的，可是我们没有。当时我也下决心想写一本书，这也是最后决定去山西的原因之一。在任职时，一到周末，我就问胡书记，有没有事，他说没事，我就离开太原。否则请吃饭的人太多，应酬的事太多，他们都是有目的的。我在路边的小店吃饭，到县里也不跟地方上说。那些日子考察了雁门关遗址、娘子关、天台山、天龙山和龙山石窟、北武当山、唐代古窑洞，以及大同外长城上的得胜堡等，做了大量笔记。可以说"官员"里是没有一个像我这么跑的。记得一次跟一个副秘书长出去，到宾馆门口了，我下车，那秘书长招手叫我回来，进车，说要等地方的领导来给我们开车门，这种摆谱我怎么都不习惯。可惜我真正在山西的时间太短，半年都不到，许多准备还来不及做，就跟书记回北京来了。

刚才司里的同志过来，说今年研究报告评奖的事，我说不报了。这些对我已经没有什么意思。现在，一个县委书记又要来，要把办公室里规整一下。太乱。不多写了。

附上《后望书》的第一部分。请指正。

想你。祝一切好！

朱幼棣
2007年1月8日

小翟：

你好！

上班后，又多了件事，打开电脑先看看有没有你的邮件。今天一看没有，我想你一定很忙。又在网上组稿什么的，每个月要有一篇，在这种竞争激烈的刊物上发表纪实文字，实在不容易，有人说你是才女吗？过去当记者时，一个月也只有不到10条消息，多数都有现成的文字稿，摘一点抄抄编编就可以了。有的记者当了多年，还不会写通讯。

人是要有念想的。在认识你以前，日子一直过得比较灰。每天给母亲打一个电话，问问她的身体。隔两三天，给姐姐打个电话。另外，女儿大了，去年大学毕业工作了，也不需要我为她做很多了。她有她的事。于是也更加落寞了。

平常，每天几乎没有什么必须要完成的事情。在单位里，有些人给领导写讲稿什么的，很上瘾，觉得了不起。我始终没有这种感觉。在我们单位里，平时说的话多了，也不好。自己选题搞一些调查研究，写一点"奏折"，日子过得也清净。有一些送阅件、研究报告、决策参考，前瞻一点就引不起重视。管理一个国家也忙，事情到了非解决不可了，各方才会重视。

我还住在新华社的新闻学院里，上下班路远，每天要花近3个小时，因此有时也在办公室里过。但在办公室连着住几天就不适。昨天那个县委书记来，问有没有车接送。我说没有，过去在省里有。把上下班当成锻炼，心里也就平和了。前两年，参加《政府工作报告》起草，一年要集中在达园宾馆住近半年哪。就是最好的吃住环境，也把人住得没脾气了。

易中天搞了那么多书，有研究生做助手吧。没有枪手光打字也忙不过来。一个历史教授的胡侃，也有些意思，从另一个角度解读历史，面上扫描的"信息量"也大。李亚平的《帝国政界往事》你看过没有，已经出了宋和明两本。观点比较正确，可读性也强，超过《万历十五年》。

新华社的穆青时代是最好的。他当时就想培养一批名记者。我们赶上了末尾。他当社长时甚至连秘书都没有，他认为社长就是首席记者，记者还要什么秘书。而后来官方的习气越来越重了，层层划圈和批示，都想往官的位置挤。吴晓波我仅见过几面。他在分社时，很有才气，也很勤奋。正因为写了《大败局》，就招一些人的嫉妒，只得离开了。我那时写小说报告文学什么，都悄悄在家写，绝不在办公室里写。你说这奇怪吧。记得有一次集中学法，在礼堂里上大课，看录像，我在这一个星期里写了个中篇《急告温州，今晨抵达》。过去在火车站等车时还可以写小说什么的，现在不行了。

你们竞聘还要发表演说，一想起就不容易，感到紧张。幸亏你当过老师。

即颂一切好！

朱幼棣
2007年1月9日

朱先生：

两封信全收到，非常开心。

的确，每月8到10日交稿，过了这个期就截稿，所以这两天极忙。

编完了作者稿子才有时间写我自己的,作者信任我,把稿子交来,总不能误了他的稿子。昨天在办公室忙到晚上10点。今天也得加班,但是,最重要也最快乐的事是给你写信。

　　读了昨天的来信,不禁微笑。一个省办公厅副主任,每到周末,四处旅游。或夜宿小城陋店,灯下研读大学教授都闻所未闻的奇书;或独行荒原,登高怀古。以中国之大,找像你这样的官员,怕也难有第二个。纯粹的文人我不是很喜欢。以前杂志有散文栏目,因为组稿,认识大部分名作家,但从来没有对某一个作家印象深刻。记得还写过一篇散文《文人我不爱》,附在信后。当然,对纯粹的官员更会敬而远之,觉得是两类人,不会有共同语言。你的确是一个传奇人物,既是诗人,又是官员;可既不像当官的,也不太像文人。文人没有你的济世忧民的家国情怀,没有你的爽朗阳刚——很多文人有娘娘腔,大约与古诗词望月伤心见花流泪有关;当官的又哪一个饱读诗书,能写出《回望奉节》那样的锦绣文章?哪一个以读书为最大的爱好?吴晓波说得很对,你错生了时代,真的很像古典知识分子,有济世奇才有满腹经纶有生花妙笔。也许正因此,我才如此强烈地被吸引。

　　既然曾被评论家认为是广州的女作家之一,当然不论在《都市报》还是在《家庭》,都一致认为我是才女。《南方都市报》人才济济,但能给报纸写新闻连载的,只有两个记者,我是其中之一。上封信提到的那次演讲,是竞聘副刊部副主任,因为演讲出色,也因为人缘好,几乎得了全票。大家都说,这个演讲为都市报副刊明确了发展方向。

另，今天在网上看到对三亚的情报竞争会议的报道，原来是很重要的会。本来想在网上帮你搜一点论文的资料，但打了关键词后，看到的文章，令我一头雾水，根本不明白是怎么回事，只得作罢。看来这个论文不好写。

就写到这里，还要加班。

愿少写论文多写信。

翟永存
2007年1月9日

小翟：

你好！

收到了来信，很高兴。看了你写的那篇关于文人的散文，很深刻，写得好。但"目光如炬"，不觉胆战心惊（一笑）。说不定我什么时候也变成了其中的一个，又猥琐又好色又小气又怯懦。

其实我最了解的是官员。记者是"门面记者"，即每天跑新闻的，阅官员无数。后来自己也成了其中的一员，真是不幸。记得一年去山西某市，见市委书记，听他胡扯了半个多小时，后来我对省委书记胡富国说，此人是个坏人。胡书记听后没有说话。当时此人已是省委宣传部长。前年，这个人被双规，时任省委副书记，在机场上飞机时被扣住。后来见到胡书记，他对别人说，幼棣1996年就说他是坏人。我说是坏人还要提拔？他说某某人坚持要提他。

所以我不能看的是官场小说,大抵往往是作家们编的。像农民们想象地主吃的是白面馒头,还有天天白糖,想不出,就说吃香喝辣的,这就没错。除了《国画》比较真实,但《国画》的层次有些低,写到处级,有些像《套中人》,写到地市级还可以,再往上写就假了。缺少生活。像什么《国家干部》啊,《省委第一书记》啊,假。我想以后还是有机会写的。我在山西的日子,都记日记。现在也是,一天不落。人一进入官场,很容易变形的。一从位置上退下来,就很失落,无所事事。当官的往往最狂妄,也最虚弱,特别是那些贪官。你写文人一毛不拔,文人是无毛可拔,他是尽拔别人的毛。

我想过去应该不是这样。那一代人即使各为其主,也多是铁血之士。那天继忠也说,应好好写一写你们家族的事,两个将军,一个是国民党的将军,一个是共产党的将军。分别是我的舅舅与姨妈。舅舅不投降,最后在广东战死,而姨妈是共产党椒南特委副书记,现在总参离休,那时还通过新华广播电台叫舅舅起义。这一代人的命运,都会深刻影响我们。在黄岩那个小地方,一门两个将军也是仅有的。外祖父也是当地的名人,几十年的校长,解放前还兼任过副镇长。但他一直帮助别人,与当地人的关系极好,乡亲都亲切地称"先生公"。"先生公"家一直受保护,即使"文革"中也是如此。在父亲落难时,我们大多住在外公家。我想,如果写出来,就有《亮剑》的故事。我上次回老家,妈妈找出了个明代的铜盆,是舅舅在北岸当铺里当学徒时带来的。他在当铺里当了半年学徒,说不干了,考军校,将来带一个师回来,就这样走上了不归路。

不见得都是高人,我还有个很农民、市民的爱好,就是逛商店。当成散步吧。有的人每天为了锻炼,在院子里低头或仰头暴走,多没劲呀。上健身房那是中产阶级的事情，至少健身几十分钟就是为了长命而运动。不如到市场里转一两圈，顺便也可买点东西。超市不错，夏天有空调，冬天有暖气，半个小时一晃就过去了。天气好的时候，上菜市场，上花鸟鱼虫市场，买笔或纸，看看花草也好，还能知道市场行情价格。有关部门老说国家粮食安全问题，那其实是一些人忽悠领导。粮价真的涨的，也只是3个月的事，3个月，少种蔬菜水果，多种粮食，夏粮秋粮就下来了。

基本上写完了美国高等教育的调研报告三篇，明天大约可以送上去了。在美国待了一个多月，考察了12所高校。是大学校长团，二十多个人，团长是中山大学的副校长徐。记得在迈阿密，开会确定谁汇报时，老徐不干，和领队顶了起来。领队说，下午讨论不出结果，就不去迪士尼外景地了。会上气氛很不好，我进去时，老徐的脸通红。大家接着说了些废话，会就僵在那里了。后来我说，我已经写了对美国高等教育的几点思考研究报告的提纲。老徐一听，就答应下来了。他在路上跟我说，流水账好说，你如不说有思考建议的几条，我就不在大会上汇报。有些校长没出息，一路上尽打牌，在车上抱几个矿泉水箱子就干起来了。下车就购物，装不下，就买包，光皮鞋就买十多双。回来时几个包包粗得像水牛，多笨啊。出国就是看看风景也好。

先说到这里吧。开了一上午会。有几个副司长的空位，七八个人上去竞聘，都为自己摆好，做了多少工作，流水账，不忘顺便说一些领导爱听的话，说领导是大师级的。

祝一切好！

朱幼棣
2007年1月10日

小翟：

你好！

今天在家休息？写稿编稿是个很紧张的活，有时确实很疲劳。好好休息吧。

把美国大学调研报告3篇交上去了。很不好写。一条一条，主要是针对中国的高等教育的。全国教育会议快要开了，不知是否要准备讲稿。这些研究报告也是给教育会议提供参考。教育部门老是在忽悠领导。中国的所谓研究型大学和博士授予大学，数量大大超过美国了，而质量其实在下降。大学的规模也超过美国的学校。不说了。

人还是需要做一些自己喜欢的事。早起写了几张字，后来觉得顺手，便在宣纸上抄了两首陆游的诗。感觉就特别地好。这使我想起苏子说的"技进于道"。什么时候请你看看这些令人愉快的活计。可能又吹牛了，其实我的国画也达到专业水平，只是多年不画了。1978年还报考过浙江美术学院，初试已经通过。后来山东大学的录取通知来了，就没有去。给你发上一张30多年前国画的草稿，那个时候的人物形象，与现在的仕女古典人物和现代派技法明显不同。那时速写、素描基本功是很扎实的。

今天到办公室时已经9点半了。风大，但天蓝了。

是啊，路远。你离家只有7公里。我大约是20公里。常常下班时想，要不要回去呢，还是在办公室里过？"非典"时，在办公室接连住了几个月，很没劲。你们得了"非典"，就传染给国务院领导了。哪有那么严重啊。当然，领导的健康更重要。我那天夜里走到北海桥头，看到10点多了，那么多老百姓蹲在栏杆边钓鱼，有的悠然地坐在小板凳上，真是幸福。我每天回到家时，天都黑透了。幸亏还能快速做饭，这是我比姐姐强得多的地方。开车主要是眼睛问题，天一暗，就看不清，怕有危险。在夏季天气好时，我有时还骑车回去，要一个半小时。骑车后睡觉特别地好。平时也没有睡眠问题。看看表，半小时就半小时，10分钟就10分钟，准睡。

过去也写报告文学、纪实文学，起初是写名人、演员、画家。后来上了几次当，不再写他们了。我写过一个文物走私的报告文学《五千年流失的迷径》。那时我还搞工业报道。年底打扫卫生，看到走廊里有许多清理出来的旧报纸。其中有全年的《中国文物报》，是文教采编室清理出来的。我就从废品堆里捡了回来，仔细研究。后来买了《考古工作手册》《考古学一百五十年》，还有大学考古系的一些书。听了一些故事，看了一个打击走私的展览，就写成了。洛阳铲、墓的封土甬道什么的，看起来很专业，实际也是纸上谈兵。我悟出了写纪实的一些窍门。即使没有参加过战争，写军事题材的，如果确实了解的，使用枪支型号，哪一个兵工厂造，单发还是连发，写出来就真了。在深圳时，《深圳特区报》的杨黎光送我几本书，其中有写张子强的报告文学《世纪大盗》，看得出来他也是深谙此道，可读性强，连警察跟踪汽车保持多少距离都写出来了。这方面您是内行，有班门弄斧之嫌，你说呢？以后要好好听你说。我们都落后了。

今天收到你发来的邮件，高兴了好久。

好，写到这里。再见。

朱幼棣
2007年1月11日

朱先生：

来信收到。在家写稿，进展不大，是上次采访的那个家教稿。

你的画画得很好，人物脸上的表情十分生动，非常可爱的样子。你怎么什么都会啊。你的毛笔字什么时候得送我一幅，好不好？

原来还写过文物走私的题材。我对文物很感兴趣，梦想着走路被绊了一下，低头一看，原来是块秦砖汉瓦，价值连城，一夜暴富。央视有个鉴宝栏目，有时会看一看。我的一个同事，买了一大堆古代家具，一张桌子都几万元，真不知他哪来的胆量，买错了怎么办？

我觉得以职业或地域来界定人的好坏是很幼稚的。笼统地说，男性文人缺点很多，但是，能聊到一起的，还是文人吧。读你的文章很震撼，原因是多方面的。读文章，不光能读出一个人的才气，文如其人，还能读出一个人的胸襟和气度甚至人品；当然也可以读出他的学识修养。一向认为，一个人在说话时可以隐藏一些东西，但一写文章，真实的他就全呈现了出来，个中原因还没有想明白。大概是文章中他会写那些他认为最值得写的东西，这一来，他的价值观也就一清二楚了。

笼统说到官员，的确会敬而远之。但是，有的官是凭了家庭背景上去的，也有的是靠自己奋斗。像你，就是凭了自己的才气能力还有为人的宽厚，做到这个位置的，这就非常值得尊重。给国家领导人写讲话稿或写内参，的确是一件荣耀的、值得人尊重的工作。你的同事为此得意一下，也是人之常情。

你是将门之后，我却是出身底层。父亲在县政府做行政，年轻时好像做过大一点的官,可"文革"时就下来了,成了普通职员,80年代,也只是做公社书记。不过凭了他的能力,还是让哥哥、大姐都读了大专,那时候是工农兵学员吧。他们都是邢台师专毕业,毕业后教书。哥哥现在仍是小学老师,大姐自己买车搞中巴营运,去年刚刚歇业。"文革"后,父亲在一个乡当乡长,后来退休。县志上称父亲是任县四大名人,他头脑聪明,口才极好,为人厚道,人缘特别好,全县几十个村子,走到哪里都有人和他打招呼。小学课本上有一篇新华社记者写的岭南公社抗洪救险的文章,还写到翟书记奋不顾身地跳到河里等。

我出身底层,一直是靠自己的努力来改变命运。妈妈虽是农民,但她的一句话对我影响深远:靠谁都不如靠自己。到广州这么多年,一直都是凭自己的能力吃饭。有些人有城府,善于与领导套近乎,我单纯没有心机,不会和领导沟通,但却能写,也可以赢得尊重。

昨天中午和同事吴丽娜一块在花园吃饭。单位中午有工作快餐,丽娜和我是最要好的朋友,两个人天天到楼下的花园里吃饭。昨天聊到我的奋斗史,丽娜说你对自己太苛刻了,要编稿要写稿要学英语要读书,连看电视也要找选题,偶尔看看电视剧就算是最大的奢侈了,累不累啊?这么大岁数了。我喟然长叹:来广州10多年,凭了自己的本事吃饭,可能奋斗都成了一种习惯了。

"说不定我什么时候也变成了其中的一个,又猥琐又好色又小气又怯懦。"这句话让我有点伤心,那么多信全白写了。

之所以想起给你看这篇文章,是因为前两天在网上和一个作者聊天,说到一个男性作家,于是想起这篇文章,发过去给这个作者看,他连说好文章,于是一得意,就发给你了,全忘了正在以文会友,你也是男性兼文人,因在我心中,你与其他文人根本不一样。

祝幸福平安。

翟永存
2007年1月11日

这封信谈到文物,于是想起来以前写过一篇《我的考古史》,去电脑里找,没找到,读到以前为丽江花园的小报写的一篇文章(这小报给我的稿费是千字三百,所以也为它开过专栏。小报的总编是北大毕业,他对我说,印刷工人都喜欢读我的文章,一送厂大家都抢着看。以前在《都市报》时,去财务科,出纳听我报了名字,连声说非常喜欢读我的专栏)。当然这篇文章写得幼稚,但是反映了我的家庭观,给你一阅,纠正一下上一篇文章造成的不良印象。

翟永存又书
2007年1月11日

朱先生:

吃完饭,一边打开信箱一边想,如果有你的邮件就好了。果然有,心想事成。

为那句让我伤心的话,道歉好不好?希望在你面前可以口无遮拦，可以完全放松，甚至还可以有点任性，因为你会像兄长一样宽容。

《后望书》还没有来得及细读，等读后再聊。

祝平安。

翟永存
2007年1月11日

小翟：

你好！

别在意别在意，我说的是玩笑话。确实咱们共同的话题很多。收到你的邮件特别高兴。

晚上有个老乡说要一起吃饭，我就在办公室里等。正在准备《竞争情报与信息安全》的论文，刚刚有一点头绪，还是觉得伤脑筋。

外公入世。而祖父更知识分子一些，于是就穷。我可能受他们影响，两方面都有。他们都活到90岁去世。我们应该好好活着。祖父朱笑鸿是1990年去世。我小时没好好跟他学书法国文，还净淘气，可能那时候我们都不理解老人。后来写了篇怀念的文字，也是纪念。我在网上看到，他的学生回忆，爷爷还会下盲棋，这我过去一直不知道。我父亲3年前去世了，是医疗上的事故。进去检查，就不让他出来，接着动手术。临手术前一天我赶到，一直陪着他。医生不断给他挂针，不让他吃饭，10天后，伤口痊愈了，而挂针反应，心脏负担不了，心脏病发作去世。真是好后悔。他自己拎着包上车，去医院，人却没有回来。父亲的隶书写得尤其好，还在电视台上做书法节目。我记得那年在黄冈扶贫，给父亲打了个电话，说去了赤壁。父亲即说文赤壁，苏东坡是在乌台诗案后流放到黄州的，任团练。我吃了一惊，其实我的古典文学学得并不好，也不系统。不比老人们。

祝一切好。

朱幼棣

2007年1月11日

小翟：

你好，收到了邮件，很高兴！

上午写那个《竞争情报与信息安全》，慢慢开始进入角色，结果碰到个非常窝心的事情。跟你说吧。有个山西倒煤的女老板，过去偶尔见过。她不知从哪里听说我离婚了，前两天就打电话来要找我，我都说有事，没时间，不见。今天跑了中南海北门的门口，说买了个东西送我，中午要在什么地方吃饭。没法，只得下去，否则等在门口也不好。谁知一上车就拉到老远的地方。搞得人很讨厌，还说要一起做点事，趁你还在位置上什么的，要给某个与倒煤有关的官员调动一下工作，与铁道部也不熟。我说现在不缺钱，也没多少要花钱的地方，吃多了还血脂高。现在有房子，即使没有，以后回老家去住。她还动手动脚的，你说我跟一个小煤倒还有话说么？搞得人像吃了只苍蝇，一个下午的不愉快。——这也是我不愿多说家里事情的原因。

不说了。我的意思是我没有那么好,只是比较好,没有大的毛病。自己写文章、书法,都是兴趣爱好。没有人可说话啊。现在可以找你说说。

在茫茫的人海中,我们都错过了许多,也可能会有新的获得。家庭,确实不是抽象的,而是具体的,是家里的人。过去我们家兄妹多,无话不说,一回到家里,唠唠叨叨,什么话都毫无保留。继忠的性格也差不多,也是无话不说。在中学时比我们高几个年级。他说你比较善良。善良是最好的品质。

再上溯几代,我们都是农民,从农村到城市。其中对我影响最大的是外祖母。她就是个农民。在她这一辈,亲手完成了从佃农到地主的转变,她到城里后,随着父亲的去世,家庭迅速衰败。她是当家的女儿,管理长工短工,特别勤劳,且有智慧。与长工短工的关系特别好,善良,能理解别人,她的聪明与智慧不是一般人所能想象的,这可能与直接参与创业有关。过去把人按地主、中农、贫农划分并不完全对。外公人们叫他先生公,外婆叫先生婆,姨妈当地人都称小妹姑姑。"文革"时,父亲受到冲击,当时外婆已经去世。她老家的农民来接父亲去乡下住。我第一次随着他们到了山里。想想,外婆家是当地最大的地主,老屋就是生产队的办公室,当然,此时已经没有亲戚在那里,可是人们还怀念她,保护她的后人,那些人都在她家做过长工短工的。过去,地主的财产经常遭土匪抢,到乡下时,不时可看到炮楼耸在那里。但外婆家从未被抢过。现在说,也就是人缘好,对人要好。你说呢?你的人缘好,这是很优秀的品质。

别说道歉。其实我已经说过了,别在意,我也只是说说而已,也向你道歉过了。我是说你是非爱憎很强烈，这也是好品质。我也是，只是平时不说，看不上的人，就不说，不与他说，仅此而已。我说那个宣传部长是坏人，其实我的采访很扎实、深入的。既有官方的，也有民间的朋友提供的。事实证明如此，不只是感觉。我在山西，也经历过人生的大起大落。去时是省委书记的"参谋长"，大秘书，回来时人情冷暖啊。幸亏我认识的朋友没有错，平安回来。当时关于胡富国的传闻很多，笑话很多，都是假的，政治斗争的原因。回来后查了个底朝天，证明比较廉洁，如果有一点问题，人就进去了。我的朋友不多，不管是做官的还是老百姓，如果成了朋友，质量就好。胡是我搞工业报道时，一采访，有共同当过矿工的经历，就说到一起去了。1989年写过一条消息《副部长夫人烧锅炉》，是写他的，当时他说自己没出息，人家的老婆都提处长了，自己的老婆还是临时工。他不让我报道，觉得丢人。他出国时，我就跑到锅炉房去采访。人总要有各种各样的朋友。深圳的杨黎光，10多年前从安徽到《深圳法制报》当编辑，约我给他写稿，现他已经成了《深圳特区报》的副总。还是朋友。

先说到这里吧，天渐渐暗了。

多保重。附上一张照片，前几天下雪，中南海结了冰，我们能走到对岸去了。那个亭子在水中央，上不去。是旧燕京八景之一，叫太液琼台，或琼台夜月。平时也可望不可即，现在能走到旁边去了。——这也与你做朋友一样。

祝好！

朱幼棣
2007年1月12日

朱先生：

每天的信像是功课，如果不写就觉得少了点什么似的。

值得表扬，能经得起美色和金钱的诱惑。

"没有人可以说话啊"，这么寂寞吗？想想也是，每一个单位人际关系都十分复杂，何况官场，说话更要谨慎。以后要多和你说话。

昨天夜里，读《后望书》，总起来说很不错的，优点多多，从略。只说缺点，不许不高兴啊。这一篇好像不如《回望长安街》（是这个题目吧）。是不是作家的情感再强烈些、个性再鲜明点会更好？觉得你的情绪全被历史知识淹没了。《回望奉节》很漂亮，虽有那么多历史知识，但作者激情澎湃一如长江滚滚洪流，虽挟裹了很多石块（好比是历史知识），不但不会滞重，反而更增雷霆万钧、一泻千里之势。

文以气为主。气盛言宜。现在觉得气不够盛。因为情绪不够饱满，加上大量的史料知识，就会使人读得不够轻松。

我喜欢那种非常通俗好懂的文章，甚至因为现代诗难懂，所以不喜欢任何现代诗，当然北岛的例外，虽不懂，也能读出来那是好东西。我的观点可能有些极端，不必介意。

寄过去的书和杂志收到了没有？

祝平安。

翟永存
2007年1月13日

小瞿：

你好！

乘地铁时，我在咣当咣当声中想着，什么地方使你不快了？后来才觉得，一定是你误读了，邮件表达得可能有些问题。突然想起，有人说过，写《国画》那哥们，人家后来都怕和他在一起，一说什么，不经意中，他都把你写进去。你是不是也往这方面想了？不，不，我绝无此意。我觉得你那篇《文人我不爱》写得非常好，真的非常好。就像立了一个跳高的横杆，那么高。我怕跳不过去，只是开玩笑说，我跳不过去时，只好从下面弯腰钻过去了。别生气，别生气。正式道歉。

我再看了一遍你的文字，文中那位作家，是山大七八级哲学系的，好像是江苏一个作家的儿子。当时学校里有几个写诗的人，包括我们班的杨争光，成立了一个诗社，现在他也颇有名。他们都有才，但不太严谨，因此当时分配都有些吃亏。现在社会就是这样。你说我文章写得不错，这使我很开心。17年记者，写得好的是关于孔繁森的长篇通讯。《党员干部的楷模孔繁森》，获中国新闻特等奖。虽然通讯上没有署名，列了新华社、《人民日报》《西藏日报》记者一大堆，但我是初稿和最后统稿的，主要是出自我的手笔。《世纪档案：影响20世纪中国历史进程的100篇文章》一书中有作者。像《西藏日报》《大众日报》都没有记者参加，《人民日报》也没有记者，只在讨论时参加了。在写通讯时，受美国谢尔顿畅销书的影响，节奏快、实。后来排名时，一位老兄悄悄把自己名字放在了第一位，后来他不断进步，现在都做到了副社长了。但想想孔繁森，想一想其他许多人，我们已经很好了，你说呢。也没有什么可患得患失的。写此稿时,我还在教科文采编室,是社长点的名,说他们可能拿不下来,让我参加执笔。统稿时,他们全推托说干不了,只好我一个人动手。对我写的你已经比较熟悉了,如果看看那篇通讯,可能风格上有些痕迹。多年从业,碰到有好的题材,写自己愿意倾心去写的文章,机会并不是很多。比如说,起草总理在哈佛大学的讲演,就比较有兴趣。那一年先后花了近两个月时间。但领导讲了,就不是我们的东西了。

同样是一个才华横溢的人,米芾我就不喜欢。因为是文化人。故意在皇帝面前装疯卖傻地撒娇。他的字写得好,一想此人做派,连他的书法都不喜欢。苏东坡、黄庭坚各方面都好,为什么?因为他们还是政治家,不但是诗人、书法家,对生活的态度就比较严谨一些。蔡襄的书法,在有宋一代评价不甚高,但他人好,是个颜真卿式的好官,所以我就比较喜欢他的书法。他的书法似乎缺少特色,且也非常难学。正是难学中,有许多凝练与需要理解的地方。还有智永的书法,有人评价他是"半得右军之肉",什么"精熟"。纯粹废话,一个高僧书法家,几十年的磨砺,其境界也不是常人学得到的。这点苏东坡就读出了智永书法的品位。现在的一些文学作品也是如此。

一早起来,想给你写几幅字。过去我哄老爸,都说你写出来我买。因老人省纸墨,舍不得在宣纸上写,同时觉得练练书法也有利于他健康。现在看来,留下来的太少。特别是祖父的。当时有人很有计谋,要了祖父好多字,现在拍卖。我们知道后找去,想买回来,没有了。有人说要帮我"经营",我说不必。如喜欢的话,我就写。现在总的看,书法界也虚火上升,一整字画,就想赚钱。不管好坏,怪字、俗字、张狂的字充斥,连基本法度功力都没有。中国汉语的语音、方言各不相同,民族的统一,很大程度上靠了文字,靠书法的法度。中国文字其实就是书法,那时没有国家统一的标准简化字和普通话,就靠大师们的作品流传,他们形成的法度、规范,是一种无形之法。因此,无论王羲之的《兰亭集序》,孙过庭的《书谱》,颜柳的正楷,张长史与怀素的狂草,都给我们指出了法度。特多古意,实际上就是守法。如屋漏痕,如折钗、雪泥鸿爪,如观云海,乃至担夫争道,逆流划桨,其实都是一种境界与悟,不可言传。

关于《后望书》,要配一些照片,到时要挑选一些,可能有了照片会好读一些。事实上那一部分可分若干节,可能要再改改。另外,也不是单纯的散文,资料性较强。

不要你表扬了,如果你手背跳上一只湿漉漉蛤蟆,那是什么感觉?不说了。就此打住。

祝你做一个好梦。

朱幼棣
2007年1月13日

朱先生:

你这么书生气啊?哪里是真生气了?如果是,会写那封要求道歉的短信?

星期六星期天都在忙什么?觉得挺有趣的,电话不用,天天写信,有时一天写三封。不过,我很喜欢用这种方式交流。

孔繁森当然知道，但是，认识你以前，真的不知道是哪个记者报道他的。通过一两篇文章，使一个人感动了全中国，当然是，用广东话说，很"犀利"（厉害）。

给《后望书》提意见，也鼓了很大的勇气。先不说别的，单只看信，你比我的文字老练、漂亮多了。真不知道工作之外，你哪来那么多读书、写书法、写文章的时间。

在现实生活中，还从来没有崇拜过什么人，你是第一个。

原来你与杨争光是同学。我在深圳组稿时请他吃过饭，小说写得不错。记得他面色白净，瘦瘦高高的，挎一个绿帆布的军用书包，上面绣着红字"为人民服务"。人也谦和。

祝好。

翟永存
2007年1月13日

朱先生：

今天是周末，很想再收到你的信，一边写稿一边查了几次信箱。可是一直没有。

去了海南才能知道能否来广州？如果没时间来，那可怎么办？

开车一直开得跌跌撞撞的。我不是一个细心的人，常常人在车内，思接千载，心骛八极。以前在路边等公共汽车，常是等了半个多小时，突然发现，要等的车已经出站走了，于是拦了的士在后边追，多半是追不上。有时记着上车，可是又会忘记下车，坐过了站。又有的时候，本是要乘512路公交车，结果没看清，上了502，一路上还奇怪，这是车改了路线还是广州变化一日千里？

咳，生性马虎。早晨出门，一手拿盒牛奶一手提袋垃圾，路过垃圾筒，常常扔出去的是牛奶。以前做老师，总担心第二天的课忘记给学生上，常用一张纸写了大字"明天有课"放在枕边，可还是有一天，早晨醒来，悠悠然看着窗外众生忙碌。突然有人敲门，原来是学生班长，我说有什么事在外边说，还没起床。他说"你的课还上不上"，天，都吓晕了！从床上一跃而起，一手抓毛巾，一手抓衣服，一路狂奔去教室。当然这种事只发生过一两次。

我开车父母一直都提心吊胆。洛溪桥每天塞车，上桥的坡上，常常手刹拉得不到位，听见后边的车鸣笛，不用想，准是我的车往后溜了。10公里路因为塞车，常要花一个小时。

如果你来，到机场接你时，我还是坐大巴，开车不认路；司长的安全很重要。

希望这封信不会有损我的淑女形象。不过，做饭做家务还是很内行的。

周末快乐。

翟永存
2007年1月13日

小翟：

你好！

一上班，就打开邮箱看，看到你的信，很高兴。

星期六给你发了一封信，星期天没有。昨天下午有老乡来，又出去吃饭，很晚才回来。这位老乡也是个人才，原先是浙江省武术散打冠军，后来进了杭大，毕业后在温州一所中学当上了校长。他的学生很多都是做生意、办企业的，有一个在河南开公司不大放心，就请老师出山。他后来就到驻马店开发区当了副主任。他自己也有企业，在浙江。这样当官就可以当得很廉洁，也很潇洒。他说是我的学生。前年跟他在河南转了几天，见到了少林武校的校长，也是温州人，还在德国少林武校当总教练。每年都要去德国两次。江湖上的人，有时候比官场的人好处。

我想不是地域歧视问题。《河南人惹谁了》这本书就是河南人写的，不好。对社会上的议论，最好不说。当时说温州人假货，自己不去炒，过去的就会过去，自己炒这种书赚钱无益。1987年，我写了本书《温州大爆发》，是一部长篇报告文学，20多万字。最早全景式写了温州模式。当时《报告文学》月刊连载了整整两期，还获中国潮报告文学奖。好多报纸电台都连载连播。书出版后不久，有些人写信到中宣部告我，说为民营经济说话，是资产阶级自由化，要求禁这本书，要像批《河殇》一样批这本书。信转到新华社，社领导说，这本书是在业余时间写的，不是新华社播发的，就不管。我就蒙混过关了。当时我甚至想，万一工作没了怎么办？我买了全套金庸的书，想，丢了饭碗，就卖文，写武打小说吧。还好。金庸的书只看了一两本，至今都没全看。我想写什么总应该可以写的。

从现在看，有时比较有远见，思考的多一些，未必都能理解、了解其重要的意义。2004年，中央领导关心民营经济，准备起草一个文件，要搞调研。我并不是起草组的。看了看他们的提纲，觉得一般，还是那些老的思维模式。我就写了一组《浙江民营经济的社会学调查》。自己觉得写得很好，至少是一个新的视角。我还买了美国戴维·波普诺的《社会学》等好多书进行研究、学习。经济学的目标是追求更高的经济效益，与此相对应，社会学关注的是追求社会行为，是所谓影响社会利益的行为，追求效率与社会公平，两者缺一不可。我研究了市场经济中开放的社会与相对封闭的社会，研究了文化和亚文化，研究了初级群体与次级群体，提出了群体对诚信的规定和制约——而过去光是强调要健全诚信的法制法规，建立现代什么体系。——我觉得研究民营经济还没有超过这一篇的。我一共写了3篇。可当时分管的副主任看不大懂，只发了个"内通"，没有报到中央领导那里去，觉得挺可惜。以后有时间还可以再研究。——可能说多了，都是您不感兴趣的废话。对了，我曾经给新闻刊物写过一篇业务性的文章，好像是上海的《新闻记者》，题目是"关于记者、作家与学者的断想"，刚才翻了翻，没找到，找出来后可请你指正。

我基本定下到广东来。如果能走开，也就不管那么多。我翻翻日历，20与21日正好是周末。我想周一回京就行了。

先给你把邮件发过去，再去"伺候"那个论文《竞争情报与信息安全》。

看看下班前还有没有时间，再给你写几行。

朱幼棣

2007年1月15日

小翟：

你好！

写两个邮件的任务艰巨。只好抽空写几行。

竞争情报那稿子打印出来一看，还差得很多。需要理一理思绪。总要把信息安全问题扯到竞争情报上来。而信息又很专业，我的专业知识又极有限。难。有时还要打印出来看看，才能整明白。

明天晚上一个美国大公司的老总说要见，还要一起吃饭，此人担任过美国驻上海的总领事。对付老外比较容易。回答问题不会有什么毛病。这是当多年政治记者养成的。总之，他们还是比较傻的。星期天上午还去了趟市场，买了十来支毛笔，兼毫的。写得顺了，就认这么几种，也不贵。

感觉不好的时候就别开车，安全第一。那篇专访写好了吗？

我一感觉不好，就睡觉。感冒也是能感觉到的。所以一年到头很少感冒。写字与为文也一样。有时觉得特别地手顺，有灵感。有时就得坚持，一完成过半的篇幅就成了。还有，对一些问题独特的理解，一闪而过，得记下来。你是才女，才华横溢，而且勤奋。你那种闯劲，我不行。

我向来是比较笨的，但会坚持。你可能不会相信，我开始学国画时，画了一些去请教当时的一个画家，我自以为谦虚，说小学生水平。那人也说确实在美术上也只是小学生。当时对我信心打击挺大。那时出去写生、速写，早上吃了饭，去动物园、颐和园，人多的地方，也不怕人家围观，晚上才回来，中午舍不得花钱买饭吃。回来后能吃一斤挂面。一年就突破了。没有想到后来矿上招工，我就进了机关，有画画的技术也是原因。学书法也是一样。

有一段时间,手都发酸、疼,抬不起来。上中学的时候,要开运动会,光着脚在后门公路,那时是沙石子路上一早就练。都能拿到名次。到大学时,已近30岁了,短跑在班上还是无人可及。现在不行了。好汉不提当年勇啊。

到广州时得订一个住的地方,让姐姐订还是请你帮我订?

那天在城南吃饭时说了一句,有个老乡说自己炒的鱼松特别好。他们在海边,收渔民打上来的海鱼,说要给我带一些。我说好好,我有些属猫。没想到3天就从老家给带来了,我还得在办公室守株待兔。

祝愉快!

朱幼棣
2007年1月15日

朱先生:

三封信都收到了。

书上的照片是2000年在美国夏威夷拍摄的,进《家庭》杂志社前的我,阳光灿烂,用同事的话说"很清纯"。

纪实杂志不发人物专访,文章都是讲故事的,我们称为特稿。这个家教题材早采访完了,星期六开了个头,写了两三百字,找不到感觉。每次写稿,不情愿地坐在电脑前时,就觉得像是一个被牵到磨道干活的毛驴,不愿开工,一会吃水果一会喝茶,一会又扫地,等又回到电脑前时,好啦,该做午饭了。

星期天请钟点工打扫卫生，他们两个8时敲门，我也只好起床，平时周末10时才起床的。这次写得顺利，一个上午，就有了五六千字。打字的速度每分钟八十字，相当于打字员速度。顺利时一个小时最多可写两千字。在办公室写稿，键盘声如雨点一样繁密，同事说，听我打字，简直是一种享受。最高纪录是一个晚上写一万四千字。那是给《都市报》写新闻连载，白天要编版，只好夜战。《都市报》的一个副总当时说，他一天只能写三千字，再多头就发木。

给杂志《现代家教》栏目写了许多稿，且常受到同事称赞领导表扬。《青年文摘》转载过几篇我的家教稿。没有一个作者的家教稿能超过我，不管是质量还是数量。每期杂志都有一个读者评刊表（有两百名读者给每篇文章打分，再算每篇文章的平均值，然后依分数高低列表），我的家教稿通常在读者评刊表排第二名或第三四名，总之很靠前。要知道每期杂志都有很多大案要案，都有爱心题材（赚读者眼泪的）和重大题材，所以几乎没有故事的家教稿，能排到这个位置令大家很惊讶。我想，原因是：第一，读者喜欢通过故事学一点家教知识。我写稿时，也能做到心里能装着读者，讲一些家教道理。第二，虽没有故事，但因为深入采访，有许多鲜活的细节。第三，文笔流畅如行云流水，且有很多机智幽默的地方,能让读者笑起来。所以还是很轻松好看的。于我，有趣的就好，无趣的就不好，一定要写得轻松好玩。总之，是用了写散文的功力来写家教故事的。可惜不会写小说，如果会，纪实稿会写得更好看。以后要向你请教如何写小说。万一将来有机会，还想向你学毛笔字。怡情养生，多好啊。

两年前，除《武汉晚报》外，我是第二个采访陶宏开的记者。写陶宏开的文章发在杂志上后，我的电话几乎被打爆，所以图书编辑室的同事，鼓动我写了那本《没有网瘾戒不了》。

我住的附近因是番禺，郊区，没什么好一点的酒店。你打算住的酒店，是离我略近一些呢，还是兼顾晓华姐和我家呢？

你那么刻苦，那么有毅力，能功成名就看来也是有原因的。一斤挂面！还光着脚在石子路上跑！读了不禁笑起来。好可爱啊。

盼早点来广州。是19日还是20日来？告诉我具体的时间。

祝好。

翟永存
2007年1月16日

小翟：

你好！

今天一看，没你的邮件，颇感失望。刚才又看了一下，还是没有。大抵为稿子的事情，很忙。

刚才还算顺利，把《竞争情报与信息安全》的稿子拼凑出来了。寄给你看看，请你帮助修改。明天还可再改改。

刚才又接到一个事，写领导在科技表彰大会上的讲话。春节前没有空闲了。好在还有几天，要准备材料，不影响这次出差开会。我说星期一回京。

收到了你的书和杂志。那张照片很青春，还真是"美女作家"啊。

好酷啊。大约给你写信的不少吧。

《没有网瘾戒不了》，问题是染上网瘾的人，都拒绝，连书都不看了。

即祝一切好。

朱幼棣
2007年1月16日

朱先生：

讲稿读完了，写得好。这么短的时间，写出洋洋数千言，不容易。我的水平也只是能勉强看得懂罢了。

当然也只能提个外行的意见，是不是举例子时，能找一点好笑的个案，能让听众笑起来，才是好的演讲。如果演讲者能让大家笑几次，即使他讲的内容不深刻，听众也会满意。

祝好。

翟永存
2007年1月16日

小翟：

你好！

收到了电子邮件。很高兴。

我是星期四18日下午去海南，19日讲完，晚上即飞广州。时间不清楚，他们说订了晚上8点多钟的机票，大约一个小时就可到广州了吧。广州机场一听就犯怵，还有A区B区的。这几年到广州来得少，以后要多来。到海南后给你打电话。本来海南一个药厂朋友还想叫我去，他在海口说要来接我，这次去不了。

下午轻松了些。上次海虹集团找我去，说想让我做课题，我写了篇医药电子商务决策参考，国家食品药品监督局比较重视，告诉了他们。我想再尽快扫描一下医药电子商务的有关材料，看看能找到什么切入点。但总的感到比较轻松一些。《后望书》的编辑又来催。事情干不完啊。

你是什么时候成为家教专家的？

我不知道你的纪实有没有编的成分？现在媒体都在编造天才，从哈佛女孩到最近的吴什么，被聘请为美国一家软件公司的"亚太区副总裁"，而这个软件公司很小，所谓亚太区也只有此女孩一个人。什么年薪多少，纯粹是炒作。现在美国大学国际化的程度很高，本科国际学生能达12%，研究生的比例更高。

上次在深圳时，见了一个广州的律师，她也是古董特别是青瓷的收藏者，我问她收藏了多少，答保密。我说你的藏品中，80%都是赝品吧，说得她很扫兴。现在一有钱就收藏古董。大抵不是为了爱好，而是投资。北京一个老乡，是书画收藏者，那天和我去一个艺术馆，想买画。画廊老板极力向他推荐画，还说什么镇馆之宝，有名人鉴定。我一瞅就假。还有几幅黄胄的画，我说也假。他问你怎么知道的。我说当初临摹过黄胄的好多画。没有比临摹研究得更深入了，比所谓的鉴定专家更了解一个画家的作品。其实对其他文物，我也只是理论上的，其实并不懂。一个陕西的朋友，先是送我一个陶罐。我说一则是假，二则如果是真的，肯定是古墓里的物件，放在家里感觉不好。后来送人了。他后来又送我贾平凹的字，还附有贾举着字的照片，证明是真迹。我让他拿回去了，因这字写得太差。

  有时还是需要读点书，同时，出去看看。去年上半年，去乐清调查人口问题，在柳市我提出要看看打工者居住的地方，临时走了村里一个老乡的家。六层的房子，主人住了第三层。上面都租给打工的人住，房东有他们的钥匙，还开门进去看了看。每间房子的月租只有一百来元。在北京，也开过几个座谈会，参加的都是打工妹打工仔。通过办企业的老乡和乐清驻京办事处找来的。发现现在许多政策，看起来是为了农民工，实质都是部门的利益。如要交农民工的各种保险。农民工的职业不稳定，保险金各省市间又不能转，最后都成了部门的钱。

  昨天刚吹牛说不感冒，就有点不对了，去医务所拿了感冒冲剂。

  先说到这里吧。

  祝一切好。

朱幼棣
2007 年 1 月 16 日

朱先生：

  来信收到，很高兴。

能19日来当然好了。到机场接你吧，反正是周末。

住宿问题又考虑了一下，有以下三个方案供选择：A. 住在番禺丽江明珠酒店，这是离我最近的酒店，但车程也得15分钟。B. 住在市区的酒店，离晓华姐近一些，我有车，接送你方便，当然前提是得有胆量让我做司机。C. 我的房子是复式楼，我的房间在楼上，你住楼下，彼此互不影响。

《家庭》的文章，故事完全真实，个别细节略有渲染。我的家教稿，有写孙云晓的，有写刘京海的，真人真名真细节，如果瞎编，主人公也不答应。

星期六那天过得很不顺。一个读者，举报我做责编的一篇稿子部分失实。当编辑的，最怕遇到这种事。好在后来经过解释，有惊无险，但这个作者的稿子以后是再不敢发了。很多编辑都惹官司，我因为做过记者，比较严谨，6年来还一直平安。

从2005年初以来，一直在写家教稿。有几家出版社说可以帮我出书。希望今年能完成这本书。

医药腐败也是《家庭》杂志重点报道的内容，我自己也写过两篇医药腐败的稿子。此事关系到百姓疾苦，如果你能深入下去，多多为民请命，当是件大善事。

贾平凹的字，大家都说好啊。我没有见过。

感冒不要吃抗生素，多喝水，多休息。饭菜要清淡点，不要吃肉。《红楼梦》讲感冒时要饿一饿，有些道理。

祝好。

翟永存
2007年1月16日

小翟：

　　你好！

　　刚发走邮件，收到了你的信。你有没有能把大家说得笑起来的"段子"？

　　太专业了，我是一年前研究过IT产业，今天重捡都感到生疏了。很伤脑筋。

　　给姐姐电话没打通。她就是不上网，老炒股票。有好几十股，每股都没多少钱，把人搞得很累。股瘾也是病吧？养一百只小羊还养得过来？不知道该怎么去治？——我觉得她还不如看电视看小说散步逛商店。

　　晚上又要去对付那个前总领事。他们的车堵在长安街上，再说几句。

　　祝一切好。

朱幼棣
2007年1月16日

小翟：

　　你好！

　　收到邮件，很高兴。总领事是个中国通，1982年就到驻华使馆了。卸任前是美国商务部部长帮办，大约相当于部办公厅主任之职。他对中国比较友好，情况也比较了解，我说上海干部中最有水平的是徐匡迪，他也认为如此，这次还想去见徐。所以我们也谈得来。后来他一直说要与我们做课题，搞些研究，可以投资。我不敢答应。

三篇高等教育调查初稿出来了，还有一些改动、错字什么的，争取走以前发下去。

你打字快，打的是五笔吗？用什么输入法？打字快也是一种享受啊。

感冒差不多已经好了。那天回到家里，星期天洗的衣服裤子晾在阳台上，没收进来，脱了衣服就换上了。当时没注意，后来觉得冻，才想有问题，晚上喝了一壶多水，才稳住了。没让感冒发作起来。

贾平凹的字只能哄哄外行的人。那天陕西朋友来时，我先拿出了爷爷的，再拿我写的，与他拿的字放在一起，都铺在地上。那个朋友一看，就不好意思了，把他的字卷起来了。我说，你送给别人，还值点钱。因为大家都是哥们。他是花了几千元买的。

当然，我也有秘籍啊。爷爷的小楷写得好。曾祖父曾在陕西乾州做幕府，其姐夫做乾州通判，还做过康有为的家庭教师。他从陕西带回好多拓本，大多在叔叔那里。

谢谢你来接我。这几年广东来得是最少的。我跟姐姐的电话还没通上，她刚才又上股市去了。在手机上又说不清楚。我想住哪儿都成。财政部最近下了个文，部长报销只能住600元的，司长只能住300元的。就没地方住了。我又不想麻烦别人。

好了，先说到这里，祝一切好！

朱幼棣
2007年1月17日

朱先生：

  这样不好，住哪儿都成，等于没有答案。这样让我不知该如何办。一定得你自己选择。那么简单的选择题，又不是大事，你说呢？

  开车到巴士站，然后坐大巴到机场去接你。开车才一个多月，不是很熟练。

  要开会了，就写到这里。

  祝一路平安。

翟永存
2007年1月17日

小翟：

  你好！

  收到了邮件。我想住在你家附近比较好，可以多聊聊，本来时间就不多。但有个姐姐是否方便的问题，她没法走比较远的路，伤还没好利索。你看这样行不行，我先不说何时到，先到你那里住一晚上，第二天下午可以到城里来住，这样姐姐来就比较方便。

  你说呢？如你同意，姐姐来电话我就说还未定，星期六来也是可以的。还有，带些什么？

  祝好。

朱幼棣
2007年1月17日

朱先生：

选择正确。还是住我这儿好一点，省时省力，不用开车，也安全，吃饭也方便些。

能列出C选项，在我，也是鼓了很大的勇气并经过慎重考虑的。我不是一个开放的人。可我们彼此也不是陌生人，来往信件大约五六十封，一天一封信甚至三封信，这是写在纸上的（好像不是纸上），至于没写出来的就更多了。这一段日子，走路、做家务甚至开车时，都在心里与你对话，想把所有的生活所有的情绪全告诉你。很多年没有这种感觉，迫切地想把自己的生活告诉一个人；很多年没和一个人如此频繁地通信，如此盼望收到信，等不到信时甚至寝食不安。非常珍惜这种美好的感觉。至少，我们是密切的朋友，楼上楼下做一下邻居，当然也是可以的。

明天下午就要去海南了。行李准备好了吗？广州这两天可能降温，12℃至15℃左右。今天开会回家迟了，没看到海南的天气预报。那边比广州要暖，衣服薄的厚的要带全。

明天上午给我回封邮件。等去了海南，随时发短信或打电话来。过去的总要过去，开始的总会来临。我期待着。

一路平安。

翟永存
2007年1月17日

第二卷

亲爱的幼棣：

刚一离开你，还没有走到巴士站，已经在想你了。等巴士开后，想得更厉害了。幼棣，非常想你。一路上，把你的两条短信，又读了很多遍。看到手机上朱幼棣几个字，心里觉得非常温暖。

从来没有想到，你是如此单纯善良，像个小男生一样充满了热情。文章中的你才华横溢，博通古今；信中的你娓娓而谈，深藏不露；这次见面，看到了你的另一面，非常可爱的一面，非常书生气的一面。此前，一直认为，官场中生活的人，一定是老于世故，工于心计。可你完全不是这样的，率真，纯洁甚至有点呆气。你可能从来没有意识到，你是多么完美，多么优秀，甚至非常可爱，像个大孩子一样可爱。

依偎在你怀里的感觉很甜蜜很幸福。你的胸膛如此宽厚结实，听着你心脏跳动的声音，感到心里非常宁静踏实。寻觅了很多年，等待了很多年，似乎正为的是你的到来。生命中果然有一个属于我的男人在等我。

你离开了广州，没有人再呵护我，再对我温柔软语。一个人回到家，觉得房子空荡荡的，心里也无端发慌。天气真冷啊。

不知道你晚上开不开电脑，如果晚上看见这封信，记着吃点水果，喝些牛奶，替我照顾好你自己。如果明天上班时看到这封信，希望你因此一天好心情。

幼棣，我可能爱上了你。

永存

2007年1月22日

小翟，亲爱的：

心里非常想你。这次看到你，与你相处了两天，我觉得你正是我梦里寻找的人，寻找的知心爱人，等了几十年的人。你的善良与才气、聪明，完美地结合在一起。我相信你不会后悔自己的选择。我会好好地爱你，好好地关心与呵护你。终点又回到起点，在飞机上时，我又想起了《驿动的心》。

真的非常爱你！

晚安！祝有一个美好的明天。

朱幼棣

2007年1月22日

小翟，亲爱的：

你好！

离开你不到一天，就觉得漫长了。

到广州前，我还一直在嘀咕，人生如果再走错一步怎么办。毕竟只在姐姐安排的"相亲"晚餐上见过一面呀。但姐姐、继忠说你善良，这句话坚定了我。

只有两天，相处胜过20年。20年对一个人的了解也不一定达到这样默契——可以以心相许。

在那个温暖的南方的冬夜，我想起了红豆确实是生在南国，而并非积雪的北方所能有。也许一个人即使生长在北方，到了南方会变得聪慧和水灵，像你。现在，我终于理解了，众里寻她千百度，蓦然回首，那人却在灯火阑珊处。原来，就是这么回事。

在你的小茶室里喝茶，饮此一瓢，即可成宿醉。——在你家的望江楼上，睡得特别踏实。

先说上几句。

幼棣
2007年1月23日

小瞿，亲爱的：

你好！

我忽然想起30年前画过的一个人像，是不是与你年轻的时候有点像？——也许你正是我要找的。有画为证。

那天晚上想唱《驿动的心》，就是想不出歌词。——终点又回到起点，到现在才发觉。

但愿我们有一个共同的明天。

祝一切好。

今天没什么事，其实晚一天来也是可以的。只是怕有事。

朱幼棣

2007年1月23日

朱幼棣作，1975年6月

小翟，亲爱的：

你好！你的来信，看了好几遍。昨晚看了信后，去吃了六个橘子。过去老乡送橘子来，我都忘了吃。两箱，吃了一箱还不到。日子过得无望无奈，食不甘味啊。

过去的日子，都想着别人，想着工作，想着别人的前程，想着孩子，就是不想自己，可孩子也不要你想了。现在，觉得，我们都应该为自己活着，为彼此生活得更好。你说呢？

什么可能都有尽头，绵绵无绝的，是真挚的真诚的感情。怪不得什么是永恒的主题了。——反正，我们都会比陆游幸福，因为，我们情感生活的走向正好和放翁与唐婉相反。在2007年，第一个见到的是你，遇到的是你。我想我会好好珍惜。

前世有缘，会有千里姻缘。我记起了你书房里那张小照片，背后是一大片的绿草地。一直印在我的脑海里。我真的好像在哪里见过你，这个时候的你。我到办公室后，在电脑里找出了图片资料，在资料库的第一张图片便是。是我认真画过的，我想象中的，梦中的人。便是你。你是研究哲学的，在偶然之中，冥冥之中，会有必然吗？

今天阳光灿烂，像我的心境。过去冬日，常见数点寒鸦在林梢上盘旋，也不见了。——这两天，我都幸福得有点晕晕乎乎了。

我这里有个数码相机，新的，想春节时带给你。你以后和我一起充实图片资料库，好吗？对写文章有用。

祝一切好，祝你开心。

开车要小心。

幼棣
2007年1月23日

幼棣：

　　三封信都收到了，很开心。

　　我们的年终总结会，要开两三天，以前遇到这样的会，会读报看杂志，现在，就坐在那里，想你，一遍遍地想你，心里满是温柔和甜蜜。回想着你说的每一句话，还有你的肢体语言。也要好好想一想，生活中突然发生的变化，你的出现，多少有些猝不及防，幸福得令我惊讶，令我觉得不可思议。咳，还得用我们那两天常说的经典话：不知道有这么好！

　　也许，冥冥之中真有缘分一说。的确，我们有太多共同的东西。比如都爱读书；都爱文学爱写作；爱自然爱旅游；都比较单纯善良，都对生活充满了热爱，甚至都属于那种富于激情的性格等等。关于你，即使细微的地方，我也非常喜欢，说出来有点不好意思，喜欢你的肌肤，喜欢你的身体，喜欢和你接吻时的温柔与甜蜜。

　　内心充满了喜悦。已在算离春节还有多远，还有多久能见到你。2月18日是春节。我安慰自己，再有20多天就能见到你。

　　先写到这里吧。中午要休息一会。

　　幼棣，真的爱上了你。

永存
2007年1月23日

幼棣：

还是起床给你写这封信，因为太多的话想和你说。不写可能睡不着。

你的几封信全读了很多遍。也把以前年轻时的几张照片全翻了出来看，和你画的那张真的很像，尤其是嘴唇鼻子，眉目间的神情也有几分像。可能这就是命中注定，注定你是我的男人，我是你的女人。

寻觅了很多年，没有哪个山比你更高，在我心中，如以前信中所言，你是高山仰止。在我所认识的人中，没有谁比你更优秀更完美。

真是不可思议，以我的人生阅历，以我的智慧，以我的年龄，在读了你的几篇文章后，竟会强烈地喜欢上你，到现在都没想明白是怎么回事。是的，见面之前，已经喜欢你，否则不会让你住在家里。

有时觉得会天长地久，有时会觉得相识如此短暂，前程难料。年龄真的不是问题吗？很怕年老时会一个人生活，那该多么孤独啊。还有距离，暂别情浓，久别情疏。我喜欢广州，也喜欢现在这份工作，而你的司长如果辞掉不做，也实在太可惜了。

想到你在生活中那么笨，如果我不来照顾你，谁来照顾你？如果我不来陪伴你，你该多寂寞啊。

去腾讯网上申请一个QQ吧。这样可以在网上和你聊天了，可以打字聊，也可以语音聊，非常方便。

就写到这里吧。亲爱的，做个好梦。

吻你。

永存

2007年1月23日

小瞿，亲爱的：

下午还在开会？弟弟来北京，已经来了几天了，今晚见面，一起吃饭，还有老乡，可能看不成你的邮件了。

今天无所事事，写信成了最重要的事情了。其他工作还没有进入情绪。人还是与照片上的不同。与你在一起时的愉快，不是文字所能表达的。我也一再回忆与你在一起时的情景。我可能说得太多。说得不对的地方，请你谅解。

我已经跟妈妈说了，她欢迎你春节去黄岩。还未看日历，想在春节前两天走，再安排节日期间可以去看看的地方。也可以到江边去喝茶，再去雁荡山或者天台山。黄岩也有一些可看的地方。现在我们都是自由的人。命运在于我们自己。只是黄岩的冬天有些冷。

晚上通风问题是次要的，你这么大的房子，不会有空气不好的问题。窗户要关好，以免着凉。虽然是南方。

想你。真想亲亲你。接我的车来了，不多说了。

祝一切好！

朱幼棣
2007年1月23日

亲爱的老师：

昨晚忽然睡不着了。想你。想我们在一起时的点点滴滴，感到温暖和亲切，如同在昨天。我又想起你在看我写的那几篇习作，以漂亮的写作老师的眼光,竟不安起来,像老师在批改学生的作业。我又惶恐地回想起写作的经过。都过去很多年了,那时只有30多岁啊。

用写作老师的聪慧与审视,大约可以看出几种手法。《火地岛落日》就是海明威式的,那时是海明威作品的爱好者。而后面的中篇《沉默的高原》,则是陕北的,传统的,尽量想写出信天游的起伏的旋律——但这些毕竟都还很幼稚。对陕北的理解还很浅。当时在陕北只过了个春节,大约是在榆林过了正月十五回来的。写了十来条新闻,一个中篇,一个短篇和一个报告文学。

那时南极考察船在乌斯怀亚补充给养,我们上岸只有两次,要请假,必须三个人以上同行,其中有一个是党员。船上还有海洋局的保卫处长。上岸时做了什么,看到什么,都要汇报。有一个海员从电影院这边进去,那边出来,在门口转了一圈,还受到了批评。乌斯怀亚是只有一万人的小镇,是地球上最南端的城市。一次在街上转了一圈,另一次集体去自然保护区,在返航的路上,在颠簸的船上,编成了这个故事的草稿。——你如果想要看出我经历的痕迹,我个人的经历确实单纯,我不是那种经历型的作者、生活型的作者。这也是我作为作家不成功的地方,没有盯住一个地方纵向开掘,写出一个地域的特色文化。这一点后来我在写故乡的散文时有了改进。以后写作还要请老师多指导。

亲爱的老师,在我接触的女性中,没有比你更有才气的,应该说,是气质与外貌的结合。所以那天你在茶室中烧开水时,你转过身去,我忽然想起了李商隐的二句诗"座中醉客延醒客,江上晴云杂雨云""当垆仍是卓文君"。心里好感动啊。

先说上几句，要开会了。下午再写。

幼棣

2007年1月24日

小翟，亲爱的：

开完会，把三篇美国高校的调研报告校完，感到轻松了些。第一重要的是想再和你说几句，然后下午再开始写几篇医药的决策参考。是啊，你的信我都存着，可多看几遍。你不会笑我吧。那个QQ没申请上，可能与我们办公室的上网有监控有关。在我们的办公室里，电脑都有号，自己带来的电脑上不了网。写有关材料时，都要把上网的线拔出，文字保存在U盘上，工作的U盘与自己的U盘分开。工作的一般不带出办公室。——不说这些了。

是啊，你的工作很好，广州也很好，特别是做自己比较喜欢的工作。站在你的楼上，看一江春水，看春花秋月，令人心旷神怡。比部长的房子都强啊。你在书房里工作，一定会增加许多灵感。怪不得电脑会打得飞快。春风得意马蹄疾，一日看尽羊城花。你很有才华，出乎我原先所想的——那天我与继忠上街，他指着摊上的杂志说，昨天晚上见到的小翟，就是这家杂志的编辑。那封面花里胡哨，我翻了翻。可能就如你对官员的印象差不多，是另一个极端。现在，我明白了，要向你道歉，在我所见过的人中，女记者女编辑还没有超过你的。

我的工作呢，也还凑合，一是经历，在中南海有一间办公室就不容易。二是也可以做一些于老百姓有利的事。更主要的是平静，用不着竞争，再往上走什么的，我这个人本来就不大求上进。对官场的生活很难适应，那个累啊，躲到这里也好。在新闻单位，你不能老了也跑动态，与20岁的人去抢新闻。——更何况我还有一小块"自留地"，可以写自己喜欢的文字，思考一些自己感兴趣的"大事"。还有，现在，可以与心爱的人谈天。那是非常愉快的。

亲爱的，喜欢你的撒娇。这也是生活的一种形态，家庭的一种乐趣，也是你的可爱。人不能老板着脸，更何况是女孩。我比较粗心，常常会忽略一些事情，撒娇也可以提醒我什么关心不够。你说呢。在《米老鼠与唐老鸭》中，老鼠与狗、大灰狼都是可爱的动物。只是中国童话把狼与老鼠描绘成坏人。只有黑猫才是警长。

我现在想，春节期间去哪儿玩。我非常喜欢旅游，过去常常是独自一人，现在可与你结伴而行。

先说到这里。希望你愉快、开心！

祝好。

幼棣
2007年1月24日

幼棣：

除了想你，什么也做不下去。早上开车，一边轻轻地说出了声："幼棣，好想你啊！"平日觉得言能尽意，现在竟觉得语言如此苍白，心中的情意远不是文字所能表达的。

寄给你的三张照片，更喜欢哪一张？有一张很年轻，是在《南方都市报》工作时的形象。另两张，一张是2005年的；另一张是2005年在花溪，虽说不上很漂亮，但可能更接近现在的我，而且细看能见气质优雅，很有韵味。不过，我最喜欢的是印在《没有网瘾戒不了》书上的那张作者照，纯洁天真妩媚，像少女一样，其实那是2000年，已经34岁。心地单纯的人，可能形象不会像中年妇女吧。历经很多沧桑，走过无数坎坷，依然不改的是天真善良，磨灭不了的是对人生的热爱，对纯真爱情的向往。

想念你的怀抱，想念你的侃侃而谈。哪有说错的地方？全靠了这滔滔演讲，骗取了信任。

小说写得不错，我刚读完第一篇，觉得至少语言非常有功力。其他的还没有读，等读完再谈。

幼棣，非常想你。20天太漫长，一日不见如三秋兮，20日是多少秋！

想你。

永存
2007年1月24日

小翟，亲爱的：

信刚刚发走，收到了你的邮件。

三张照片，我都比较喜欢。比较起来，还更喜欢穿和服的一张。那张更生活化一些，也更接近现在的你。你在花溪的照片，使我想起了比较严肃的小翟老师,好像比例不对,其实你是很苗条的。而另一张,像个小姑娘。大约是女大十八变吧,越变越好看啊。你在机场接我时,我正是按照片找到你的。这照片我一定珍藏着。

寄去的这两张照片是我去年在贵州时留下的。贵州我也拍了好多照片。——当然,是一个很笨的形象,也比较忧郁,心情不好。大抵与你在网上查到的差不多。当时从毕节、遵义到贵阳,都是穷困的地方。

祝好。

幼棣

2007年1月24日

小翟,亲爱的:

这几句话说得多好啊,我读了好多遍,这是名句啊:"历经很多沧桑,走过无数坎坷,依然不改的是天真善良,磨灭不了的是对人生的热爱,对纯真爱情的向往。"

——这也是对我说的。我记得1997年7月31日傍晚,快下班的时候,我感到胸口发闷发痛,还坐在办公室里。几个记者过来,问我,给我倒了开水。那天晚上,我从办公室被直接送到了北京急救中心。挂针时,外面电闪雷鸣,大雨如注。我一点都不懂,那正是心肌梗死,而事先没有一点迹象。但检查时,大家都感到奇怪,心功能居然还是一级。第二天,还有八一建军节中央领导的活动,已经向中央警卫局报了我的名,我还问明天能不能去采访？如我不能出院，要另外再安排一个人——就这样，像一个受重伤的人一样，从火线上下来了。确实是生与死的考验啊，还有什么不能明白的？——无数沧桑，无数坎坷！磨灭不了的是对人生的热爱，对纯真爱情的向往。不知你是否看了我写的那篇《大坂》的散文，2000年秋天，翻过了大坂，也是我对人生的思考。其实那时我已经很孤独了。也许，你就是大坂上卖雪莲的孩子吧。

先说到这里。很爱你。

幼棣
2007年1月24日

小瞿，亲爱的：

你好！

我想你打开电脑，能看到我写的文字，还是趁去食堂前写几句吧。

照例的6点钟起床，把几个U盘里的文字题目看了一遍，看看今天开始再研究些什么。我写东西有个习惯，同时几个领域，毫不相关的内容，轮流着进行，可以休息。就像早起的农民，看他的菜地，瓜果蔬菜，园子里全有。那个要施肥浇水，那个要修剪，那个开花了，那个快成熟了，过一两天可以摘下来挑到市里去卖了。手头还放着一两本自己爱看的书，内容也与自己要研究的领域毫不相关。手头放着《统计资料》《中国书法史》《元上都研究》《人之上升》——一位英国访日科学家写的文字极好的科技史。我看各种报表数字也很有瘾。这些都像农民坐在树下纳凉时的消遣。但干活就得趁早。我们那里吃早饭方言叫"吃早捡（赶）力"，大概吃了早饭后，白天干活就有力气了。——我得赶紧去吃饭了。

昨晚睡得好吗？

又在想什么？

祝好。

幼棣
2007年1月25日

小翟，亲爱的：

下午要出去开会。再给你写上几个字。看看邮箱，还没有你的信。否则收支也太不平衡了，容易造成巨额的感情赤字，需要调整汇率。今天就不再给你写了。十几天也不可能把以后的情书都写完了。感情的资源也要勘探与保护开发并举，你说呢？

现在开始进入到今年医药产业的研究之中，这是大事。目前医药产业陷入极度困境。我已让他们提供资料。一些药厂的老总也打来电话，反映情况。医疗卫生把所有问题都转移到药品上去，这是转移焦点。

不说了。还是说说我们的"小事"。你说："可能这就是命中注定，注定你是我的男人，我是你的女人。"我好感动啊。

我也想说"注定你是我的女人，我是你的男人"。这一切也许都是命中注定，是一种前定。你逃也逃不掉了，你再拒绝也晚了，也不可能。你说呢?——你家的窗户是朝北的,正可以遥望北方。我也会在北方望着南国的你。无论是在落雪的冬夜,还是黄沙蔽日的春天。

我不需要给你写简历吧?——是你先把"招聘"的简历投到我这里来的。

翟老师,你辞掉了河北大学的教职,很好很好。我可要聘请你当人生大学的终身教授。你同意吗?

先说到这里。想你。

幼棣
2007年1月25日

幼棣:

看到邮件了,不知是电脑的问题还是别的缘故,得在新窗口打开才能看到。想你。非常想你。

信写得有趣。"就像早起的农民,看他的菜地,瓜果蔬菜,园子里全有。那个要施肥浇水,那个要修剪,那个开花了,那个快成熟了,过一两天可以摘下来挑到市里去卖了。"读到这里,忍不住笑起来。

"你逃也逃不掉,再拒绝也晚了。"好感动。是的,晚了。去机场接你时,虽然等了很久,但一点也没有感到时间漫长,徘徊在明亮的大厅,心里满是相逢的喜悦。想,见面后,如果你没有感觉,万事皆休;如果我没有感觉你心生喜欢,肯定我也逃不掉。还好,双双坠入情网。

医药卫生领域与百姓生活密切相关，很值得继续关注。既在其位，就要谋其政，往大里说，是为老百姓做点善事，往小里说，得有敬业精神。我们杂志对医疗腐败、百姓维权也非常感兴趣。你以前写的这方面文章，发过来看一看。知道你的方向后，可以把看到的相关资料提供给你。还有，要记者采访以宣传你的观点吗？如果需要，来帮你策划。

因为春节放假，这期交稿要提前。现在要开始编稿写稿了，大约下月5日左右交完稿。英语也要开始继续学了，5月底考试。硕士学位还是要争取拿到。第二本家教书也要加快进度。恋爱也要谈。这是大事，更不能误。

因为有你，心中充满了对生活的感激。感谢上苍赐给我一个好男人。

爱你。

永存
2007年1月25日

幼棣：

很想你。是啊，我先把简历投给你的，不得不承认，是我先追求你的。可是，幸福是要靠努力来争取的，值。

彼此有那么多共同的地方，琴瑟相合当属必然。的确，喜欢你绝非偶然。读了很多古典诗歌散文，饱受传统文化熏陶，突然遇到一个古典知识分子，一个学识满腹才华横溢，有入世之能有出世胸襟的书生、学者，怎能不令我怦然心动？众里寻他千百度，偶然相遇的你，几乎完美地符合了我对男人的所有理想。

可是，还是不要来定终身。任何承诺在繁杂的现实面前都是苍白无力的。是真爱自会终成正果，自会地久天长。经不起时间距离以及其他挫折考验的当不是真情。凡事，于我，总相信一句话，尽人力而听天命。

爱你。

永存

2007年1月25日

幼棣：

《大坂》又读了一遍，写得不错，有些句子写得非常好。"向下望去，是令人眩晕的深谷。有只山鹰在谷中盘旋，阳光在鹰背上闪耀，宛若银泊。"等等，还有很多精彩的地方。

知道是你的经历，再读就觉得亲切多了。

经历过生与死的考验，对人生应该顿悟。信里写到心脏病发，事前你一点也不知道吗？太危险了。现在心脏怎么样？要服有关心脏的药吗？

你是那种非常有毅力的人，学国画饿着肚子画一天，回家吃一斤挂面，"一年就突破了"；29岁前居然没有谈过恋爱（不是假新闻吧），只为要寻找别样人生；坐在火车站写中篇小说等。有这种精神的人，世上没什么事能难住他，也没有他做不成的事。我呢，遇到这种男人，也真的没有可逃的地方,别无选择地幸福地成为你的女人。

想你。

永存
2007年1月25日

亲爱的,我的爱人:

接到你电话时,正放下包,打开电脑。看了你的两封信,非常高兴。昨晚鼓捣了半天,就是上不了网。也好,像两个珍果,抱在怀里热一热,捂一捂,不忙着把它给吃了,留个念想,晚上睡觉时也可做个好梦。你说呢?

感谢你的"读懂"和赞扬。《大坂》确实有许多人生与经历的感悟。我曾把它发给一个刊物,他们说读不懂。我也不好明说。人有时就很孤独,而现在有了你。我的心脏已无任何问题。1997年得病,到1999年夏天时未经任何治疗,从新疆回来后,即住院进行了医治。手术3天后,我即出院了,人都惊奇。我想,不能留下隐患,那不好,也对自己不负责。那年我回老家爬山时,妹妹在后面都跟不上。后来去西藏,同去的都有高原反应,而我基本没有。可能也是与过去锻炼有关。

昨晚有十几个老乡,酒喝得是有点多了。我已经半年未喝酒了,心情的原因。我把棉衣脱下挂在那里,后来想,可能有你的短信,去取,果然有。我就溜到过道看,给你发回信。少喝酒,对。我立即酌减。——"有沽酒处便为家",那也要看与谁同行啊。如果与你一起出去旅游,当然会有此意境。因为你是我的全部,我的爱。

我在路上把咱们相处的时光又"倒流"了一遍。

第一次见面时,一句话未说,找不着北。

第二次见面时,话一大箩,背对着北。

进茶室时,我一瞅,两张椅子,椅背都挺高的,愣了一下,要多高的上身才合适这椅子,可能是准备给姚明坐的吧。——你看我多傻,事先姐姐在电话里吩咐过:"你少说,多听小翟说,你多了解。"唉,我一口气说四五个小时。你不断地倒茶。倒也不觉口干舌燥。说得你直在边上打盹。凌晨五更,还意犹未尽。——也许这一切都是命中注定吧。

先说到这里。亲爱的。

幼棣
2007年1月26日

小翟,亲爱的:

你好!

我先吃了一个珍果,再吃第二个。还要再说上几句。

是的,是的,不忙着定终身。尽管这是前定。

我倒想起教堂,这次在芝加哥大学看新校长就职典礼,就在洛克菲勒大教堂里进行,非常隆重庄严。我想,其实,这比一纸什么东西要好得多。那我就可以问你,小翟,你愿意嫁给我吗?——

而现在，没有这种地方了。也没有钟声，也没有神父，连天地都受到了污染，也拜不成。好在山盟无须，锦书易托。——你是自由小鸟，快乐的小鸟，这就好了。

你发的短信，两情若是久长时，更在乎朝朝暮暮，我看了好多遍——是的，是的，我更在乎。

好了，不再写了，要开始干活了。

想你。

幼棣
2007年1月26日

幼棣，亲爱的：

很想你。

第二次见面时，是不是一见就喜欢我啊？因为你一直在滔滔不绝。坐在茶室里，心里暗笑，这男人一大把年纪了，怎么见了女人，就像小男生一样口若悬河？嗯。当时没有困，因为你的故事很生动很有趣。只是想起你在海南没睡好，不忍心让你再通宵不睡。其实，明白我自己根本睡不着。

昨夜有点忧伤，所以就来任性地找你的麻烦。以后再有这样的时候，不必认真，不必一般见识，权当小朋友淘气，说点好话就能解决问题。你看，找一个小女人是挺麻烦的吧，得有足够的耐心与爱心。

先写到这里吧。

就这样稀里糊涂地爱上你。

永存
2007年1月26日

小翟，亲爱的：

　　亲爱的，再给你写封信。要说的还很多。第二次见面时，大约坐在班车上时，看窗外的灯火纷纷流去，对你有了感觉。当那个小茶室只有我们俩时，临窗而坐，我头一次认真地看了你，面熟面善，原来也白皙俏丽，佳人与茶室相映生辉。真是三生有幸。

　　通过那么多封信，人和文字，开始叠印在一起——在海南，在空旷的海边，望着椰风云影，我就尝试过，但那时你的身影面庞还不甚清晰。你就在我的面前，我爱上你了。不管将来有没有结果，我想都不会后悔。80元一斤的茶，香味是淡薄些，却温润沉郁，这是茶到中年。于是，我只好说起来了——淡然无他娱，开卷与心会。当然，人生走到这里，我自然有一种树树西风的沧桑感、凄清感。我想把自己的感受毫无保留也向你倾诉。我相信，你会是我的知音。一定。但那时我还不敢有太多的奢望。

　　你炒的米饭很好吃啊。

　　春节将近。刚才我查了查航班，16日有广州至黄岩的，17日没有。到宁波或温州都每天有4个航班。来得及，还有好些日子，先放宽心，再想想，还来得及。——你来，也只是友情赞助。你说呢？"进门"也可能是枉担名分啊，当然可能连名分也不用。因为母亲最不放心的就是我，你来了，就像过去地下工作者，扮演一个未婚妻的角色，这样就不会引起"反动派"的注意——我每年都是一人回家过年。如果想好了，我在北京替你订电子票就行了。我每天上下班都要经过西单民航大厦。

今天又是周末，明后天去看看如何装电话，还要买灯管。过去生活过得很凑合。虽然也打扫，但房间里总是乱。想念你。

祝好！

幼棣

2007年1月26日

亲爱的幼棣：

天啊，你的信不要写得这么漂亮吧，我会迷上这些文字还有写信的男人。不得不灰心地承认，你的文字胜过我的何止千倍。

你那么笨，能自己去申请电话，就值得表扬了。当然不用你来操心，我自己从广州订机票很方便。如果接下来的20天里你表现良好，我便于16日去黄岩。

你的感觉来得挺奇怪的，想不明白，窗外的灯火纷纷流去与对一个人的感觉有关联吗？

在忙，先写到这里。

爱你，幼棣。

永存

2007年1月26日

小瞿：

你好！

再给你写一封吧。

其实，一见到你，就已经完全没有陌生感了。流动灯火，你坐在靠窗的位置，想想吧，变与不变，是你的青春，你的执着。

确实，我从来没有和一个女子有那么多的夜话。除了自己的亲人。翌晨，我觉得我们已经有了明天。灰蒙蒙的天，纷纷飘落的雨丝，草色依然。一把伞，我们曾经一起走着。我满怀希冀，满怀欢喜，想把你揽在怀里，就能这样走下去，没有尽头。还是那首歌，都不需要记住歌词了：终点又回到起点，到现在才发觉……

人品既殊，性情各异。那优雅的气质，不是一般人所具有的。我想你不仅仅因为是老师，当过老师。有些是天成的。

刚才，一个制药厂的老总来电话，要约我明天晚上去给他们解惑一下。唉，又不好推辞。

先说到这里。

我想下班后，你能看到这封信时，有一个好心情。

幼棣

2007 年 1 月 26 日

小瞿，亲爱的：

在你家那晚"说尽心中无限事"后，我到楼下睡得很好。但

7点多钟也醒了，正在想你。但依稀记起你说9点半起床，我想让你多休息一会，只好继续钻在被窝里，装作冬眠的姿势。后来，听见了有人敲门——再后来，就看见了你。

在离去那个凌晨，我已经坚定多了，鼓起勇气，豁出去了，穿衣上楼去，想再跟你说说话，否则就没有时间了。相见时难别亦难啊。况且——

我在北京住了20多年了，始终如在异乡。而这次竟有回家的感觉，奇了。望着你窗外的丽江，我想起，人的生命也是一条河，有激流汹涌的时候，也有宁静的时候，特别是在云南丽江的时候。现在，在几乎无法止步的长旅中，我忽然明白了，应该有与你相伴相依的一条河。应该勇敢地走过河去。

我从来不会编假新闻。在17年的新闻从业中，没有发过一次更正——这一次也无须更正——29岁前没有谈过恋爱。那时，打麻将领导是要抓的，我不会。矿部机关里几个麻友经常躲到我的房间里来，把床上的凉席铺在桌上，以免洗牌时发出响声。我有时站在边上看看，也没学会。我在房间的墙上钉了好多画纸，一幅大画，就要画十天半月——可惜没有几幅留下来。当时的自我感觉，真像个衣衫褴褛的流浪艺术家。我画那么漂亮纯情的女孩子，现实生活中没有哇，几十年后才在广州找到。当然，那个女孩也长了些。能让你走近我，只有用一个词：感谢主。

北京来了寒流，天放晴了，风呼呼地响，大地一片萧杀。

在这样的日子里，更加想你。

幼棣
2007年1月26日

小翟：

你好！

亲爱的，过去夜里还是很能睡，现在不同了，一醒来，往往就辗转反侧，睡不着，想你。想想自己也真没出息。你说呢？其实我们也只见过两次面，这就奇怪了，仿佛等了你几十年似的。明知语言难传恨，但仍有说不完的话。那天晚上去白玛曲秘——就是那个西藏中心，香烟缭绕，隐隐之中，有圣地的音乐传来，我又想起了你。底事翩然，天涯目断。想来我们还得一起去西藏。

今天想写一点医药的稿子，还有把书稿再整理一下。整个行业面临的困难很多，全行业处于生死攸关时期，外资进口药去年大量涌入中国，已占了近三分之二的市场销售额。如此下去，民族医药工业危矣。如同饭店一盘菜要20元钱，可农民种的菜在市场其实只卖2元一斤。怎么能说再压低菜价，能降低宾馆饭店里的消费价格，使人人都能进餐馆宾馆消费呢？

你说春节去黄岩，很使我感动。但那里春节屋内比较冷，要有思想准备。准备受苦啊。

祝好！

幼棣
2007年1月29日

幼棣：

昨夜也没睡好。想如果我不去黄岩你一定伤心，因为好话说了一大堆，信里甚至也计划好了到哪里旅游。所以，半夜起来给你发信，不想打开手机，短信还没写完，你的信息来了。竟是凌晨3时所发，倚在床上，心里满是温柔，呆坐了许久。一灯荧然，夜深人静，窗外江风正猛。

有些事我是误解你了，现在看来那些担心是多余的。即便如此，也不要挂电话或生气吧。我要的不光是爱，还有宠爱。当一个女人温柔懂事时欣赏她，这叫爱；当她任性无理取闹也能包容，才叫宠爱。我要你的宠爱，像兄长不会跟妹妹计较一样。如果我们将来没有结果，不是没有共同爱好共同语言，而是因为脾气性格。虽被同事认为"性格温柔，身段风流（开玩笑的说法）"，但我的缺点自己清楚，性格耿直，心里藏不住事，有什么全说出来，不讲策略。这不利于安定团结和平共处。

昨天电话里讲到的词应是李清照的吧。"花自飘零水自流，一种相思，两处闲愁。"

想你，幼棣。

永存
2007年1月29日

亲爱的，小瞿：

现在不说将来有没有结果，我们都往最好的结果努力。我想说的，既然爱了一次，就须爱得真心实意，爱得轰轰烈烈，爱得义无反顾，爱得天长地久，爱得不留遗憾。本来我们走到今天都很不容易。你说呢？

本来，我以为这种感情此生已经不会有了，原先也没有过，人生过得平淡。姐姐当时说，也只是找个伴。妹妹则说找一个会做饭的人。真是真是。所以，我一直提不起任何兴趣。所以就一直想哄住孩子，怕孤单啊，连个说话的人都没有。生活几年来一直像掉进了冰窖。——没有想到山穷水尽后，生活会那么好。

很久以前，家庭便有了问题。父亲母亲把我寄回去的钱，给他们看病的、买房子的钱，一直存着，一分都没有花，他们觉得我家庭将来一定会有问题，留着给我，怕我到时身无分文。他们替我存了几万元。可怜天下父母心。当然，我还是非常勤奋的，现在并不缺钱。只是不会理财，全都存在银行里。还多次忘掉密码。

我也曾经想买房子，一是北京房价太高，一平方米得一万元，我也不太会办这类事，就拖着。本来，也可向单位要，北京房改已经结束，单位分的是经济适用房，还很啰唆，张榜排队，经济适用房每平方米也要5000元。另外，自己最后退休去哪里也不好说，心中总有客路思归之感。我在新闻学院的房子是两套两居室。前妻现在买了房，搬出去住了。这两个两居室都由我住着，所以我也不着急买房。

我的脾气应该是比较好的，还喜欢开一两句玩笑。不高兴就是不说话。从未跟人吵过架。只是有时心比较粗，想自己思考的事，可能有时心不在焉，"魂不守舍"，对你照顾不够。希望你能理解，提醒我就行了。以后咱们慢慢熟悉就好了。

我觉得你的脾气还是很好，说不定我们还真处得来。

亲爱的，想你。

幼棣
2007 年 1 月 29 日

幼棣，亲爱的：

信中没有责备我的话，还时刻准备道歉。我觉得你真是在宠我了。既然心中有爱，就该有宽容。爱的本质首先是宽容。你说呢？

我对你拍的那张非常美丽的照片印象深刻。旅游爱好者众矣，但多数限于走马观花；而遗世独立，临风感慨沧桑变迁，如朱幼棣先生这样有品位者鲜矣。我喜欢登高怀古，作为诗人和学者的你。以后我们开辆吉普车，一起走天涯海角。

你的生活很有点古典知识分子的情韵，这也可能是我迷恋你的原因。

爱你，幼棣。

永存
2007 年 1 月 29 日

小翟：

你好，亲爱的。

今天给你写第三封信，可能写得太多了。由于忘了带U盘，一些资料在那个盘里，工作不太顺手。于是就接着几个月前的《丝路南道》写，再次神游了祁连山南麓——就是你看过的夕阳下河流有许多弯曲的照片的地方。那个地方还有好几座宋代古城遗址。那真是一次神奇的旅行。

当时，国家计生委在西宁开西北区的一个座谈会，我悄悄溜出来，窜那个地方，先是找了辆车，在青海湖边上找伏俟城，在荒原上转了整整一天，未果，决计到祁连山南麓游历。伏俟城是鲜卑族建的，从东北大兴安岭经过几百年、千万里的迁徙，最后来到这里，来到青海湖及昆仑山下。这里是西迁鲜卑人最后消失的地方——鲜卑人在唐代青海建立的王朝叫吐谷浑，这你一定读过有关唐诗，青海长云啊。吐谷浑在吐蕃与唐代的联合打击下灭亡了，其中一支归附唐，就进了祁连山南麓，即青海门源的大通河流域。伏俟城地图上标得不对，我都走到青海湖与茶卡盐湖之间的大水桥了，有一支土路向南，但前几天洪水，路被毁，过不去了。在这个地方，翻越青海南山时，回忆一下读过的边塞诗，感受确实不同。你想，一个人，司机，吉普车，在荒原上拿着好几本地图找路，是个什么样子，一定比坐在会议室里好得多呀。——一整天白白奔波之后，我安慰自己，一次不能把所有的地方都看完，总要留下一点缺憾，以后还可以再去。我不知道自己最后下决定寻访丝路南道，是否与这次失败的寻找有关？

好，不说这些了。你说将来开吉普车出去，极好极好。比我上西樵山时，抱着开摩的农民的腰上山，强得多吧，那时真有些害怕,怕摔到山谷中去。我当时买了本《西樵山志》,后来也丢了。我真没想到广州附近有此等好去处。

其实,现代一些的生活不能说小资。古人的生活比我们要小资得多。饮酒、赏菊、弹琴、品茶、夜游,银烛光中、清歌声里,都可以写诗,都可以作画。窗明几净,燃一炷香,闲临唐帖。他们的生活质量很高,生活品位很高。那些好文章都好像是随手写出来的。当今小资生活中有多少文化呢?在咖啡屋中一坐就是了?

窗外狂风怒吼,大降温。先说到这里,想你。无计无计!

幼棣
2007年1月29日

小翟,亲爱的:

这样写信像接力赛跑,与羊城女作家之一接力,你才思敏捷,出手又快,下笔倚马可待。我是注定写不过你的了,无法接招啊。只好自叹弗如,江郎才尽啊。——好在来日方长,前路尚遥,或可携手同行,青鸟也不必过分殷勤探看。

吹尽狂沙,心事都付与君知。且容我日后慢慢道来。

不敢责备,宠爱还来不及呢。

今日风劲,吹散阴霾,后夜相思月满天。

亲爱的,想你,想你。

幼棣
2007年1月29日

幼棣：

　　非常想你。无论如何，无论心理压力有多大，春节也想和你在一起。如果不能和你在一起，这节有什么过头啊。可是……如果春节见不到你，什么时候能再见？我简直不能再等下去了。人生苦短，我们都不再是能经得起长征和等待的年龄。

　　如果不是一个生活严肃的人，不是很少经历感情，根本不会像我这样仅因读了你的几篇漂亮文章和故事，便坠入情网不能自拔。想起来就觉得自己很傻，可能这就叫缘分。

永存

2007年1月29日

小瞿，亲爱的：

　　今天风小了，天气依然冷。但心里的感觉好，因为有了你。即使你在遥远的南方，尚不能时时在一起，但感到充实。怪不得古人都说知音难觅，还有什么？高山流水。确是。——不是年龄的问题，少年的爱、青年的爱，都不会这么真实、真挚与浓烈。这如同陈年的酒。我们都等了许久，始觉从前万事非，是不是？都说，韶华易逝，青春虚度。而今，探尽江梅，已知消息？

　　在家等了些时候，问，说电话今天又不能装，要等到明天。好在现在也无事。晚就晚一些。

　　今天还想把《后望书》再赶一赶，争取节前基本脱手，否则时间拖得太久了。以后再写别的，得与你商量。

还有，我想到中关村看看，买个笔记本电脑，以后我到广州也好用，不用电脑背来背去的，你说呢？

想你。一切好。

幼棣
2007年1月30日

亲爱的小翟老师：

我还有一篇考证性的文字，证明渭城不是咸阳，而渭河边上的酒吧和歌厅，是一处唐代娱乐场所。当时唐代长安，城里9点就要闭关，街上行人绝迹。于是官员们、商人们、文人们都跑到城外去消费了。——在中南海办公室里，考证汉唐长安城的风物，很好笑吧。——这个发现，就可以作成一个硕士论文。

你一定教过王维那首阳关三叠，渭城朝雨。请教正。

我考证得有没有道理？

多谢。

幼棣
2007年1月30日

幼棣：

想你想到心疼。昨夜很想，今天早晨起来还是很想，忽然明白了什么叫"朝思暮想"。有些词语虽耳熟能详,但除非亲身经历,否则永远不能真正明白它的含义。

想起那首《长相思》:

"长相思,在长安,络纬秋啼金井阑,微霜凄凄簟色寒。孤灯不眠思欲绝……"可惜记不全了。

这是李白的诗。

下边这首是王维的,题目应该是《辛夷坞》,写辛夷花的:

"木末芙蓉花,山中发红萼。涧户寂无人,纷纷开且落。"

非常喜欢最后一首。记得在河北大学教书时,一次带学生去搞社会调查,路过涿州,去看涿州塔。塔有600年的历史了,不知道是何人所建,也不记得是什么用途。在一望无际的麦田里,青灰色的砖塔静静仁立着,高耸入云。数不清的燕子绕塔盘旋着,啼叫着。天边是如血的残阳,把金黄色的麦海也涂染得红了。因为年代久远,青砖塌了一些,残损破败的塔壁上,竟有几丛怒放的野花。这无名小花,在如水的晚风里快乐地招摇着,小小的花朵挤在一起,三五一丛,明艳娇美,灿烂至极!寂无人处,生命仍如此热烈绽放。生命本不为功名,既为生命,便自当蓬蓬勃勃。想起王维《辛夷坞》的禅境,一时感动得热泪盈眶。

当然讲过"渭城朝雨"那首。我读了你的考证文章,觉得很有道理。

永存

2007年1月30日

小翟，亲爱的：

一口气能差不多记起那么多好诗。我肯定是写不出来的，记忆力，背诵什么尤差，在这方面，我是老师门下士。少年时缺少"家教"。上小学时在放学回家路上，花一分钱在书摊上看一本小人书，《三国演义》《水浒》之类都是从连环画上看来的。这就是全部知识。养成了阅读的习惯，喜欢武打的，节奏快的。连《红楼梦》都没看完，惭愧。

涿州古塔，什么时候当去看看，还有没有那小花。就怕现在已经修葺一新，没什么可看了。河北去的地方很少。两年前去看鸡鸣驿，破败不堪。那天正从泥河湾回来，我要求到鸡鸣驿去看看。还有正定，印象不错。好像北方现在佛教不如南方盛，香火寥落，远不如南方的寺院。

我老家原先院子里就种有木芙蓉，开粉色的花，花木有一人多高。夏天花很盛，团团锦簇。后来老屋及院子都被征用了，橘树、梨树、桑树、枇杷树与好多棕榈树都没有了。还有眼清澈的水井。那院子矮矮的石墙上，爬满了碧绿的南瓜藤，高标挺拔的棕榈树，真是美啊。对了，后门口还有架葡萄，我们小时常在葡萄架下下棋。现在那里建成了黄岩广电大楼，已经完全成市区了。我有一年回老家时，工程还未完工，在路边还有半丛木芙蓉在摇动，我在边上徘徊了好久，好多树都是我亲手种的。我想起中国20年来发展之原始积累、启动资金都来自于土地转换，来自于对土地和人的剥夺。那老屋及院子拆迁只赔偿了几万元钱。

亲爱的，也不怕难为情，这几天想你时，有时感到小肚痛，我不知道这是不是所谓"断肠"之感。于是只好放弃，转念想想别的,看看别的书,或翻翻魏碑唐帖,缓解一下痛感,你说怪不怪。

祝好。

幼棣

2007年1月30日

小瞿,亲爱的:

你好!

每年春节我都过得不大好。过去在新华社时,因要采访春节团拜会,常常无法回家,多数日子在北京一个人过年,颇有书剑飘零之感。父亲不在后,才想起好后悔。前两年春节回去,我原来住在一间妈妈收拾好的房子里,后来弟弟一家人来了,我又把房子腾出去,一个人住进了乱糟糟的北屋。连姐姐都觉得我惨。如果你能去,我当然要高兴得多。

以往日子一天天挨过去,都比较麻木了。亲爱的,认识你后,不断与你通信,我忽然感到生活有了希望,也有了很温暖的亮色。这种感情是过去从未有过的,我认识了你,也重新认识了自己。我们在一起的时光,充满许多记忆。只要想着你,即使是寻常的日子也觉得充实。是的,人生苦短,所以我对你是满怀感激的,是感激中的深爱,我们在一起一定会过得很好,你会是我的女人,一定。词中说,十分清瘦为萧郎,有人萦断九回肠——那就是我。

怎么老是问过去什么情人之类的问题?我想还是应当相信我。其他当官的可能有,但我不会有。也是因为笨,缺少交际。

我基本定下2月15日走,已经请好假了。

这两天你很忙?

附上一篇小散文,也是写感觉的。那是在西套蒙古,在居延附近的唐宁寇军城遗址的荒滩上。我是最早来到那片荒原,报道居延海干涸的。

亲爱的,想你。

幼棣
2007年1月30日

幼棣:

分析一下为什么爱上你。

最初有好印象是因为吴晓波的一段话,后来读了你的文章,觉得大感意外,真正打动我的是《回望奉节》,读完后热泪盈眶,呆坐了许久,心想,能写出这样文章的男人真是太有魅力了,完了完了,可能要喜欢上他了。一篇散文换回一个美人,得意吧?黄金有价书无价。又在网上查了关于你的所有信息,也不知怎么回事,就有些着迷。在我的生活中,从没遇到过像你这样有传奇色彩的人。

我想,最根本的原因是一个读了很多书的古代淑女,遇见一个古代书生,物以类聚,惺惺相惜,相爱也就很自然。其实也没法分析,情不知所起,一往而深。

在这样宁静的夜里,想着你。屈指算时间,半个月后就能见到你。不光要抽象的爱，也要你具体的爱。

永存
2007年1月30日

小翟，亲爱的：

在家忙乎了半天，网线还没有弄好，上网还得再等几天。姐姐说我生活不行，大约也是指这方面。做饭买菜没有问题。这些以后自己都会慢慢熟悉起来。

星期一晚上去西安，是想把非处方药的市场化推动一下，整个民族医药产业去年陷入空前的困境，亏损面达一半。如果我们国家没有了民族医药产业，国内市场都被进口药、外资药厂占领，对我们国家和人民来说，将是灾难性的。要靠他们降低药价根本不可能。但我们的领导现在还没有意识到这一点，光是强调反商业贿赂。城门失火，殃及池鱼。医疗卫生部门、医院也正好借此推脱自己的责任。如果按此路子搞下去，医疗卫生的改革可能又要推迟几年。

在那里会后，我还想去看看法门寺，他们称原来安排到兵马俑参观，说西安杨森对兵马俑维护有赞助，参观可能要方便一些。我更想去法门寺，到陕西后再跟他们说说。时间很短。周三晚上就回来，但到北京可能要很晚了。

陕西我去过好多次，但旅游到过的地方少。往陕北跑的地方多。记得1984年在陕北过年时，从榆林到米脂，在米脂住了一晚，想瞧瞧"米脂的婆姨"。太冷，住在一个小招待所里，夜里不敢生着炉子过夜，怕煤气倒灌进来。还得了感冒。"米脂的婆姨绥德的汉，青涧的石板瓦窑堡的炭。"冲着这首歌就上了陕北。没有在米脂看到好看的女子，想起来，都还不如你长得好哇。——后来当地的人开玩笑说，长得好的婆姨，当年都进城了，留下的都是些歪瓜裂枣。不知你看了《沉默的高原》没，那是我写的第一个中篇，就是在陕北的窑洞里拉出提纲的。毕竟不是陕西的作家，我怕书中描写乡土风俗出问题，就寄给湖南的《芙蓉》给发表了，南方的编辑不一定都知道陕北。书中的那些民歌，过山梁，我是挟了个延安群艺馆的油印小册子，从上面抄来的。毕竟在陕北走马观花，前后也只一个月时间。写成了一个中篇一个短篇，还有一个报告文学，以及十多条新闻稿。那时年轻，一个人背着个挎包，拎个帆布旅行袋，就坐公共汽车上路了。正因为在陕西的半年里表现得特别好，当时陕西分社的社长就想留我，给总社打报告。这也是总社急着叫我回去，派我去参加首次南极考察的原因。所以一半是机遇，也与当时的努力有关。

刚进办公室，打开电脑，你发来的几篇散文还来不及好好读，只是扫了一眼，等会再交"读后感"。先把这封信发上。

想你。祝有愉快的一天！

幼棣
2007年2月1日

亲爱的幼棣：

来信都收到了，上午在开编前会，每期交稿前，编辑要把手里要编的题材报一下，一块讨论是否编等。这算是例会。这期好像大家都没什么好题材。

以前觉得工作压力很大，现在也不知怎么觉得很轻松。上班很自由，早来晚来也没人管。上期写了两篇，一篇已发，一篇因交得晚了，说是这期发。总编还派了一个任务，她要陪我去采访许晓珠，类似孔繁森一样的人物，在墨脱县做县委书记，因温家宝批示了，所以现在炒得很热。这不是《家庭》的题材，不知总编为何要做。本没有兴趣去写，但也没办法。杂志社一有采访任务，肯定我是跑不掉的。去年春在江西南昌组稿，一个人跑到婺源（被称为中国最美的村庄），长途汽车开了4小时后，婺源在望，总编电话来了，要我立即返回广州，明天去采访广州的一个作家，赶这期稿子发。又不能说人在婺源，怎么赶得回去呢？我支吾着说，那么多编辑记者都在，他们可以采访。总编说，谁的文字也不如你的好。我好说歹说，费了好大劲才推掉了，游婺源的兴致减了不少。

1到5日要忙几天编稿了。编完稿就轻松了。先写到这里。

能自己做饭洗碗，真是个好男人啊。

爱你，幼棣。

永存
2007年2月1日

亲爱的小瞿：

来信收到了。

我想还是得在下班前给你再写几句。你回家后打开电脑，能够看到，伴着你度过寂寞的晚上。看了《中国青年报》上一个女作家开的专栏，是专访名人的，我注意看了几篇，就不再看了。觉得文字没有你好，而且也没有什么思想，这是最要紧的。像农村小媳妇、城市小白领拉家常一类，忽而东忽而西的，把文字堆一堆、码一码。要凝神写一个主题、一个观点不容易，你说呢？

你都窜到婺源去了？我在1992年去江西的三清山、鹰潭、龙虎山，与婺源好像不在一条线上。当时三清山还没有开发，上山后，一场大雨，衣服全湿了。婺源原属安徽，解放后才归江西。

你说采访许晓珠，去不去西藏？墨脱可不好走。

精神卫生方面，你以后可留心一下。如需什么材料，或者要采访，我可以通过卫生部和精神卫生中心的朋友打招呼。我今年还帮他们申请了一个国家软科学的课题。钱不是很多，对专家们来说，国家课题评职称很有用。如需要，我这里还有好多精神卫生背景的材料，可以发给你。肯定可读性强。北大六院的马弘，就有很多故事。

工作你已经很轻松自如了。我的建议，只是作为参考，作为一个准备的领域，因为如有一点现成的，再加上点采访，写起来就非常容易。说到底，我也是搞过畅销与通俗的。只是写成的题材没有你们刊物做得那么尖端。不说这些了。

做饭就是好男人了？不对不对。我比较喜欢颜真卿的，智永的，怀素的，苏东坡的书法，还与喜欢他们的做人有关。我不太喜欢纯文人的作品，比如米芾，比如唐伯虎。他们的书法总有一种轻佻的感觉。书评也是如此。仅颜真卿的《颜氏家庙碑》，就通临了三个"波次"，几乎隔一年临一次。此外，还喜欢蔡襄的书法。对蔡的书法后人争议很多。甚至说宋四家苏黄米蔡，原来蔡是指蔡京等。我并不这样认为，蔡襄是宋代颜真卿式的好官，他各种书体兼能，且是研究茶叶、种茶的专家。他的书法特别丰富，可以研究的内容很多。你可以读出这种写法是哪儿来的，另一种笔法又是哪儿来的。而蔡京至今只流传下几个手札，今人凭什么说蔡京胜过蔡襄呢？而且蔡襄的字不易学，这就是一个书法家丰富的地方。——前几天，偶尔在书店里看到当代一个书法名家写的唐诗草书卷，其狂怪与功力不足，显而易见。——不是说我已经写得很好，由于有祖父与父亲的字在身边，标尺已定得很好。不敢拿出去，也怕辱没先人，只好空时默默用功。寄身于思想与文字家园，又不以文字谋生，独自在办公室烧水沏茶，想一些与己无关的"大事""战略"，还有这等好事么？写一点公文，只要稍一认真，都能做好。你说呢？

爱你，亲爱的。

幼棣
2007年2月1日

幼棣：

你的建议我考虑一下。心理健康也是很值得关注的问题，得去书店看一看这方面有哪些书,然后定一个具体的方向,开始采写。你能如此关注我的工作,觉得很温暖。

知道我长夜寂寞,特意写信让我回家读,还是挺感动的。爱使一个粗心的男人也变得细心起来了。

婺源很值得一看。深山深处,有几个数百年前的村落。每一个村都有小河潺潺流过,石板小桥,清澈河水,有村姑在河阶石板上浣衣。沿河两边全是二三百年前的明清古宅,几乎家家都是飞檐白墙的古建筑。房子外边可能是砖,里边却是清一色的雕花木板墙和木门木窗,木雕十分细致精美。户户都有祖上留下的红木家具。

坐在临街一家小店的吊脚楼上,一边欣赏街景,一边吃当地的荷包鲤鱼,真是很奢侈的享受。街中小河淌过,有几个美院学生在写生。村子的四周是盛开的油菜花,金灿灿的花海里,依着山势浮着错落有致的古宅,一律是白色的墙,灰色的飞檐,美不胜收。不到婺源,不知道何谓时光倒流。漫步在三百年前的村庄小巷的青石板上,恍若走在时光隧道里,仿佛回到了明代或清朝,一时不知今夕何夕。

虽爱婺源,更爱幼棣。

永存
2007年2月1日

小翟：

你好！

亲爱的，今天得再给你写一封信。

看了你的两篇关于男人与女人的散文，觉得不错，可读性也强，尤其是出自一个女作家之手。老师研究之深，而且能写成文字，度上的把握也基本准确，不容易。有的人可能想到，但表述不出来，这就是功夫，还有观察分析与归纳、总结也很到位。几类讨厌的女人中，你还没有说女官员。特别是权力比较大的女官员，说话的腔调、做派都变了啊。——当然，不论男女，有了对权力的迷恋、欣赏，以及向上"进步"的欲望后，走路、坐的姿势都不同。同一个人，前倾与后仰、半个屁股坐在椅子上，还是两手搭在沙发扶手上的昂然，都很有意思。对于男女平等的观点，我总认为世界是公平的。比如阿拉伯，大片沙漠，可地下有石油。而许多平原地区，像珠江和长江三角洲，很富饶，而地下却没有什么资源矿床。这是怎么看的问题。当然，我还是赞同你的观点。现在当官的不是说"无知少女"吗？最容易提干部的也是这么几大类人。

从地铁上来，便是西单图书大厦。从车厢里挤了出来，来到地面，更觉世界之大。刚才全身挤得发疼，现在一头进书店，逡巡了几排书架，再去存车处取自行车。顺便买了本《李国文说唐》。瞅了一眼，过去买过李国文的《中国文人的活法》，总体上不错，文字也好，但有些尖刻，露锋，也是一种风格吧。李国文只是文人，多按照文人的理解。如书中说到张祜，受到白居易、元稹的打压，变成了什么"老人家手搭凉棚，睃睨着文坛上一个文人的动静"。不妥。我很喜欢张祜的诗，"金陵津渡小山楼，一宿行人自可愁。

潮落夜江斜月里，两三星火是瓜洲。"还有杜牧写给张祜的诗"谁人得似张公子，千首诗轻万户侯"。

从政与为文不矛盾，但毕竟不同。张祜去杭州，拿诗去求见当太守的白居易，是请他推荐为官。白居易把他排在第二位，于是未取。这不能当成文人间的排挤。现在，纯文人有很多毛病，比如不够严谨，有时还比较狂等。当然，官场也有积弊，普遍的素质较低。这倒不是文凭和学历问题，知识面也较窄。关于无行问题，道德层面的问题，各个阶层都是有的。只是如果从政，影响要大，负面作用也大。你说呢？但不管怎样，李国文的还是值得看一看。

我是《中国软科学》杂志的审稿专家，这两天还得把《基于技术引进、消化吸收的企业自主创新路径探析》这篇稿子看出来，大约有几万字，内容也比较专业。事情就比较多。先说到这里，等会再说。

祝一切好，我的爱人。

幼棣
2007年2月1日

小瞿，亲爱的：

在电话中听说订了机票，心里特别感激与感动。否则今年春节，对我来说将是最为灰暗与惨淡的，除了陪母亲，将是无处可去，无人可说。而现在一切全改变了。因为有了你。你是我的春天，我的一切。

描写婺源，只是短短的几句，如在画中，使我想起了去年春天在贵州山区的景象。也是遍地油菜花黄，但心情是郁闷的。——那时咱们还不相识，远在万里，更不用说相知了。世界很大，人海茫茫，要找到心爱的人也很不容易。关山飞渡，想起那一年走过十里驿道，来到五岭上的梅关，这里正是广东与江西交界处。暮春时节，乍晴还雨，天气闷热，枝头青梅已经隐现。站在梅关小小的关隘下，眺望南方，耳边不断传来布谷与知了的叫声。知了——知了——南天云水茫茫，也不知道知了什么。如果今天再踏梅关，一定是知了你，我的爱人。——春去总有来时，愿春长见伊。

先写上几句，给你早点发过去，让你可以先看到。我赶紧再干点活。

想你。

幼棣
2007年2月2日

幼棣：

一上班，一进办公室，第一件事便是打开电脑，查看是否有你的信。虽然通话是如此方便，每天还是如此迫切地需要读到你的文字。如果有信在，就像看到了你一样，很开心；如果没有信，觉得心里很不是滋味。我像学生患网瘾一样，对你的信有了依赖综合征。

不用感激，我也是如此迫切地盼着见到你。没有你的春节不再有节日的快乐。只是到你们家，应付那么复杂的人际关系，不是我所擅长的。最好在家里少待两天，出去旅游多占点时间，这个阶段，还是很需要二人世界的。你说呢？

还有，给老太太带点什么礼物合适呢？你帮我想想。

订票公司下午就把票送来了。

"金陵津渡小山楼，一宿行人自可愁。潮落夜江斜月里，两三星火是瓜洲。"这首诗我也非常喜欢。

想你，幼棣。

永存

2007年2月2日

亲爱的：

你好，东西不用老远地带，路上不方便。到黄岩后，我们一起上街给母亲买一些就可以。我们住的地方楼下就是大街，是黄岩最热闹的地方，也有超市。看看缺什么，买一点过年的东西，让她高兴高兴就行了。我们陪她说两句话，她就高兴了。然后我们一起上街。此外，我还要给家里买菜。

现在正在考虑如何出游的问题，怎么走法。找朋友要车，陪上个人，就不太自由。如果不找车，就有些不方便，我还不知道怎么走法。过去都是人家接送的。好在到时这些问题都不难解决。再商量吧，可以等到家后打听一下。初一初二大约只能在附近走走。

想起与你在一起时，就高兴，我们一起还远没待够。可以先去九峰看看，一个县上公园，在《中国名胜词典》里有。还有柑橘的发源地。黄岩还有富山大裂谷和五级瀑布。景色都不错。

把奇正药业要的材料发走了。再看看邮箱，有你的信，很高兴。

先写上几句，说到这里。亲爱的。

幼棣
2007年2月2日

幼棣，亲爱的：

也好，到黄岩再买礼物。

旅游还是我们俩去比较好，喜欢只和你在一起。如果有个朋友在身边，说话都不方便。长途汽车或公共汽车都是不错的选择。当然，如果路程不远，如果不通长途车，如果可以借辆汽车，你查地图我负责开车。

旅游不要走的地方太多，如果风景好，悠闲地住一两天，享受宁静和美景，才是我所理解的旅游。不喜欢疲于奔命。如果不能心静悠闲，又怎能有好风景？

在家闲住或出去旅游，都是小事，重要的是和你在一起。

非常想你。

永存
2007年2月2日

小翟，亲爱的：

打开邮箱，又看到你的信，意外地高兴。

收到你短信的时候，我已经看到了你的信，正在给你回信。——这也是幸福的忙碌，愉快的忙碌。

写信成了我最主要的工作了，而其他则进展不快——这应该是最主要的，亲爱的。而过去一些俗事，不由得常把流年虚占。我们都为别人做得很多，为自己忙得很少。你说呢？

对我母亲你不必紧张，也没什么礼节。她原先是中学老师，后来父亲出事后，就在城里的小学里教书。现在已经完全成了老太太了，也不能下楼。孩子们当中，她对我是最好的。大概我说煤球白，她也肯定会说煤球是白的。所以我说你好，也就一定错不了。你说呢？

在黄岩开车可不行。那地方小、挤。人乱而多，有些像广东顺德之类的小城小镇，街上人多得出乎想象。汽车自行车摩托车到处乱窜。

亲爱的，我至今也没有想明白，在这么短的时间里，怎么会义无反顾地、毫无保留地爱上了你。我虽然接触过许多人，包括一些名记、女作家、官员，浅薄、造作、贪财、恋位、弄权，是当今社会一些人的通病。总觉得你是独立风尘外的古典女子，才情极高，此前还未见过。许多女记者，离开这份工作，我不相信还能自己活下去的。——应该承认，过去我对小女子散文存有偏见，这是不对的。因为当时政文采访室有一位女作家，就写过一本小女子散文，光记述个人一些细碎的感情以及与别人如何调情，而且人也造作。现在不同了，觉得不须标上什么记号。像一些大散文，其实也不大。文化散文，文化的含量也不高。——确实，为文是很私人的，只有在自己想写的时候，有感想的时候，就写。你说那篇沙漠中的佛塔，缺少主题，可能。那幅画面，在我的脑海中挥之不去，即我们前往宁寇军城时，正是清晨，初升的阳光照着沙海中的佛塔，在地面上拉出了长长的影子。——这确实没有主题啊，写了，把记忆就合上了，可以再也不去想它了。

我有一系列关于新闻理论和新闻业务方面的文章，就是看了一些报道后，随手写的。后来新闻记者等刊物也来约稿，愿意用，只是近来没有时间写了。

有时想你的时候，似乎记不起你的模样了。只是与你在一起时的情景，都还真真切切地记得，如同在眼前。

晚上一些浙江老乡要一起吃饭，到城南大红门的浙江村，要晚一些才能回去。

有一张新疆的小羊的照片，想发给你，是我在天山中拍的。想你——原想给你发图片，但发不过去。只好先发信。

祝你开心每一天。

幼棣
2007年2月2日

幼棣，亲爱的：

沙海中的佛塔，这个意象非常好。斜阳衰草，残壁断垣，这意象也很有沧桑感，但不如沙海中的佛塔，后者除了兴亡除了沧海桑田外，还有一种圣洁庄严感。

是否去黄岩，在我也是进行了激烈的思想斗争，昨夜还为此辗转难眠。不去，怕你过得形单影只，我自己无奈相思；而且现在的形势是，你好话说了一大堆，百般相求，仍然不去，好像这个恋爱就没法谈下去了。

可要去见你的家人，总觉得为时尚早。毕竟我们真正在一起的时间只是两三天，毕竟只是第三次见面，难道真的能定终身？虽然都是朝着好的方向努力，但，就说此行，会不会为一些琐事不愉快？你也像个大孩子，又是个心不在焉的粗心男人，不会体贴。

我想，此行的性质是个彼此了解的过程，纸上相思无益，还得在实际生活中加强了解。去见你母亲，不等于要嫁给你，还得继续追呀。弄清这个性质了，你再想想，是否要我去。

永存

2007年2月2日

小翟：

你好！

值班室里静静的，无事。阳光从窗外，从枝叶的间隙照进，洒在桌上。在这样宁静的周末，本来最好与你一起去河边、公园或者别的什么地方。

——北方依然很冷，中南海里多松树柏树，还能看到绿意。但我怀念南方，想着你，让思绪飘得很远。和你一起走着，一把伞。走在丽江的冬雨中,一切都是湿漉漉的。还有南方的骑楼——那面包房传出来的烤面包的甜味,不是很生活么?

确实,不是所有话都适合说出来,有些也许更适合用文字而不是用声音来表达。也许用文字才能表达一种绵长、久远、浓烈的情愫,你说呢?如同喝酒与喝茶。好酒的醇与好茶的香,都是一种感觉。那个夜晚、那个茶室,80元钱一斤的茶,与你在一起时,胜过世上所有的名茶。不是吗?生命中有些事特别值得记忆,特别值得珍惜,当历尽了人间的沧桑、人间的酸甜苦辣之后——当生命翻到这一页。

记得那年去山西普救寺,当地人介绍说这是爱情的圣地,一点也找不到感觉。什么崔莺莺,什么张生,什么西厢,还有那个莺莺塔。董解元的《西厢记诸宫调》与王实甫的《西厢记》,早忘掉了。还有那个元稹(好像是他),完全是一个奶油小生与浮浪弟子。他在成都也拈花惹草,怎么会是爱情的圣地呢,真是文人无行啊。可能这一切都与自己的境遇有关。令人一再徘徊的,是偶然发现的唐中都蒲州古城破败的遗址。蒲州古城的历史文化沉淀要深厚得多。如果和你在一起,感觉可能就要不同了。为了防止陷入考证的沼泽,不再说。

采访顺利吗?

上午未进入写作的状态,后来好了,下午与晚上写了五千多字,把最后一部分,即《后望书》第九部分基本完成了。明后天再改一改就可以了。有如释重负之感。回到办公室,准备休息了。

祝你晚安。再见!

幼棣

2007年2月4日

小瞿，亲爱的：

昨晚想了好久，还没有最后想出个头绪来。

我想几个原则，不管是旅游还是在家里，春节要尽可能多的时间，我们两个人待在一起。是的，我们相处也才有两三天，时间还是少，相互不可能完全了解。虽然历尽了人生的种种艰辛，能在又一次成为自由人的时候，第一次就见到你，爱上了你。这是我的运气与福气，也是命中注定的事——爱上你，就证明我们对美好的希望、对人生的追求、对幸福的向往，都还没有泯灭。自然，正如你说的，现在还不能最后确定下来，还指命我"追呀"，现在在四百米的跑道上才跑了不到一圈。当然，跑一万米、跑马拉松不合适，在下体力不支，但一个赛季总还得坚持下来，追上你后再一起慢慢跑，慢慢跑。你说呢？

我前天第一次与妹妹通电话。她从姐姐那儿已经知道了我们这事，妹妹与姐姐还多次讨论，认为在可以给我"介绍"的几个人中，你最合适。过去我在矿上工作时，星期天休息，从山上下来回家，早晨让妹妹跟着我练长跑，在公路上跑。我一直跑到十里铺，来回20里，她跑不动了，就在路边等我返回。能够早晨去长跑的矿工恐怕不多吧。

我想即使在黄岩，我也不会一天到晚与妈妈在一起。除夕时大家一起吃顿饭。不会像一个大家庭一样，天天都聚在一起。我妹妹和妹夫除夕那天就走了，初一初二不回来，要给她去世的公公"接子"——这些农村的风俗我也不懂。我们住在她家就行，也只有我们俩。——过完初一初二后，我们再安排怎么出去旅游。我弟弟一家也很快就要离开，他的孩子还在上学。他当了几年官，说话什么的比我有修养。

写得很琐细,也无趣味。亲爱的,只为了让你放心,最后由你决定选择。先给你说上几句,等会想好了再写。

幼棣
2007年2月5日

亲爱的,小翟:

过一会就要去机场了,7点20分的飞机。走前先给你写上几句。刚才研究室发下了一张表,今年这表又有了新要填写的内容,就是婚姻变动情况。我很不情愿,觉得讨厌,还是写了,本来这是很私人的事,关单位什么事。感情破裂,长期分居,离婚协议上也是这么写着的。并无其他理由。表格的下面就免填了。真正的贪官、腐败分子,都是不动声色的,尽管有七个八个情人,都是红旗不倒,不是外面养了孩子,还照样提拔吗?哪有离婚的,除非是祸起萧墙了。真是做表面文章。不说了,过去的就让它过去。咱也是坦坦荡荡的,心中并无什么愧疚。现在是什么时代了。感情不和,也并非要硬凑在一起。可拿这个做反腐的表面文章,报纸上也这么宣传,也太低水平了。不说了。

方才接到了新任务,回来后得非常忙了——温总理节前的一个讲话,讲稿交上通过后即可准备回家了。

上午也改得非常顺,自己进入了情绪,好的思想也随之来了,感动别人先自己受到感动。只是写得心情沉重,笔下沉重啊——

毕竟是写历史。

一静下来，就想见你。你说去黄岩，非常高兴。到时我们好好安排，好好安排。我一定会听你的意见，不会和你发脾气，宠爱你。亲爱的。

佛山采访顺利么？多保重。

后天是夜里的航班，回京也是深夜了。别忘了发短信。

幼棣
2007年2月6日

幼棣：

以后再也不要这样不接电话，真的非常担心。昨夜的迷茫忧虑和焦灼，到现在想起来还觉得难过。找不到你，百般猜测你到底在做什么，至少觉得你没有体谅我，你明知道我会发短信或打电话的。下不为例。

可能我们共同的地方是比较多一些。

都爱读书。一个不爱读书的人，丧失了多少纯粹而美好的快乐啊。记得一次写电邮（没打过电话）向周国平组稿时，我说："感谢你的书给了我许多快乐时光。"《论语》上讲颜回，"一箪食，一瓢饮，在陋巷，人不堪其忧，回也不改其乐，贤哉回也！"我是很能理解颜回的快乐的。

如果没有书，缺少的不仅是快乐，还有纯洁。高尔基的那句话我记不太清楚，大意人生是一个污淖，感谢书的梯子使他能爬出这污淖。没有书籍对灵魂的净化，贪欲会使人生有更多的灰暗和沉重啊。

是的，觉得最大的乐趣是，在潇潇雨夜，一盏灯一杯茶，共读一本名著，妙处能与人分享。聊天的人不难找，但很难找到一个能和你一块共享读书之乐的人。

都爱写作。这是创作的乐趣，也是自由的乐趣。妙处不足向外人道。

都爱旅游。有很多人喜欢旅游，但真正会欣赏自然美景的人，不是特别多。这不光需要基于文学知识的审美能力和品味，还得有心境。一个被功名利禄所羁绊的心，昏浊污脏，自是映照不到自然的光辉。佛家有一个偈子："春有百花秋有月，夏有凉风冬有雪。若无闲事挂心头，便是人间好时节。"

都比较单纯善良，有赤子之心，有书生气。人不能太世故，不能太复杂，否则会丧失生活的许多乐趣。小孩子正因为纯洁，所以才觉得世上很多东西有趣好玩。成年人失去了对生活的许多热爱，但是你我却历尽坎坷，不失一颗天真童心，磨灭不掉的是对生活的热爱，永不改变的是对人的真诚善良。这可能是因为读书，也更因为天性纯真善良。

还有，都是富有活力，富有激情的性格。两个人都这么大岁数了，居然能二见钟情，干柴烈火熊熊燃烧起来。姐姐的女儿笑我，这么多年也没见你恋爱。老了老了怎么突然爱上一个人呢？

永存
2007年2月7日

小翟：

你好！

你真的很淘气。实际上那天我们是10点半才离开，后来到茶座去喝茶，商量一些事情。大约11点半回来，中间只有两个小时。只好向你表示道歉。还未确定关系，就跟下围棋一样，眼位就不多了，气也很紧。可以数得出来了——棋连一块都活不出来了。志强是省里副秘书长，是最年轻的正厅，政治上也有前途，还是有些事情要商量的，今后去向，努力的方向。就像他父亲与我一样。昨天中午他又来送我，还一直抱怨我到陕西怎么不早告诉他。——还说什么形而上，形而下，我既喜欢你的形而上，也喜欢你的形而下。不说了。

确实很累。买了1200多元的碑帖和书。80年代初在陕西时，也到过碑林，没有像这次那样真切。学了多样的书法，那些名碑，真真切切地就在前面，如见古人，如见先贤。真是不忍离去。第二天开会中间溜出去一会，又买了隋唐墓志和北魏墓志二百种。背了回来，会上还有简短的发言，回到会场时还直喘气。把这么些东西带回就不容易了。以后有机会还要再去看看。在你说的那条城墙根的文化街走时，看了城墙的登临处，可惜时间太紧，来不及上去。实际上只待了一天，在西安杨森参观还有大半天。看来你还是对我不了解，怎么会下落不明呢？西安很热，倒有些像南方的春天，幸亏带了单衣。大唐芙蓉园就是原先的曲江池馆的位置，有湖，但搞得很现代，奢华。那天夜里这么个大地方，只有我们几个人，门票也贵。9点半就催着关门了。

先汇报到这里。想你。与你姐夫他们聊得很愉快吧。

他们马上就要来了，研究岸线的资源问题。

幼棣
2007年2月8日

幼棣：

觉得不自由了吗？人生就是这样，有得就有失，有人牵挂就有义务时时"汇报"。

稿子还没有动笔。上午在网上看许晓珠的资料，这么多报道了，怎样写才能出新意。我们杂志要求从家庭的角度来写，但这方面的内容一是少，二是家庭有多少故事啊，这个题材的意义全在许晓珠在墨脱的惊险生活。觉得非常难写，你有写孔繁森的经验，帮我出出主意。

春节别说不见，即使比原计划晚见几天，也觉得难以接受。尽管晓华姐那么明确表示反对去浙江，再去真的非常难堪。也真的不想春节你一个人过，一想你形影相吊，就觉得心疼。

不过你再想想，在和晓华姐通了电话后，主意有没有改变？我要不要退掉票，在广州等，初二或初三约一个地方去旅游。

打电话到你办公室，查岗没查到人。要开会了，先写这封信。

非常想你，亲爱的。

永存
2007年2月8日

小翟：

你好，亲爱的！

仔细看了你给我的信。那天晚上的问题我解释明白了吗？当时以为去楼下，很快就回来，后来志强说有一个地方不错，就出去了，把手机放在棉衣的口袋里。以后就不再说了。——至少不要再"紧气"，好吗？

上午他们来，坐了一会。来了五个人，进门什么还挺麻烦的。中南海是认车不认人，光人进来，还要去接什么的。车就报个车号人名就可以了。记得我当时采访时想新华社离中南海不远，骑车来就行，不必叫交通处派车，骑自行车进门就极其麻烦。另一方面，也怕人多在里面乱走吧。——后来与他们出去到贵宾楼吃自助餐。刚回到办公室，又有一位同志要来，说给我拿点药，是华北制药的老总。坐了会，刚走，一天注定干不成事了。

与姐姐仅说了几句，昨天太困了。她没说反对你去黄岩的事，一句也没说，向毛主席保证。似乎她还怕你变卦。

从许晓珠的角度不好写家庭，应从他妻子的角度。雅鲁藏布江大拐弯处，南迦巴瓦峰下，唯一不通公路的县份，是走一趟就能写一本书的地方。前些日子，看到过一个电视上有个报道，一个北京的姑娘，好像是一个什么公司的白领，是个旅游与探险的爱好者，也到过墨脱。与一个背夫结下了友谊，那个背夫在危难时帮过她，后来那个背夫在一次泥石流中死了。都是无名的人，也不知道背夫的家乡，只听说是四川的。背夫用的也可能不是真名。她几年中一直在帮那个死了的青年寻找家乡与亲人。后来打听到那个年轻人曾与一个女朋友生活在一起，但后来分开了。那女朋友看过他的身份证,照这个身份证去查,也没有查到这个青年背夫的家。总之,墨脱那个地方可能会有许多故事,只是没有挖掘出来。许晓珠是从拉萨进藏,还是从四川到墨脱的?

  我买过好几本周国平的书。开始二三本觉得挺好,后来几乎都买来了。六七本,比较起来看,觉得有明显的不足。题材窄,有雷同之感,思考也多为平面展开——可能说得不对。特别看了他那本回忆录,从贵州小县城谈恋爱结婚,离异到现在再次结婚,翻了一遍,觉得倒胃口。因此再也不看他的书一眼。总觉得有些虚伪,有些文过饰非。不是一出名什么都可以写的。

  既喜欢你的形而上,也喜欢你的形而下,这没错吧——但说了两遍是有些多。对心爱人的一切都是喜欢的,喜欢你的一颦一笑。你说呢?我说的是心里话,不做假。我是爱屋及乌啊。这也是"以人为本"。可以说很高雅的问题,也可以说很生活的话题。怎么不可以呢?

  晚上吴晓波来了,一个朋友说又要吃饭。只好去。有些事儿先与他商量一下。

  祝一切好!

幼棣
2007年2月8日

小翟,亲爱的:

  稿子进展如何?快完成了吧。写作有时找不到感觉,大约能坚持写到了近一半字数时,就会有方向感了,也觉得很快就能完成了。有些题材确实也不好写。在困惑时，只好硬着头皮先写下去。有时不单单是文字的问题，也是头绪与思绪的一种梳理，写到一定程度时就会略无凝滞，豁然于胸。你是很有才气的，这些于你并不难。

北京已有些早春的景象了。今冬只下了一场雪，气候回暖，风也吹面不寒。心情也像天气一样好起来。觉得腊后春前别一般。独立风尘，富贵功名都轻了——也许因为有了你，我自己也迷惑不解，为何如此之深地爱上了你，这是过去从未有过的，认为你就是我命中注定的女人。这种强烈的突如其来的感情攫住了我、震撼了我，于是——我无法放弃倾诉，放弃追求。你别笑我呀。

有酒吧氧吧，我过去从未去过雪茄吧。有各种雪茄，还有洋酒。智利的葡萄酒口感好，价格便宜。在那里聊天，有另一种感觉。但都不如与你在一起。

在西安那天吃早餐时，餐厅里日本人韩国人不少，看到皮蛋粥的桶子下，除了中文，还注有日文，这是我想不出来的，日文名称是"卵松粥"，觉得好笑。

先说到这里吧。

有点迷糊，想坐着打个盹了。

想你。

幼棣
2007年2月9日

小翟：

　　你好，亲爱的！

　　今天无事。把要写的讲话代拟稿交上去了，没有动静。大概差不多了。多是一些例行的讲话，已经写了四五年了。从朱总理时就开始写了，每年春节前都有的活动。是一个较小的即席讲话，所以工作量也不大。这是现在工作好的地方。没有急着要办的事情，也可以搞一些研究，思考一些重要的前瞻性的问题、比较紧迫的问题。我觉得自己的研究能力还比较强，对好多个领域都有较准确的宏观把握。思考也比较深刻，没有偏急偏颇的观点。因为我的兴趣比较多方面。在新华社时就这样。写这些研究文章，决策参考和送阅件，就不是文字上的问题，而是观点与见解。——又自己吹了，可能你不爱听。请你原谅。

　　写稿进展可顺利？一个很敬业的老师啊。不知听许晓珠的报告你受感动没有。即使当时没有，写稿时也要在想象中，"营造"出一个感动的氛围，使自己感动的意境。有的还要去启发与印证，当事人没有提到的，我们想到了，可能存在，就要去印证核实，往往都会有意外的收获。

　　情知语言难传恨，三千寻春苦未迟。亲爱的，想起几天后就要见面了，有说不出的高兴。

　　不多说了，我还答应黄岩的人大主任，去帮他买一套《中国书法史》。

　　起风了，外面风大，呼呼地响。冬夜长长，想你的时候，你会想我吗？

幼棣
2007年2月9日

幼棣，亲爱的：

上班后查了几次信箱，没有信，想你可能还在开会。中午回来后又查信箱，坐在电脑前，居然心跳得厉害。还是没有。也不担心，你的信总会来的，就像3月天来到一样必然。2月过后是3月，亲爱的，是真情就会爱你永不变。

稿子下午交上去。写得太长，写了一万两千字，又费了好大的劲压短，这个过程比写一点也不容易。

先写这两句吧。

亲爱的，想你。

永存

2007年2月12日

小翟：

你好！

上午开会，准备带一本小册子去看。才写了一行，就到会上去了。看了半天《方言研究》一书，正因为书难读，所以也耐看，能打发时光。下午还接着开会，例行的总结。在会上也不能看短信，国务院的会议室是屏蔽的。晚上还要联欢。我已经与卫生部的一个司长约好了，还有搞精神卫生的，一起吃饭，讨论那个课题的事。再往后拖就会影响回家准备东西。不说这些了，多没意思。

亲爱的，来日方长。以后不断地道歉可太累了，现在差不多已经养成道歉的习惯，我都在短信里备了一些词汇，以防急用时所需。有的事糊糊涂涂的就过去了，你说呢。昨天电话里用老师的口气，要十分认真地谈一次，像老师约学生谈话，一次还要谈三点，不敢说吓成××。但有嘴无心，佛有一惊啊。幸亏，最后总算蒙混过了关。

亲爱的，对你能来黄岩的大智大勇，我十分感激，人生能走到一起，也是缘分，我会好好珍惜。否则真不知寂寞回乡路，今年春节怎过。咱是王小二过年啊。有了你，情况就不一样，水驿江程，只要和你在一起，不管是喝茶聊天观景，那都尘事丝毫不相关了。

先说到这里，看看等会散会后还有没时间写几句。

想你。几天后就要见面了，想到再见的那一刻，就高兴。

幼棣

2007年2月12日

小翟，亲爱的：

还有半个小时，刚散会。不知能不能把这封信写完。

从我们认识，——应该说通了几封信之后，特别当你说看完《回望奉节》后流泪的话，我的确被深深感动了。从来没有人那么认真仔细地看完我的文章，理解了我的思绪，理解了纸笔之外的表达。也许在那时，关山不再难越，我们也就不再陌生。

世路与人心有许多隔膜，有许多无形的界限，像重重叠叠的大山，有的近在眼前，却永远不可能沟通，不可能理解。这么多年来，我一直觉得自己很孤独，不单是生活，还有自己的一些思想。特别是那个在你家喝茶的晚上，你不断地倒水，我突然有了强烈的倾诉的愿望。也许就是在那个夜晚，与你在一起的时候，我觉得你不单是我遭遇的一个女人——你是我如水的天命，我的女人。

在会上，许多评奖的篇目，一个个地读过去。有多少能给你留下记忆的，有多少真正推动了政策的建议？关于房地产市场，现在各处房地产都在涨价，调控也没有取得多少效果。还有农民工社会保障，养老与医疗保险——多是些青年人，二十几岁的，一般也不生病，还要谈几十年后的养老？保障他们的收入、住房，基本的权益是最关键的，谁也不知道几十年后干甚。现在人都比较浮躁，比较取巧，领导想到了一个问题，赶紧写一篇凑上去，为了得个批示而写。唉唉。实际上都成了部门的利益。比如农民工的保险，省与省之间不能转移。最后资金都沉积下来，成了一个地方、一个部门的钱。——而对有些巨大的命题，却遵从或者皈依了沉默的法则。这真是悲哀。

这些年，岁月轮回得飞快。与你在一起，与你通信，觉得生活充实，顿时觉得世界也灿烂起来。我们之间，还有许多细微的需要交流与沟通，但这种细微已经无关宏旨。你说呢？

我为什么一再请你去黄岩，这仅因为是我的家乡。当然，黄岩的历史不可能如你家乡那么丰厚，挖一铲土都能挖出个陶片或古钱币出来。其实所谓江南只限于一个不太大的范围，即苏南与钱塘江两岸。所谓吴侬软语——广州就不是江南而叫岭南，福建也不是江南。我们的家乡实际上是江南的边界，不属于吴侬软语的地方，因此也不是个盛产小男人的地方。隔一条不高的岭，便是温州,是闽南方言区,是一个充满豪侠之气的地方,是方国珍起义,是许多英雄慷慨悲歌的地方,这一点也与你们的家乡相同。所不同的是,几百年,上千年,这种文明,这种豪侠之风并没有中断。

好了好了,不再吹。期待再见。写到你的名字时,都觉得温暖,这就是缘分。

幼棣
2007年2月12日

小翟:

你好!

亲爱的。给你发上一篇文章。这篇与《回望奉节》不同,我当时一直怀想,怀想那个秋天寻访北庭遗址时的感情。有一种说不尽的感受,想表述一个人的坚持与信仰。即使至今,仍能想见我当时独自徘徊的心境。

记得那次是去新疆扶贫,他们都上了天池,而我独自带着本书,跑到了更远的吉木萨尔与奇台。

想你。

幼棣
2007年2月13日

小瞿，亲爱的：

终于把那份材料给写完了，刚才传过去了。写得自己也觉得难受。让他秘书打印出来送到他家去吧。写这种材料有时也感到索然无味。如果我自己的话就算了。

我一上班就看了信箱，下午又一次上网，只好摇头，今天还是无信哪。不可光在电话里说说，虽然声音很温柔，也很亲切。但不可懒怠——只言，而无信。

现在，天色已经暗下来，起风了，窗外风呼啸着，但不太冷，有了点早春的样子。坐在电脑前，以微倾的姿态，敲着键盘，也是与你倾心交谈。只是你闭口不言。

早上坐地铁的时候，见到许多手拎行李上火车站的人，都回家了。早高峰的地铁里，也明显地不太拥挤了。人都陆陆续续地走了，这是旅人真正登程回乡的季节，团聚的季节。我想象着在路桥机场接到你的情景，16日下午3点左右，你出来了。帮你拎着行李，心里不由得有了异样的感觉。于是，有了一种亲近的急切的愿望。——春草几回绿，看今年江南江北。

没有礼仪，没有形式，也许真是前定。毫无准备、不可思议的人生长旅,竟会在如此短的时间里浓缩凝聚。无限的惆怅与茫然，霎时会随风而去。你也无须规避和躲藏，不管承认还是不承认——天涯万里，既然生命的生活的轨迹，能奇迹一般相交，我们两个人在一起时，其实也都是再生的原初形式——永远以心相许，心怀期待。亲爱的，我想不会说得过早，过于肯定吧。因为此情已经深入到了我的血液，这样的激动与渴望已经久违。

办公室里也要收拾收拾，给草浇上水，一走就是十来天。几盆草都放在窗台上，暖气很足，连花盆都有点温。昨晚卫生部的朋友送我花，蝴蝶兰，我想养不活，让送我的大夫朋友带走了。有了你，我就有了世间最宝贵的。

明天还可以给你写一封信。再见吧，亲爱的。我想你此时已经到家了，我也洗个澡，要走了。

幼棣

2007年2月13日

幼棣：

亲爱的，真的很抱歉，好几天没写信。白天忙，在家又发不出信。不过，一直特别想你，有时夜不成寐。

后天，是的，仅隔明天一天就见到你了。从上次机场送别到现在，也不过20多天，却觉得像是过了几十年那样漫长。

想着一块和你去看江南的冬，就觉得温馨浪漫。一块在江边临风品茶，一起沿着石路小径上山。只要和你在一起，每一处风景都是美丽的，每一寸光阴都是甜蜜的。

浙江不算是江南吗？有一年冬，到上海组稿，去了上海附近的大观园。天空蓝得让人心醉，很多花在微冷的风中开得娇艳。有一种不知名的藤，枝条繁密层层叠叠，把一带透迤的长墙遮得严严实实。红色黄色的花蕾密布枝藤，像一道彩色的瀑布，从半空喧闹着淌下来。阳光灿烂地照着，空气中是醉人的花香。时为元旦前后，北方正是一片灰暗，可江南的冬如此温柔明艳啊！

有了你，浙江的冬自会温暖。亲爱的，想你。

永存

2007年2月14日

小翟，亲爱的：

昨晚休息得好吗？

北京风大，气温有所下降。今天是节前最后一天上班了。到办公室后打开邮箱，没你的信，但总有些失落感。翌晨即将起程返乡，安不下心来，有些无所事事。于是就想给你写信了。

从地铁上来，先到图书大厦转了一圈，买了几本书。书籍堆叠如山，但好书少。你评论过马丽华的西藏系列，拿起最近出的一本翻了翻，确实，与她前几本也有差距，如游记观感，一路写来，缺少思想的感悟，表达也一般，流于陈俗，书却比前几本厚了。其实出书也未必东西南北写全，一要有独到的发现，一处一景有感觉便写一个地方。否则看看画册，读读地图更好。书法中最忌俗，围棋也有俗手，关键处随手应下一子，便全盘皆输。——但这毕竟只是一个作文技巧与境界的问题。俗也未必不好，与题材有关。《一代名士张伯驹》不知你看过没有，作者在写作手法上有些俗，常用一些几十年前时光淘洗了的"定式词汇"，但由于占有大量第一手的材料，大量第一手的故事，这写作上的欠缺就得到弥补。这使我想起了学习和读书的问题，这与所学的专业，从事的职业无关，你说呢？记得在上中学和大学一二年级时，最愿意做的事情就是摘录各种形容词、动词、警句，抄了好几本。看来挺可笑，但毕竟增加了不少词汇量，这像学画时的基础课写生与素描。古人说食不过五味，唯菜无限。为文书法也一样，要笔法精熟，但有时生也可得秀色。——将来在一起时可以再讨论。

亲爱的，后天我们就要见面了，真是相见时难——有时十年也不觉短，而有时一日却嫌长。亲爱的，对于我，你是南方的丽江，是与阳光同在的温暖与灿烂，是与绿水长流的悠远与深情。

——现在我在想，这几天去哪里转转？初一初二可能只能在附近。景色也有好多。石塘镇是中国大陆最东边的一个镇，最早照到新世纪阳光的地方，我也没去过，是个渔村。还有北雁荡山，中雁荡也值得看。黄岩西部也有些地方，但得有车。到时候我们再商量，只要不下雨就好。

你姐姐身体总没事吧？

先说到这里吧。想你。

幼棣

2007年2月14日

小瞿，亲爱的：

中午感到特别地困，想迷糊一会。后听见手机的声音，你的短信，还有邮件。高兴。先给你写上几句。其实也只隔一天，后天就能见到你了。还是很想你啊。这种心情，热切地盼望等待的心情，已经多年没有过了。记得去年十一，我从老家回京，一个人落寞地坐在机场的候机室里等飞机的情景，天灰蒙蒙的。想着自己的今后，真是感到茫然。在美国一个月中，发的电话卡，别人不够打的，而我给妹妹、姐姐、母亲和女儿打上一圈后，到最后也没有用完，余下了一多半。没有人可以说话啊。现在，有了你，真的一切都不一样了，两个人的世界，其实是最最重要的世界，最最亲密的世界。

你说的那个地方，我去年初也去过，是青浦的大观园罢。青浦的大观园堆绿叠翠，亭台楼阁，建于80年代，不错，你见过的那景，我还拍了张照。后来建的工程、园林质量都比较粗糙，造不出那时的园林来了。那一次也是搞精神卫生的调查，从青浦，朱家尖，苏州的枫桥寒山寺，乌镇最后来到杭州。卫生部疾控司的朋友说由我安排，我就上午工作，开会参观，下午去看景点。在杭州听汇报时，也选了个茶馆，外面冬雨潇潇。只是那时不认得你，没有和你在一起。后来帮他们申报的国家软科学课题，他们也特别高兴，几个人星期一还一起吃饭了，说让我指导他们课题怎么做。科技部今年就批准了卫生部一个国家软科学的课题。

我想有些走过的地方，今后要和你再去。过去走过，熟悉了地方，以后走起来更加有意思些，感觉也会不同。想想我们在一起的日子，不再恨山遥水远，宵寒浅情意浓。逢时遇景，不谈哲学，就是随便走走、聊天，也会胜却人间无数。

下午想早点回去，因为到西单不好再骑车，走路要半个多小时，路上还得再想想，什么东西忘了带了。想你，亲爱的，我等着你。我的亲人。

幼棣
2007年2月14日

幼棣：

　　春节前最后一天上班，只要看看大样就行了。明天可能送厂。许晓珠的文章，因为主人公要求改动，又远在西藏一时改不了，来不及排这期了，这期就发我的钟婉婷学英语那篇家教稿，另外还有我编的两篇纪实稿，三篇，也就足足完成工作任务了。

　　重读你的信，写得多好啊。"亲爱的，对于我，你是南方的丽江，是与阳光同在的温暖与灿烂，是与绿水长流的悠远与深情。"只是为什么有时为一点小事就风云突变，阳光成乌云。找了个多愁善感的小女人，细心一点，耐心一点，才哄得住哇。想起你几次对我发火，就觉得委屈、伤心。

　　老实说，对你的脾气性格不是很了解，不知道此去黄岩，会不会为琐事不愉快。

　　明天就可以见到你了。幸福还是多于担心。

永存
2007年2月15日

第三卷

幼棣，亲爱的：

上班的第一天，第一件事，是给你写信。

昨夜重读以前的信，非常感慨。前尘如梦。春节之前的爱情，纯真唯美真挚热烈，像月光一样纯洁。春节期间当然加深了了解——在复杂的人际关系中，在现实生活中更容易相互了解吧。感情变得更深沉了。此时的感情更多了些一起生活积淀出来的温暖和明亮，当然也多了些烟火气。

虽然有些不愉快，总起来说，还是快乐更多一些。走了那么多景点，我们的二人世界还是充满快乐的。

昨天大姐和儿子去了攀枝花，小燕回了自己的住处，我一个人睡在空荡荡的大房里，突然有些不习惯，有点害怕。仔细地检查了几遍门锁，才在不安中睡去。

听到你自己缝扣子，心里很难过，很心疼。又看到照片上忧郁的你，再一次心疼。幼棣，你真的过得太苦了。以后，让我来照顾你吧。

永存

2007年2月25日

小翟，亲爱的：

上班的第一件事，就是给你写信。

不说春节。但对我们来说，今年的春节更是人生的节日，生命的节日。一年之计在于春啊。节日，既有激情的时刻，也有寻常的日子；既有枕畔絮语，也有窗外雨声。

无论是哄哄闹闹、人头攒动的"老字号"小吃店，还是峰回路转、步移景换的莲尖坪，无论是绿水萦回、群峰环立的仲友台，还是重檐叠阁、香烟缭绕的观音洞；无论是白天还是暗夜，我们走过长长的人生，走过千山万水，走过数十年时光，终于，走到了一起。今后，没有什么能把我们分开了。你说呢？我算了算，我们在一起的时间是7天7夕。冥冥之中，这有什么昭示吗？

我们在一起时，最大的感受是自由。属于我们的天地是自由的，从思想到心灵，到行动的自由，无拘无束。你不觉得这是最大的幸福，是人生最宝贵的吗？夜雨蒙蒙，在澄江边小路上走着，相拥。远远近近的灯火，闪闪烁烁的波光，还有树影，草地，一切都浸润在雨水之中。路长长，情浓浓。昨夜醒来时，我还不止一次地忆起当时的情景。

即使在老字号大排档，我们，就组成了一个世界，完全不受外界嘈杂环境的任何影响。对我来说，世界唯有你，余皆所不知。在仲友台枇杷树下的时候，我忽然想起了范蠡与西施隐归的故事。太湖茫茫，人生总不能都轰轰烈烈，波澜壮阔。有些地方，有些景致，只有我们感受，能欣赏，这也是我们心灵与志趣相通的地方。——而且，我们之间还有属于我们的"特殊"的语言呢。

7天的时间，也不能算太短。我们在一起当无任何不快。这些地方，我都去过多次，但与你同游时，心情不同。传说中的神女，朝为行云，暮为行雨，其家在何处？毕竟无踪迹可考。但我们却是实实在在的，即使是平常的日子，也充满对生活的热爱。

亲爱的，先说到这里吧。说室里明天要开会，要谈谈回乡的感受。我能谈什么呢？又怎么能说呢？

——幸亏我前几次回家，搞过一些调查，可拼凑起来说说。

想你！

幼棣
2007年2月25日

小瞿，亲爱的：

分手才不过三四天，觉得日子平淡无味。于是，在一起的日子，倍感珍贵，值得回忆。当时，我们往往都被激情淹没了，忽略了许多细节。现在，许多似乎淡去的情景，重又浮现在眼前。令人怀想。

你上街时，对酒坛特别感兴趣，说要喝点酒。记得那天出老字号后，你还说忘了要杯酒喝。陆游有诗："山茗封青箬，村酤坼赤泥。"——写的即是家酿酒坛子的封口，古人把寻常的东西都写得极富诗意。

少时，只有外公平日饮酒，早晚餐桌上只放一杯一箸，他只饮一杯。那时一斤散酒只要二角钱，但要凭酒票供应，我也只得偷喝一两口而已。后来，除人家请客，就很少在家里喝老酒了。

今年春节不同,我们喝酒,虽只有一碗一菜,悠然对饮,也是乐趣。仅此一杯,你不断说醉了醉了,我也是。这种微醉的感觉,令人神驰,陶陶然未全在于酒也。陈与义有诗:"平生鹦鹉盏,今夕最关身。"写得真好,但咱们用的是纸杯。——到广州,还要再喝。

刚才通知,明天的会,又改在今天下午3点了,我得稍作准备。不再写了,先把此信发过去吧。

想你。

幼棣
2007年2月25日

幼棣:

离别固然很惆怅,但那些像诗一样优美的情书似乎能弥补一些遗憾。是的,如果说现实生活中的你不是完美(金无足赤吧),但你的信,信中的你,岂止是完美,简直是天上人间。此曲只应天上有,人间能得几回闻。

你的信甚至能激起我写信的兴趣,就像好的小说能激起人写小说的欲望一样。不错,我是对酒坛特别感兴趣。小店里琳琳琅琅的食品虽多,但有些不是传统美食,有些虽是,可是,塑料或玻璃的包装,掩盖掉了悠久岁月所赋予它的醇香和诗意。正因此,那天在菜市场角落的小店,那些排在店口的几十坛酒酿,使我格外留恋。此时的感动与徘徊,与其说是爱美酒,不如说陶醉在一种怀旧的情怀里。它像悠扬的江南箫声一样,让我"别有幽愁暗恨生",突然生出对往昔岁月对传统生活方式的怀念。"绿蚁新醅酒,红泥小火炉。晚来天欲雪,能饮一杯无?"这是白居易的诗吗?如果有封在泥坛的黄酒,就不想要玻璃瓶里的黄酒。

记得2003年去敦煌开笔会,汽车行至深山深处,群山逶迤,山路迢迢,荒草茫茫,不见人烟。路转弯处,突然看见山沟底里孤零零的有一间草房,柴门上出一面白粗布酒帘,在凛冽的寒风里招摇,上面用黑色的毛笔字写着:黄酒狗肉。那字并不工整,稚拙得像出自小学生的手。倚在车窗里凝望着这四个字,心里顿生温暖与感动。好想下车,要一大碗黄酒,用手指敲桌对酒保说:"切三五斤狗肉,要两角酒。"《水浒传》里都是这么说的。

父亲以前常常喝酒。记得他总是用一个铅灰色的小锡壶来热酒。先用一个小碗盛点白酒,划一根火柴点燃,碗里蹿起蓝色的火苗,手提了锡壶放在火焰上,一会工夫就热了。菜呢,通常是一盘炒鸡蛋。有时我也会喝上一口,然后连说太辣,父亲便说:"吃口菜。"喝酒之意在乎菜也。那是童年的记忆啊。是在家里的老北屋里,一进门是张方桌,父亲坐在有扶手的看起来很古老的圈椅上。那些家具现在都不知所终,而老房也再无人居住。父母现在住在老宅后边的新宅里。父亲现在血压高,经常喝点白酒,他的理论是,医生说了,喝点酒可以软化血管,非但无害反而有益。

张中行说微醺的感觉是最好的。甚以为然。我的名言是,完全不喝酒的人生太遗憾。人生苦短,对酒当歌能有几时。况道德律令又条条束缚,身为老实厚道人,我生活得很不自由,只有微醉时,灵魂才能片刻自由,身心才能彻底放松,所谓梦里不知身是客,一晌贪欢。

就写到这里吧。春节的回忆很多，慢慢写来。

永存
2007年2月25日

幼棣：

离开会还有十几分钟，先写几句吧。

坐在仲友台时的那份悠闲宁静让我至今回味无穷。三面陡峭的石壁环着一泓碧波和一方平台。坐在枇杷树下，看一道清波从桃花门潺潺流出，悠悠静静的，一如逝去的时光。沉淀在岁月里的是优美千年的传说。碧波如果真是严蕊的洗砚台，那定是曾有惊鸿照影来。昔日风流已被风吹雨打去，词的美丽却能永远流传："不是爱风尘，似被前缘误"。你最喜欢"人在武陵微醉"，我却觉得"别是东风情味"更让人回味无穷。几天来走了那么多景点，印象最深的似乎便是仲友台，不是因为景色美丽，而是因为坐了下来，心明如镜，体察出了这一方小天地的韵味。旅游，我总觉得走马观花不如坐下来拈花微笑。

我出差的时间只能是在20日到30日之间。20日前稿子没送厂，要随时改动，不能走开。但愿3月能一块到宁波、温州去吧。

想你。

永存
2007年2月26日

永存，亲爱的：

昨天，他们已催着我去温州。乐清市委书记还问我什么时候来。刚回北京，还觉得有些累，接着便去温州，往返奔波，有些不悦。我说等下个星期再说。这好像时间上有些问题。今天已是26日，这个月你肯定来不及了，而到3月20日至30日，又太晚了。我们到时再商量。司里的人是想做个课题。对我来说可以少写那些讲话稿，这他们都乐意承担。但去时必定要再带上人，否则我一个人写太麻烦了。如果立了课题，多走几趟也无妨。同时，对乐清来说也是件好事，柳市的低压电器产业群，去年中央台还曝光，说卖伪劣产品，我们一搞调查，肯定对他们有帮助。

但如不去乐清，先去广州搞关于港口的调查肯定有些问题，是不是先去温州，用三两天时间把课题先定下来，以后做课题、搞调查时我们再一起去浙江，这样我们在一起时也会轻松一些。

刚才出地铁时，在图书大厦买了两本书，一本是李泽厚的《论语今读》，买名家的还可靠一些；另一本是研究文集《高昌国》。

中国的历史上，最好的几个朝代，汉、唐、宋。唐诗的内容相对简单，送别占了很大一部分，还有边塞诗。对我来说，还更喜欢宋词、《水浒》和苏东坡、黄庭坚、柳永、李清照的宋代。好汉们大碗喝酒、大块吃肉，轰轰烈烈，有声有色的宋代，英雄们的末路，又那么黯然神伤。那个不怎么明亮的朝代，却被宋词、被水浒的英雄们照得闪闪发光。严蕊肯定没有到过那个桃花流水、峭壁环抱的地方，那又有什么要紧。——因为我们来过了，使人生出许多感喟，生出许多留恋。而且几百年前这个故事是真实的。——虽然没有马上功名，活得真实，总比活得平庸、活得窝囊要好得多。中国的文学作品确是无史之史，也是一部心灵史。

　　正在写信时，海南省政府来了电话，邀请我3月22日—23日到海口参加医药高峰论坛。我已经同意。他们是用省政府的名义发出的。不管怎样，即使先不搞港口调研。你可来海南，海口会议后，我也可从海口到广州待上几天。你看这样好不好？

　　你老是留半句话，什么我们在一起时到底有无矛盾有无不快。不好。其实，人啊，你要想让他有矛盾就会有矛盾，你想要让他没有不快就没有不快。还要再看看么？不必。你说呢？

　　好想你。

幼棣
2007年2月26日

小瞿，亲爱的：

　　这几天有时想起，零距离接触后还有什么？是更陌生，还是更亲切了呢？——答案只能是后者。月光下，阳光下，对心爱的人来说，都是美好的。从松间明月，石上清泉，到板桥人迹，再到晨雾散去、阳光明媚的日子，一步步走来，此生的烦恼与折磨、此生的困惑与迷茫，不是从此离我们远去了吗？——我们的感情，发展得很快，真使人猝不及防，但这是"压缩"的"程序"，一步都不缺啊。比如通信，我们写的信，可超过常人一年两年写的信件总和。

　　亲爱的，读你的信真是一种喜悦与享受。我不太想说才女，但你确有才华，恬淡雍容，内涵丰富，特别是看了你昨天写的关于酒的那封信——对我来说，文和人更是不能分开的。才思敏捷，文笔极其流畅、优美，有一种古典的气质，这与你的中国文学素养分不开的，记得那么多的唐诗宋词，自叹弗如。

昨天，我从办公室带了几本书回去，发现书架里书太多，装不下，想扔掉几本，后捡出一个著名女作家的书，就是赵玫的《欲望旅程》，翻了翻，与你的差远了。一些作家大抵读一些外国的书，萨特、西蒙娜、莫洛亚、凯鲁亚克等等。其实，中国文学源远流长，山高林密，土壤极其深厚。有些文章好读，比如《欲望旅程》，但没有余味。

先说上几句。

困了，想打个盹。

想亲亲你。

幼棣

2007年2月26日

亲爱的：

因为没有收到你的信，给你写信也就成了一个人的独白。唉，只好再独白几句，就装作你在听吧。

再读读你那篇关于酒与酒坛的信。我不知你去敦煌的路上所说深山，是不是乌鞘岭？这一路上，除了乌鞘岭，没有深山啊。而且，除此，别无酒旗小店。

乌鞘岭上有草房？好像是土坯房。我写过一篇《乌鞘岭》，但未写完，也写到了酒旗，可能与你见过的情景相仿。附在后面，可能会有一种亲切感。你没下车，我倒在那里吃了顿饭，还是自己下的厨房，做了三个菜——只是可惜没有狗肉、黄酒——倒喝了点啤酒。这我比你幸运吧。那是在天祝、庄浪河的边上。乌鞘岭是在唐诗中一再出现的地方。关于酒旗与茅店，后面部分就没你写得好了。——看来，连触动我们灵感的地方，都有些相同，真是奇怪。

那时我也去敦煌，从甘肃省地矿厅要了辆伏尔加，地矿部新闻处的一个人陪我。宋部长给甘肃打了电话，这车就由我安排，想去哪就去哪。部长还说我没有采访任务。这是去敦煌最自由的一次。在路上，与他们讨论河西走廊的形成，我说祁连山原是岛弧，河西走廊一带应该是海沟。祁连山属推覆构造。新闻处的小钱还是成都地质大学①毕业的，还有地矿厅办公室主任，都不信。说没有听过。我说蒙古古陆插到了祁连山下部，陆形成了北山，他们也不信。——这个岛弧形状与冲绳及其海沟相似。后来在兰州开座谈会时，甘肃地矿厅的总工证实了我的推断，他们对我知道这些感到很惊奇。这我是从山形看出来的。

翟老师，还有"暗恨生"一句，似乎出自白居易的《琵琶行》。老师，你在文中化入了太多的古典，好像要测验我的古诗词知识似的。

先说到这里吧，否则天又黑了，还要做饭。亲爱的，想你。

幼棣
2007年2月26日

---

① 应指成都地质学院，即现在成都理工大学前身。——编者著

亲爱的小翟：

　　这几天北京连续阴天，有些像老家春节的样子。气温也差不多。这使我想起了过去的节日。生活常常很琐碎，并不是总是诗意，如买菜做饭打扫卫生——当然还有洗澡。但如果我们在琐碎平常的生活中，能够很好，过得平凡、有趣而又潇洒，那又有什么能够阻止我们今后的幸福呢？在许多禁区的语言的隔膜中，更需要彼此意会与神交，需要豪爽与真诚——当然，也需要"道歉"。有时，我看着你的时候，甚至觉得得到了一生的安慰，觉得你在这一瞬间是我追寻了多年的梦想，于是立即想换一种生活态度和生活方式。

　　在平常中读出诗意，活出品味，这也是我喜欢苏轼的原因。记得童年时，祖父在书房里吟苏轼的诗，什么"汲江煎茶"，大瓮小瓶的分江贮月，还有"已觉来多钓石温"，虽然能记下一两句，但不甚了了。既然生活在世俗的滚滚红尘中，有些忧伤是无法回避、无法逃脱的。现在才明白，这是一种了不起的生活态度，过日子的态度，也要有伟大的胸襟。——要豁达些。苏东坡对做鱼也很有研究，我在黄冈买的一本东坡的文集中，就有关于"东坡鱼"的做法。

　　我想你一边看电视，看录像，一边吃橘子，还间或赏江景的模样，真是令人羡慕的闲适啊。只不过，晚上不能不吃饭，不做饭。

　　亲爱的，在很长一段时间里，我觉得对于女人的情感已经干涸，在日渐老去的河床里已经涓滴全无，今生今世已经不会再有了——甚至对江南的自然景色也失去了兴趣，想想也真是气短。自己有意无意，只好经常奔走在西北，让风沙磨砺，使心肠变硬。碰到你是一个意外。其实,那天从海南飞往广州的飞机晚点2个多小时,我甚至怕你在机场上等得不耐烦了。当我走出,一眼看到你毫无怨艾的神情时,甚至被一种难以名状的感动攫住了——原来泉水埋藏得很深、掩藏得很深,也会涌流而出。这一切,在短短的南方的冬夜,很快唤醒过来了。

先写到这里吧,做一点工作。等会我把写严蕊的《如梦令:红白桃花——女词人严蕊的人格情怀》发给你。请老师指正。这是我十年前写的,当时《黄岩日报》发了一个版。

想你。

幼棣
2007年2月27日

幼棣:

主编被炒,对我刺激很大。所谓兔死狐悲。

生活的残酷远远超过想象。正因此,在繁杂的、庸常的柴米油盐生活中,能保持一份乐观情绪殊为不易。"现在才明白,这是一种了不起的生活态度,过日子的态度,也要有伟大的胸襟。——要豁达些。"写得好。的确,能在琐碎无聊有时甚至非常残酷的现实生活中,保持一份宁静和快乐,不仅需要聪明智慧,更需要胸襟和品格。子曰:"君子坦荡荡,小人长戚戚。"老是愁苦,说明你非君子也。北京有个卧佛寺,卧佛门前上书"得大自在"。人品高洁,胸怀博大,才能生活得自信潇洒。"五十而知天命,六十而耳顺,七十而从心所欲,不逾矩。"这是《论语》上的话,说的也是修养日深才能日渐自由。

庄子讲以理化情。举例说,约好明天去公园玩。不巧下大雨,小孩子为不能出门去玩大哭大闹,而成年人明白天下雨是不能改变的事实,不会因此苦恼。七情六欲人人在所难免,唯智者能以理化情,以理化解诸多"求不得苦"。

化解人生的苦恼时,我常用的话是"谋事在人,成事在天""尽人力而听天命"。庄子说,"知其不可奈何而安之若命"。道家与儒家虽相去甚远,于这点有近似的地方。

因为人生悲苦,所以才需要用幽默来化解生活的苦难,笑声能使生命不能承受之重,片刻轻松。

正因此,走在那个黄岩的无名小山,徘徊在那个烟火缭绕的小寺,突然看到有一佛满面欢喜时,内心非常震撼。通常的佛像是眼睛下垂,眼观心心观道,脸上是超凡脱俗的宁静。笑口常开的弥勒佛外,从不曾见到哪个佛一脸欢喜!默读了几遍佛像上头的字"示欢喜相",内心突然十分感动。生命短暂,悲多于苦,不顺心事常有,花开月圆,有则有矣,能圆满美丽几时?正因此,能示欢喜相,能善待自己和他人,能快乐自己快乐朋友,于生活于命运常怀感激之心,自是需要修炼到一定境界。欢喜得出来,可不是人人时时都可做到的啊。

心灵的相通是最重要的。与你,至少在精神层面上能彻底交流。这比相处时的那份自由,于我,更珍贵些。

读了你写的《如梦令:红白桃花》,才知道原来严蕊是台州营妓。

下面这一段非常喜欢:

> 当时台州的知府是唐仲友,一日宴饮时摆上一盆"红白桃花"——一株树开两种颜色的红白桃,令严蕊赋词,这颇有"智力测验"的性质。严蕊略一思索,即成一首《如梦令》:
> "道是梨花?不是;道是杏花?不是。白白与红红,别是东风情味。曾记,曾记,人在武陵微醉。"
> 这首词写得活泼洒脱而又质朴自然,又很有意蕴和情趣。

我从来不知道这个女词人的故事与著名的朱熹有关,朱熹与唐仲友有矛盾,于是下令黄岩通判抓捕了严蕊。

> 道学家朱熹改官后,岳霖任提点刑狱公事,当时严蕊还押在狱中,但浑身伤病,他"怜其病悴",有意释放无罪的严蕊,令严作词自陈。严蕊略加思索,即作《卜算子》一首:
> "不是爱风尘,似被前缘误。花落花开自有时,总赖东君主。
> 去也终须去,住也如何住!若得山花插满头,莫问奴归处。"

也是从你的文章知道,岳霖是岳飞的儿子。这首著名的《卜算子》读大学时念过,至今仍能熟背。

想你。

永存
2007年2月28日

小翟：

你好！

又看了一遍你的信，人事的变动对你情绪的影响挺大，至少今天。有些还是需要一些时日。世事也确是这样，特别体制内的问题，有些是没有是非的，不得不认命。现在与过去相比，已经好多了。有择业的自由，"此处不养爷，自有养爷处"，当然，现在找工作也非易事，哪能说找就能立即找到的？——所以，工作最质朴，最真实的解释，实际上是"饭碗"。我在新华社工作时，最低也是最高的要求，是不要出差错，发更正，其次才是想把报道文字写得好一些。还有，违心的话不说。而现在，只是向一个大时代混沌而又复杂的过渡，在这种体制中，除非迫不得已，没有必要非去经历漏船过河的恐怖。

我在美国时，也听过许多这类事情。像我妹夫，他在密歇根大学就很不顺。因为老板老在科学研究上作假，而且这是一条不归路，作一次假，就必须按照这个错误的研究方向做下去，他老顶撞，心情不爽。我去时，他就待在家里，不干了。找新的工作，因为职务高，现在人家都不愿付高工资，需要降低要求。他又不太愿意。那天早晨，他开车带我去他过去常钓鱼的河边和林子里。我说："这么好的景色,你到哪里去找呀？"当时我们心里满盛着的，只有这河、湖和霜林。

这又使我想起，真正的心灵的抚慰，还是需要有人可以倾诉，能够理解和精神上的交流。于是又想到了你，亲爱的。不管漂泊多远，不管有多大的艰难与困顿，哪怕听不见足音，哪怕看不到身影，我都会在你的身边——这就是"家"的感觉。孔子、老子，古人是非常智慧的。你的哲学知识多，说得很对，"用幽默来化解生活的苦难，笑声能使生命不能承受之重，片刻轻松。"其实，快乐和痛苦正是完整的人生。

我喜欢一些研究，得过好几个奖，如大森林奖，讲生物多样性的。我还写过地震与月亮运行、望朔之间关系的论文，另外还给报纸写了《月亮诱发的地震》。我排出几次大地震发生的时间表，寻找它们的发生规律，有时对自己的科学发现很开心。

有个领导的秘书曾经找过我，说要我帮他写博士论文，一个字一元钱。大约七八万字就可以，写关于淮河流域污染治理中政府行政方面的论文。他可以找个课题资助。但我拒绝了。人还是要有些尊严。我说我怕不行，我只有硕士前的学位，而且现在当枪手，也太老了些，都瞄不住准星了。

说实在的，如果你需要写现代文学方面的论文，我当可以帮助，只是可能不太好。因为你已经是我的人了，还（可能）是一家人。你说呢？你不会觉得青鸟太殷勤了些吧。

爱你。想你。

幼棣
2007年2月28日

永存：

你好！

亲爱的，上班后先看看邮件，没有你的信，颇感失望。于是给你打了个电话。你说正在写信。于是就等着,像在等待与你见面。永远互相心许,但又永远难以如愿的爱恋啊。

确实,我喜欢给你写信。这是我最愉悦的"写作"。但敲打着键盘时,心中却漾动着此情难表的感觉——不管我怎样调动着我的知识与记忆。过去,我是漫无目的地走向地平线,我的兴趣很多,想踏入的研究领域也很多。但开会、调查、考察、旅游或者写作,毕竟都是开放式的。而现在却不同了。我过去从未如此深情地热爱一个女人,我们之间有如此之深的缘分,心中的某种情感似忽然苏醒,又似微醉。是的是的,有了牵挂,也就有了责任,如昨晚,你就说,别喝酒,也不要去唱歌。

你说的那个小山上的寺是隐居寺。有些已不可考。"文化大革命"最热闹的时候,我就是从山下的那条小路上走过,穿过松林,翻过方山,去看望避难在外婆老家栅岭汪村的父亲。艰难的生活就是这么一步步走过来的。——我就不太在单位里的会上说话、表态,也许是与经历有关。人不是都能够交流与沟通的。隐居,是极好的生活状态。大隐隐于市。我办公桌玻璃下,就压着父亲给我写的一幅字的照片"人到无求",还有县志中祖父一幅字的影印。他写的是白居易的一首诗《西湖晚归回望孤山寺赠诸客》。我想,无求,亦是有求。一步一步地离开,你说,如果一只鹰在天山雪线上盘旋,能说出它在寻找什么?有时,一种疏离的状态,反而是最好的。

看看《水浒》里的那些人物,县委领导班子成员宋江,国防军高级教官林冲将军,政法干部和公安局干部鲁智深、朱仝、雷横,民办教师吴用,待业青年史进,乡村中致富领头人、经营大户卢俊义,以及鱼市上的商贩头头张顺,等等,我们不是今天仍很熟悉吗?他们怎么都落到那个境地呢?——不说了。

这些年来,我已经看惯了各种争斗,都是职位、权力,说到底是利益,即使是正义与真理,即使确是为老百姓做有利的事情,往往也被这种争斗倾轧弄得不那么光明、那么理直气壮。我有一个官场中篇小说《天机》,写了一大半,但至今没有完成。

这几天无所事事,要去温州,日期还未确定,心老是安定不下来,而其他研究的内容,又没有"切"进去。略略环顾,桌上满是"垃圾般"的资料书籍,也无心整理,生活和工作就是这样乱七八糟的。

昨天原想写一点医药方面的决策参考,但翻了翻,又作罢。最后只是把《后望书》最后一部分又整理了一下。

明天上午医药企业协会有一个会长会,他们希望我参加会议,但要我在会上讲话。不想讲,要么简单讲几句。现在医药这么敏感,多讲不太好。

先写到这里吧。

亲爱的,想你。

幼棣
2007年2月28日

幼棣,亲爱的:

人事的变动,让我觉得世事无常。但对天与命的理解,还是就如何在生活中保持乐观情绪而言的。每个人都有人际关系的苦恼，小到家庭成员，大到单位、朋友。酸甜苦辣，是生活的五味。

我的智商情商都不算太低，但就是不愿在人际关系上费心。"不为也，非不能也"。

说说我们俩吧。我们俩几乎在方方面面都相同，这真是奇怪得很。相同的爱好，相同的古典文学修养，相同的孝心，相同的厚道与善良，相类的敏感与脆弱，不分高低的厨艺，甚至还有相同的结实肌肉光滑肌肤，呵呵，真是里里外外全部同质。想不和谐也难吧。

突然想起吴晓波说有些人年龄一大，文字就像他的皮肤一样，松松垮垮的，提不起来，但你的文字仍然青春活力四射。心里想笑，他如果看见你光滑富有弹性的肌肤，必然不会再这样说吧。

昨夜不能上网无法回信，把以前的信翻出来重读一遍。还读到吴晓波对你评论的那封信。当时去了第二封信后，不见你回信。再写很没面子，于是单把吴晓波的评论发了过去。他所写的这短短几百字，便使你的形象跃然纸上，可见吴晓波的功力何等深厚。

写到这里吧。想你。

永存

2007年2月28日

小翟：

你好！

开了一上午会，直到12点半，刚回到办公室。上午在会上讲了20分钟，匆匆在会上写了个发言提纲。主要讲了三点：解决好三个关系,即一是药品生产与流通的关系,流通中批发与零售的关系,说到底就是药与医的关系。二是药品生产领域竞争与自律的关系。三是药品监管与服务的关系。既要搞好监管,又要搞好服务。讲完后,很傻地在台上坐了一个上午,动弹不得。这实非我所愿,也没有办法。大家的反映还比较好。因为都是老话,归纳出几点,似乎有一点新意即可。

天微雨,又飘着零星雪花,已不很冷了,有些江南早春的模样了。又想起我们在一起的日子。很留恋啊,不胜依依。

关于昨晚给你短信上发的,我想,已经结束了的过去不再提。往事不堪回首,也不必去回首。你我的现在,肯定都比过去好。我也肯定比你过去遇到的男人好。这就够了。你说呢?为什么有些人后来在一起都不太好呢,一是性格习惯的形成,二是与过去的比较,结果留有阴影,造成了不快。从我们认识时起,你就是我的最爱,最好的女人,其他都不值一提。你的一切都是好的,这对我已经足够。我们已经错过了许多,付出了许多,失去了许多,此生不能再错,也不容再错。人生苦短,但我们的未来还长。你认为自己是最好的,我也是,于是,我们就走到了一起。为什么不是呢?在我们中文系,两个班100个毕业生中,官做得比我大的有,一个同学是中央610办公室副主任,副部。小说写得比我好的也有,如杨争光。但综合来说,今天正厅的也只有两三个。仍坚持继续写作的更少,搞研究的除留校的同学外几乎没有了。不说这些。更重要的,认识了你,觉得我们走到一起是最合适的,对于你,我也是最合适的。你说呢?幸福是两个人的事,是两个人的追慕与爱恋,这就是所谓的两情久长。与其他一切无关。为什么有的人，郎才女貌，或者门当户对，或者别的什么，大家都觉得挺合适的，结果生活不到一起呢？

不说了，下午有空时再给你写。

想你。喝茶或者……

幼棣
2007年3月1日

小翟，亲爱的：

每次读你的信都感到亲切和温暖。我们也真是奇怪，又通电话又写信，真有说不完的话。确实，不管什么时候，不管在什么地方，静下来，只要想起你，就感到踏实，觉得心有了相依与相托。在很长一段时间里，觉得自己此生的命运，往后的日子，像不系之舟，真不知走向何方，今宵酒醒何处。而现在不同了。写到这里的时候，突然觉得想不起你的模样了，幸亏带了相机，还没有把照片倒出来，又看了几张在雁荡山灵峰的，——哦，没错没错，是你定格的微笑，几幅都分毫不差，与花溪的那幅照片相同。但不管怎样，都不如与你在一起时那样自由自在、轻松愉快。不是吗，我们有许多细小的幸福——平常的生活，做饭买菜，喝茶喝酒，一起读书谈诗，倾心交谈，还有其他"事项"——只有我们两个人的小小的世界，弥漫着这种感觉——对于你和我，幸福只在心灵之间。这也是对幸福含义的新的理解。我在北方你岭南，疏烟远树，丽江高楼，后夜相思，尽在梦中。

刚才有位同事来，在我房间里聊了一个多小时，就来不及多写了。先说到这里吧，准备回去了。

暮色渐浓，云含雨意，情绪也排解不开。更加想你了。想起和你在一起的时刻。亲爱的，我的爱人。

幼棣
2007年3月1日

幼棣，亲爱的：

我还是喜欢你叫我小翟，觉得更亲切似的。

不用担心我把你和以前的男人相比较吧。一是以前的已是多年以前了，缥缈到不可追寻。此情可待成追忆，只是当时已惘然。二是在我的生命从中没有遇到过好男人，至少没有遇到过像你这样的好男人。好男人，尤其是单身的好男人在这个世界上踏破铁鞋无觅处。

昨天傍晚，坐在餐桌前，无情无绪地吃着简单的饭，一碗蘑菇汤。食而不知其味。从窗口眺望，但见暮色苍茫，归鸟盘旋。洛溪桥上车水马龙，一片繁忙。极目所见，数不清的高楼充塞天地，人海茫茫，天高地阔，一人如蚁啊。惆怅极了，也觉得孤独极了。暝色入高楼，有人楼上愁。环顾四周，只有鱼儿有点生气。房子虽大，但冷冰冰的不是家，你温暖的怀抱才是我的家，你的爱才是我的家。是的，有爱才有家。那一瞬间，非常非常地想你。恨不得能立刻相聚。

想你。

永存
2007年3月1日

小翟，亲爱的：

刚到办公室，想先写给你几行。今晨天气特别地好，几天的阴霾一扫而光。早起即临了幅唐代《顺节夫人李氏墓志》。这是昨晚临睡前挑选好的，读了几幅碑。睡了。敦煌、姑臧、陇西——西部的那些地名总把人的思绪带向辽远。墓志是一个县令写的，那时，一个常人都可成为笔墨高手。

只是我的电视没有你看得多。因为我看电视都是胡乱调台，除非偶然看到精彩的，吸引了我，有继续看下去的愿望。但与你在一起时，生活方式与兴趣也是可以改变的，都会相互影响。

两会快开始了。驻会的人开始集中。今天觉得连办公楼都清静了。这有多好。过去两会我一直住在会上，在新华社时也是如此，忙得不行。还有可上主席台的记者证。而今世事不关心，往事于我如浮云。今天的感觉反而好了。想起了陆游的词："自古功名属少年，知心惟杜鹃。"我们都不是去争什么的年龄了。

想起前几天一个人带来某拍卖行印的一本精美的书画集，这是准备邀老板们参加拍卖会用的。里面不仅赝品特多，就是当代"名家"的真迹也不忍看。所以今天出门时，还带了几帧拓片，想休息时再读读。穷人或者文人的生活方式，有时也是很好的。读书的浏览或者钻研，不同于官场的进取与商场的谋算，不靠运气与斗志，可以非常闲适自在。

黄昏，独自一人的时候，特别想你，想和你在一起。

亲爱的，先说到这里。

幼棣
2007年3月2日

幼棣：

昨夜风狂雨急，有一点怕。在这样风雨交加的夜里，辗转难眠，很想你，很想。希望在风雨的深夜，能依偎在你温暖的怀里，听着你的呼吸，心里便会宁静，而不会像现在这样，一人起来查看了几遍窗，一颗心无助且惶恐不安。

睡不着，开灯看书。也没读进去，想念你温暖的怀抱。

以前从不觉得一个人过日子有什么不好，这么多年也就这样过来了，从不觉得苦。现在，知道了两个人是多么快乐多么圆满，再一个人形只影单地买菜做饭，觉得无趣且孤独，食也不知其味，总是想着两个人的温馨。

你的书法不错，我虽是不懂，也看得出字雅致极了，是文人字。陕西有一个名作家送给我一副字，我觉得你写得比他好。

想念你，亲爱的。

永存
2007年3月5日

小翟：

你好！

工作基本结束了。上午开了一个会，收到短信时正在开会。下午没有很多事情，可能要去柳市再看一看。发现电脑能上网，给你写上几句。我也非常想念你。自从爱上了你，便觉得精神有了依托，觉得五服之内皆无颜色。想你，便觉得心平静，便觉得充实和幸福。——虽然我们面前可能还有很多路,但一点也不觉得孤独了。有一个可以相爱、可以倾诉的人。

又到了雁荡,这次去显胜门,是我们未去过的。我过去也未去过。没有一个游人。如果你在,便与现在大不相同了。非常留恋我们在一起的日子,怀念我们在一起的日子。这次来,有任务,花在吃饭上的时间很多。除了中午外,都喝酒。我还是尽量少喝,但又不能搞僵。唉。还是我们在一起自由自在的生活好哇。

想念你的一切。喝茶,喝酒,还有其他。这是比一切更亲切的,更有感觉的。

过几天我们就要见面了。十分盼望。来电话了,不多写了。我明天就回京。

真想亲亲你。

幼棣
2007年3月5日

幼棣:

昨夜很想你。那样的风雨长夜,好想你在身边,好想和你一起听风声雨声。

一个人漂泊了许多年,觉得很累很累。现在,终于觉得心头的风雨袭来时,有一个避风雨的地方了。至少,心里的烦恼和快乐,可以有人诉说,而且他能完全懂我,懂得我的叹息微笑,懂得我的所忧所乐。

有了一份爱，心里踏实了很多，就像有了家一样。风雨来了，路途坎坷，进了家门就有了温暖和平静。灵魂像身体一样是需要家园的啊。

想你的时候虽然忧伤，但是那是一种甜蜜的忧伤。是"少年不识愁滋味，为赋新词强说愁"的如烟惆怅。真正到无人可想，那时的怅惘是"而今识尽愁滋味，欲说还休，欲说还休。却道天凉好个秋"。

想你。盼着见到你。

永存
2007年3月5日

幼棣：

亲爱的男人，虽然出差辛苦，但我觉得你还是很擅长和人打交道的。几句话就能显出"一览众山小"高水平，几句话就能把人"忽悠"住。昨夜电话里听了你叙述的几次"忽悠"，觉得还真是有水平。不过，即使出差一天也背着电脑，一下飞机就准备"忽悠"的讲稿，也是下了功夫的。

调去北京的事还是越早越好吧，实在不想一个人这样待下去了。

先写到这里吧。要开始编稿了。要振作起来，把这期稿子交妥当。

天气很冷，你的衣服又少，一定很冷吧。此时在正去机场的路上吗？

多保重啊。

永存
2007年3月5日

小翟，亲爱的：

刚回到房间，打开电脑。因为这个电脑使用还不太习惯，写字也慢。在路上时，确实已经降温了，风很大，比我们春节在黄岩时还要冷，恐怕这与近海边有关。想等到明天，广州也要降温了。要多穿衣服。

出来有任务还是很忙的，又要座谈，又要应酬，不断地找人，不断地说话，嗓子都有了些问题。还得不断地考虑问题。你要说得比人家高明一些，地方基层的干部，否则也不买你的账。不是忽悠的问题。能当上老板的也一定不是傻子。而且总要做课题，有一个学校的教师还做过一个柳市低压电器的研究。不说了，好在明天离开了。

因我急着回京——写到这里时，又有一个朋友来，说要出去唱歌，我谢绝了。继续写信吧。确实，我过去也无兴趣，现在更加牢记"教诲"。——人总要学习的，所以现在看问题，还是比较敏锐，讨论问题也是这样。对经济产业发展问题，也能提出比较深刻的见解。

亲爱的，非常想念你。特别是在晚上，夜深人静的时候，常常想起我们在一起的那些时光。我们在一起真能够生活得非常好。天冷了，要多穿衣服。晚上不能不吃饭，不要怕长胖。生活也不能凑合，你现在已经不是一个人过日子了。

电视也不要连着看，伤身体和眼睛。

虽然已经知道了你的一切，依然非常怀念、非常着迷，永远觉得过得不够，在一起不够。

幼棣
2007年3月5日

幼棣：

  刚才翻读以前的信，读到上班后你的第一封信，谈到江边的散步，心里顿时充满温暖。很怀念那个雨朦胧夜朦胧的晚上。细雨霏霏，灯光迷离，江上笼着缥缈的薄雾。共撑着一把伞，草地花影，像是行走在一个甜蜜的梦境。很多次，在树下，在江边，停下来，沉醉在相拥相吻的深情里。即使现在，仿佛仍能感觉到你怀抱的温暖啊。

  从那个充满诗意的茶室望出去，是一串串红灯笼和滔滔流逝的江水。绵绵的是情话，微醉的是我的心，又甘又苦的是七星茶。

  不快的事情全都云消雾散，一切有关你的琐事，都在回忆中散发着温柔的光辉，似比当初的现实要绮丽百倍。这就好像，日光下的城市总不如月光下的美丽而富童话色彩。

  是的，跟相爱的人在一块很自由。那是一种灵魂的自由自在。我也曾问自己，为什么在你面前如此自由快乐？因为你对我宠爱至深，宽容至极，会欣赏我的一切，会包容我的一切，不管是对的还是错的，所以才会像一朵云般舒卷自如。

  那天下雨，你说是风行水上。是的，喜欢和你相处时这份风行水上的自由。

永存
2007年3月6日

亲爱的，小瞿：

下午去了一下电信局的点，上网的问题解决了。因用的是笔记本，速度慢。收到了你两封信，很高兴。刚才给你打电话，占线，你真忙啊。大约又是作者、学生向老师汇报。先写几句吧。

在飞机上，我算了一下，与卫生部的朋友一起去广东出差，10日出发，刚好是星期六，11日无事，12日下午去中山开会，晚上回广州。我明天去请假，大约差不多，就得订票了。

亲爱的，我们有许多美好的回忆。那天到显胜门时，很安静，没有游客。小溪的对面，有一处废弃了的院落，在山下，院子还不小。我想，如果修修，住在里面，真是个好地方啊。显胜门的鸡冠山，正是拍《射雕英雄传》的外景地，建了个很大的院子，古色古香的。据说平时还是茶座。现在也没人。现在这样保存很原始，远离尘寰，几乎没有开发的景区已经很少了，其实，它离古镇也只有几公里。我想，要是我们在一起就好了，一定会非常愉快。

亲爱的，真的非常想你。夜深人静的时候，会常常做功课似的回忆起，感到温馨和温暖。真是爱不够。

很快就要见面了。但愿你那时不太忙。

寒流到广州了。北京比较冷，地上还有残雪。要多穿衣服，你那个楼上，还是很清冷的。

幼棣
2007年3月6日

亲爱的，小翟：

刚才在整理照片，有雁荡与显胜门的，又认真地看了你的照片，一页页翻过。感到一切如在眼前。与美女作家同行，与心爱的人同行。大龙湫的你好像没有，我当带来。这次还是得带电脑，可以在一起看照片。拍显胜门时，镜头拉得太近，没有照到周边的环境。那正是暮雨初歇时分，空山鸟语，参差烟树，溪涧边断墙破屋。所以觉得特别入画入情。

小卢说，他老家三层小楼院子里的茅草长得有近一人高了。这两年想去再整整，重盖。以后我写东西时可去住。我说好好。显胜门那个地方真有灵气，拍《神雕侠侣》外景地的房子也修得好。

亲爱的，我总觉得照片与你的人不像，与我心中的你不太像，人比照片更要好。有些感觉，在一起的感觉，是难以言喻的。今夜清梦欲寻，千里相思难解。

想你。

幼棣
2007年3月6日

小翟，亲爱的：

到办公室后即给你写信。今天阳光特别地好，天如湖水。虽然地上还偶尔有一些残雪。大约很多人都去忙两会了，楼里也特别地安静，这真是个读书、写作的好时光。

到广州出差的事情已经请假了，没有问题。准备过一会到网上先查查票和航班。我说今年要搞课题，一般的工作就少接手了，这样不是更好嘛。

亲爱的，与你在一起，确有很多共同的语言，有很多话要说。观点也都不偏急，交流是与人相处最重要的，能够交流到什么程度，也是一种和谐的程度，从形而上到形而下。

每次下去调查都有一些收获，特别是实际情况的了解，听到看到很多新的东西。我们毕竟不是单纯的作家或文人，就像你写采访纪实作品一样。否则老坐在红墙里，与社会就隔膜了，人就变得傻了。大约我们能保持活力与对生活热爱、社会新闻的敏感，与我们经常接触实际有关。文人只是单纯地形成一个个沙龙，有点抱团取暖的样子。

旅游方面的文章图片，我一直在注意。那么多图片，走过那么多地方和积累的资料，也是一种资源的积累，开发利用好，还有好多文字可以写。

想起几天后就要与你相见，隐隐有一种莫名的激动。

想你。

幼棣
2007年3月7日

小翟，亲爱的：

正在准备稿子？我注意了刊物，你们的刊物办得还是有特色的。就是讲故事，热点问题，但具体。翻了翻寄来的其他刊物，总的印象是大而空。

到海南开会还得写一篇报告,这又得花一些时间。初定的题目是"我国医药产业发展的政策研究"。可此稿我还没有动手,也不是太好写。总之事情还是很多。与你走到一起后,与你一样,我工作的效率大为下降,老是觉得注意力集中不起来,不知道一天干什么好,好多都写了一半,又搁下了。愤怒出诗人、痛苦出诗人,幸福就出不了诗人。唉唉。这也是一种惶惑。——还有,《后望书》的责编要我选择照片,要四五十张,但选出来的可能要更多一些,这工作量也不小。因为过去都是用胶卷拍的,可能要扫描。

写这类稿子远不比给你写情书啊。那是无拘无束,什么都可以写,可以说,风花雪月,神游八极,在自然的风景与生命的风景之间,可以把心情变为文字。

人对自由有各式各样的理解,可以选择各式各样的自由,有钱、有权、豪富、高位都可以有一种自由。但我最大的自由,是与你在一起,是在两个人的世界中,美丽、欢畅、温暖、神秘……我想起故乡的老屋,想起儿时看到的正间门扉上的一副对联:鱼水千秋合,芝兰百世昌。那是老一辈人住过的,大约是我的大舅吧。字写得浑厚饱满。——我们都为别人写了那么多,负载着过于巨大的意义和命题,有时觉得这一切并不属于我,像石块投入深潭,甚至激不起浪花。现在,换一种方式写作,皈依私人、心灵与朴素,不正可以写写我们自己吗?

查了查航班,我看14点左右的比较合适,到广州时间大约是5点。我们可以一起吃晚饭。还有再喝茶,在那个温馨的小茶屋。看江上的风景,这次总没有几种住宿方案供我选择了吧?

晚上有一个老乡说要一起吃饭，又不好拒绝。

有些事情总会遇上的，编的来稿多了，难免有麻烦，不要烦恼与苦闷，先说到这里吧。

想你。

幼棣
2007年3月7日

小翟，亲爱的：

接我的车没来，再写上几句吧。

人总要回归平凡，更何况现在是这么一个年月。既没有民族和国家的危难，又不是一个产生大师的时代。即使出名又有什么呢？到了一个人从岗位上退下来，部长与普通的老百姓还不是一样的，甚至更差一些。——我想一个人做自己愿意做的事，写自己愿意写的文字，就是很大的幸福。老板只是有事情做，不受年龄的限制，但风险同样存在。

这些年来，看惯了多少风云人物的沉浮。记得那年去山东菏泽采访一个生产雪莲乌鸡精的企业家。在听完他的情况介绍后，我当即就几个问题提出了质疑，认为他的风险很大。一是新疆的官司没有了结，他做这家企业的法人并不合适，甚至他可以用他的家属做法人，他也不能当董事长，搞不好会官司缠身。二是，认为他的企业的发展规划是不现实的。他不知道全国保健品、口服液的总体市场情况，有多大的规模，全凭自己的想象做规划。

现在只有几千元的产值，要在3年内发展到10多个亿的产值，不可能，当时的太阳神也只有五六个亿的产值，太阳神用了多少年？我说，他不听，觉得不顺耳。毕竟对工业问题我还是比较在行的，看问题比较准。一起去的记者都拿到好处，有的拉了广告，呼啦啦回来后都写了赞扬的新闻。我拒绝报道，不写一个字，不要一点好处，人家觉得我太不给面子了。但我觉得问心无愧。3年后，我有一次偶然问菏泽的领导，说这个老板在徐州市的宾馆里自杀了。因为企业破产。他临死前，还带了几个女的去泰国旅游，最后疯狂了一番，没有回到菏泽。我真是感慨。

从步鑫生、马胜利，我组织过许多报道，编辑过许多稿子。真是看惯了风云聚散，潮起潮落。变与不变，只是自己和自己的信念。许多真知灼见并不被重视，个人的努力并不能解决很多问题，许多是体制上的制约。数不清的文字像流水荡沙，已经在无数印刷的垃圾、金钱的诱惑中异化了。

亲爱的，有时疏离感也是很好的，我想平凡的，也是最实在，最具体的，有些可以心会。两个人，能够一日一日地享受生活的历程，今后不管苦难还是幸福，都是值得的。你说呢？三八节快乐开心。

想你。

幼棣

2007年3月7日

小翟，亲爱的：

昨晚打电话时听到你哭泣的声音，心里沉沉的，好难受。我接到你发来的最后一封邮件时，以为你心情已经好起来了，不愿再提那件事。我一时也不知怎么办好。你的声音也使我好心酸，心乱如麻。不知道怎么安慰你。——好在你后来心情好起来了。

过去的事情，现在想起来也确实没有什么大不了的。这是做新闻工作，当编辑经常碰到的。过去部队的作者也经常作假，因为受记功的驱使。而且你们的作者，就是自由来稿，这就很难保证不作假。谁让你们的稿费高呢。不知为什么，那时甚至常常厌烦编稿和发稿，每天都要在发稿中心签发几十篇，现在想起来明白了，主要是因为记者和通信员发过来的稿子太烂，在无休止地消耗一个人的精力和时间。

买了机票，10日下午2点南方航空的航班，到广州大约5点10分的样子。

下午把讲稿基本完成了，但还需要改一改。心里感到有点轻松。现附给你看。可能你毫无兴趣。这是今天忙乎了一天的结果，把自己思考的一些问题整理出来，请审示。

亲爱的，非常想念你。想得我心痛。

想去洗澡，浑身感到有点酸痛，是不是快要感冒了？不多写了。

幼棣
2007年3月8日

小翟，亲爱的：

现在打开电脑，都收不到你的信了。好失望。水寒烟淡，雾轻云薄，惊蛰已过，情还如昨？

昨天下午快下班时，突然觉得周身发痛，像要感冒的样子，上地铁、过天桥都感到乏力，大约有点发烧，连我自己都感到紧张。办公室里暖气已经不太热了，我没有注意，受了凉，还穿单衣。好在昨晚喝了很多水和感冒冲剂，像一个水罐。睡觉，连梦都没有。到清晨已经基本好了，早起还临了几张碑帖。我想如果到明天去机场还发烧，那可真是不好了。

从同事那里借了几本书，吴冷西的回忆录《回忆领袖与战友》，真的看不下去。大约一个人只沉湎于往事，实事上也是政治的误区，连现代思想观照都没有，那就确实是过时了。再看看宋人明人笔记，不管闲书，还是怡情，还是写日常生活爱好情趣，皆可读。不单是文字好。你才思敏捷，往后散文还得继续写啊。

亲爱的，想到这次，我们才是第四次见面。你说发展得有多快。第一次只看了一眼，第二次一起待了两天，上了床又下来了，啥事也没发生。楼上楼下，光有电灯不通电话。我记得那天一早醒后，想了好一会，鼓起勇气，走到楼上，我想再不和你在一起，就没有时间了，就要分手了。大约你听到我的脚步说，进来吧。我当时真怕你在屋里发问，谁呀？等一会！或者，上来做什么，我还没起床。真有点害怕呢。那天早晨，我在洗脸时，你从后面搂住了我的腰，顿有情知言语难传恨之感。我想，此后，无论是砚底文章、新诗旧话，还是江头夜月、风雨满城，流年不再虚度。

而今年春节，那就不用说了。都很自然，只是在路桥机场时，天上飘着细雨，有一点紧张，我已往出站口跑了好几趟，怎么等那么久还没有出来，怕认不得你了。都是心里焦急啊。

今天你加班，不知什么时候才能回家？

中午还是不想吃饭，饿一下对身体更好一些。给你写信。

想着明天就要见面，很高兴。不知还是否认得出来？

幼棣
2007年3月9日

小翟，亲爱的：

到办公室后，给你家和单位打电话，没有找到你。不知你在哪里。

总是这样聚散匆匆，留下很多回忆与不尽的思念。昨天坐在白云机场等飞机时，窗外的天灰蒙蒙，云压得很低，这是暮春时节常有的天气。想到前天晚上，云满丽江水满堤，愁绿流红，心情未免有些惆怅与压抑。你说我们之间的情变深了呢，还是浅了？——细细回想检讨，至少我心如故，对你的爱是更深了。

先把相机送到了维修店，等了一会，要到下星期一才能取，也不知道最后怎样。回办公室后处理了一下日常工作，很快就到中午了。不多说了，想你。

幼棣
2007年3月16日

幼棣：

开会开得情绪不好，看到同事那样难过，我心里也不太好受。情绪不好时我就信口开河，有些话不必当真，说过我也就忘了。

不过，实话实说，内心还是有一点失望的。这么大岁数了，寻的不是一份浪漫的感情，不是情书电话，而是柴米油盐的踏实日子。原来以为调到一起不是难事，现在看来很渺茫，所以有点惆怅，也有点灰心。这个年龄的这份感情，经得起长离别吗？

永存

2007年3月16日

小瞿：

你好！

写这封信时，你可能已经在回家的路上了，也许正在洛溪桥上堵着，每天这样的堵车，也很会影响一个人的心情。生活中确实有许多不如人意的事情，有的过去就好了，就像过洛溪桥。

你的心情能够理解的，怎么抱怨都可以。你买了的那本《苏东坡传》，有空时翻翻。我也会有一些郁闷的事情，常一个人静静地临帖。纸、墨、笔。看着先贤的手札，想着当时他们书写时的情形，就暂时忘掉那些不快。——"世味年来薄似纱，谁令骑马客京华。""矮纸斜行闲作草，晴窗细乳戏分茶。"看来，茶与临帖，是排解郁闷的两种好方法。只是喝茶我还不太行。——当然，你还有喝咖啡，吃点心，看电视，而我兴趣就很少了。

刚才胡书记来电话，要我过去一起吃晚饭，说有些事情要商量。于是想再写上几句。

　　还是阴雨天气么？

　　愿你晚上有好心情。

　　亲爱的，想你。

幼棣
2007年3月16日

小翟，亲爱的：

　　两个人的感情、爱情如同饮茶。不能指望第二、第三道茶，也像头道那样香和酽。但只要香气正、味清，合乎你的趣味就可以了。要真正解渴，还是要接着喝，不能因为味清香淡一些，就摇头放弃，路还长啊。你说呢？于是我想给你抄一首苏东坡《汲江煎茶》的诗，挂在家里茶室的墙上。

　　其实，许多人的日常生活，都是相似的，很多看去也很平庸。皇帝与草民、为官的为文的，他们的生活即使相差很大，但一样地精彩。只是对各种生活理解、欣赏、感受、适应、承受能力不同罢了，变成文字，更有天渊之别。比如古人，送别可以折柳，可以赋诗，而现在，这种有情调的生活已经绝迹了。即使你把我送到民航班车上，也只是挥挥手而已。在班车开动时，你的车也开动了。

　　从我们认识时起，就常给你写信，这似乎成了我生活的一部分。只有这些私人化的文字,能把细微的、流动的感觉感情记下来,写出来,这是我们特有的方式。我想,不管怎么样,不应该完全放弃。有感觉时也可以写点什么。

最能影响一个人心灵的是渴望。当一个渴望得到满足后,还会不会产生新的渴望呢,我想是会的。比如,我就盼望能在你家的墙角有一盆凤尾竹。我觉得你生活的环境中应该有。

——觉得累,我也是,特别是许多具体的问题,影响到我们的情绪。如果我们天天在一起,会不会加速稀释与平淡化的进程?我想,最重要的还是珍惜与真诚。珍惜我们这种感情,这种际遇。至今,我还没有发现与你有什么大的不合,小的也没有。成见、虚荣、自负、暴戾、狭隘、自私等等都没有。这些都是制造家庭火药桶的基本原料。你说的那个"满堂儿女,不如半路夫妻"倒是很有哲理的。不会有更好的了,至少对于我来说是如此。关于调动的事情,我们以后再讨论,也并不是件难事。也不必混同起来说,你说呢?

先说到这儿吧。想去理发。

想你。

幼棣
2007年3月16日

小翟,亲爱的:

这几天你也很累,我到今天才完全休息过来了。

我想你不考英语，就不再考了。其实这最多也只是为了一张硕士的文凭。而且今后也实在没有多少用处。花这么多精力没有必要。记得你不止一次问我，是否看透了生活、看透了人生？我回答不出。这个问题也不好回答。一般在年轻时候，机会多，就像李昌珏说的赶火车，其实也不尽然。对一个人来说，不同的时代对生活的理解是不同的。我们过去都看过《青春之歌》，对杨沫笔下的余永泽是很讨厌的。那时人们都向往革命和火热的岁月。但没有想到，晚年余永泽的原型张中行，比杨沫要有名得多，成了学者散文的大家，而这时张中行早已从人民教育出版社退休——在一些特殊的领域，有学问与没有学问是不同的。

《小鸟天堂》那幅画，你挂到墙上后，我仔细看了看，是电烙铁烙出的工艺品，也叫烙铁画。我初中一个同学，只读了两年，就失学了，在农村学油漆，他的画非常好，后来也搞烙铁画，都是些大幅作品。我还报道过他，在《人民日报》上。但现在已经不在人世了。这画也失传了。所以生活得好，有自己感兴趣的工作或爱好，是最重要的。想想，我们都比父辈好得多。想想上小学中学的同学，我们应该比他们大多数人都好。奋斗确实是没有止境的，但我们有过多少无用功？

那天看光孝寺，有些失望，除了那座唐代的铁塔。规制还不如赵州的柏林禅寺，那与赵州禅师和临济宗有关。光孝寺是六祖慧能落发和讲经之地，岭南的名刹，怎会如此？就是在慧能之后，化出了南岳、青原两系，最后形成了禅宗临济、沩仰、曹洞、云门、法眼宗五家法流。自然，慧能待得最久的寺院是在韶关的宝林寺。——看来现在缺少大德高僧，宗风不再。我考证的黄岩瑞岩寺，就是曹洞宗名刹，后转为临济宗一派，在日本有很大影响，有《瑞岩语录》。我想你对其语录有兴趣，记得特别清楚——"风动？幡动？仁者心动"，是与慧能提倡心身合一，从入世中见到出世，在本体论与本性论的争论中，慧能更倾向"形而上"的哲学意味有关吧。

夜静。你在看书还是喝茶？

不多说了。想你，想我们在一起的时候。

幼棣
2007年3月17日

小瞿：

分别只有几天，对你的思念逐渐浓烈。你说我们之间是不是会像过去那样，情还如昨。在一起时也许并不觉得，一旦分别，就会更加想你了。

北方还是初春的模样。天阴沉沉的，细雨似雾。如同南方梅雨季节。早上进中南海院子，玉兰花蕾也开始鼓起来了。北国的春天虽然短暂，但还是很好的。亲爱的，想起我们一起走过的芳草小路，丽江的平和与自然，可以使人获得平静的力量。牵手时光如水流，全忘江湖断肠句。这是都市中的好风景啊。

现在，你老谈约稿写稿，如此这般，也好。还未入门，已成先生门下士。你说先熟悉某个栏目，极是。

一早起来，从陕西买回来的隋唐墓志中找了一张拓片影印，临《宫人萧氏墓志》。隋故宫人，竟是先汉相萧何之后，"秀则容雅，芳华丽质，美而窈窕""忽遇秋风，零霜遂落"，世事变化，让人感慨。

今年只发了三篇研究报告，这两天还得再瞅瞅，有什么可写决策参考与送阅件的内容。起草"奏折"还是我们的主要工作，而不管他们是不是重视。

后天就要去南海了，还要把讲稿再看一遍。

先说到这里。爱你——

幼棣
2007年3月19日

幼棣：

读了你的信，从书架上找出张中行的散文《顺生论》。很素淡的封面，一如其中的文字风格，平实耐读。水平比《青春之歌》要高很多。捧着这本熟悉的书，买书的情景，当年读书的心情都能回忆起来，一如对着本影集，能使当年的风景历历在目；又如遇到一位故人，说不出的亲切和喜悦，友谊及往事让人忆起当年的青春和快乐。

没有读书习惯的人生，该是何等寂寞。

周末在家，整整两天，买菜做饭读书。自然有乐趣，可是人不能长久独处，除非是神或是兽。寂寞像空气，无处不在，深入骨髓。好在每天有你几次电话，还有"青鸟殷勤为探看"。

记得2003年，研究生的英语考试是因"非典"推迟到10月底。

国庆节7天假期，一个人在家苦读英语，整整6天足不出户。到了第7天，寂寞得发慌，觉得再不出去走走心理可能出问题，于是去商场买了台电视。记得那天阳光非常灿烂，可孤独地行走在广州繁华的街头，看着路两边一树树如火如荼的紫荆花，我的心里却是冰天雪地，明亮的阳光照在身上都没有暖意啊。

如果没有你，这种日子不知如何打发。

永存

2007年3月19日

幼棣：

日子过得很快。一晃来广州竟是14年了。14年，生命中最后的青春就这样付之流水，一事无成。花开了又落了，雨季来了，又走了，木棉花年年盛开。小区的杧果树，从手指粗细已长成大树。大门口的棕榈，高高直直的，顶着几片叶子。每一次下班归来，傍晚的微风中，它们提醒我这个北方人是身在异乡。但十几年过去了，它有了故乡的景物似的亲切。

年年岁岁，花开相似，只是朱颜改。多少梦想多少追求，都湮没在生活争斗的残酷和柴米油盐的琐碎里。昨夜雨急风狂，起来关窗后，再难入眠。耿耿不寐，如有隐忧。我追求什么？我寻觅什么？我究竟是谁？

这样寂静的深夜，凝望着窗外的丽江，突然被这些问题困扰。急雨敲窗，那是青春逝去的急促脚步。江流滔滔，不舍昼夜。生命如此短暂，青春这般匆匆。

"偶开天眼觑红尘，可怜身是眼中人。"这是王国维的诗，全诗如下："山寺微茫背夕曛，鸟飞不到半山昏。上方孤磬定行云。试上高峰窥皓月，偶开天眼觑红尘，可怜身是眼中人。"

对于爱情，也有些思索。一份能真正心灵相交的情感，是人生的最大幸运。人活在世，谁不是孤独地生又孤独地死？如果得一人可以心灵相通，可以相看无厌，幸莫大也。

想你。

另，要你看的栏目是《挽救婚姻》和《家事风云》。

永存

2007年3月19日

小瞿，亲爱的：

收到来信了。中午把办公室里的桌子朝向折腾了一遍。夏天，下午太阳晒得慌，照到桌子上，都要拉窗帘。桌子挺沉的，还有电脑和打印机。然后扫地拖地，到现在还未利索。还有，也换一换运气吧。

我想不必去思索太深奥的问题——我的形象思维好些，抽象和哲理差，生命的本质，也许常常是最原初的问题。只要我们现在相处愉快、生活得好就行，我想我们一定能走到一起。你说呢？总得有这个信心吧。

昨天傍晚，一个朋友来电话，说要给我介绍什么人，我说现在没时间，要出差。刚才又来电话，问我对孩子有什么要求，在电话里我又不好说，说不忙，过几天，等出差回来后，先与他把话说明，至少说有女友了，正在谈着，这总可以吧。现在想起来，能够认识你，也是一种幸运。刚才我们司那个离婚的老兄跑来，还劝我几句，说人多得是。人海茫茫，男人女人确实很多，但多形同陌路。但对于我，如果主允许，使我们能够最后走到一起，就已经足够。

确实，岁月如流，我们都度过了许多美好的时光（当然你还多一些），白白地浪费，叹流年，总成虚度。我们都奋斗过，努力过，就已经足够了。走过高冈，走过山脊，应该是平原与谷地。人不能老是攀登，那是欺骗自己。顶峰有顶峰的风光，河谷溪涧也有景致。

关于你帮忙找保姆的事情，十分感谢。我与妹妹通了电话，她真是个善良的人，说妈妈有性格和脾气，怕母亲与保姆相处不好，会影响我们之间的关系。她说先缓一缓。妹夫昨天去了湖北，先去看看，到一家老乡的公司，仙桃与宜都两个旧城改造项目，都要管。妹妹考虑妈妈的事情，就留了下来。宜都那个项目我去看过，规模很大，整个新城都是他们建的。如妹夫最后决定过去，妹妹说她也办了退休，这样每天都可以去看看妈妈。

亲爱的，先说到这里。

想你。

幼棣

2007年3月19日

小翟，亲爱的：

一句话没有说对，今天的信都白写了。真是冤不冤。本来心情就不是太好，现在更如日暮愁云了，唉。听天由命吧。任何表白和道歉都竟然无用？仁者心依然不动。

还是喝茶吧，即使喝不出新感觉，对茶我也没有什么判断力——有些茶香口感却薄，而且香得尖利；有些茶醇却气息转淡。但总的来说，我还是喜欢韵致上开阔而大方的那些品种，一如咖啡的浓烈。

又想起那天傍晚在丽江边上走过的情景，心情好抑郁。我喜欢你撒娇，而不喜欢听你心不在焉地说"不一定"，让我觉得前途难料。你总不是故意气我吧。三个字，便成了个结。

先说到这里吧。

想你，越想心情越忧郁。

幼棣
2007年3月19日

幼棣：

机场接不接都是小事，如果你不愿坐机场巴士，我去接就是了。觉得机场太远，在巴士站接，少开些路，也安全。这不是待遇降低的问题，更不是感情多少的问题。闹点别扭也属正常，哪有不争吵的伴侣。吵架也是一种交流方式。

昨天又读了周国平一篇文章，说的是一个汽车售票员一脸愁苦地在卖票,她不喜欢这份工作,那汽车就成了她的监狱。周国平认为我们很多人都背着这样或那样的监狱,能否有自由,全看自己是否肯把自己从监狱里解放出来。读后悚然而惊:功名利禄都是监牢,人生的诸多逆境和失去也都是监牢。我自己最近就为一些烦琐的事,画地为牢。

决定不考英语后,轻松了很多。这几年,一直不能专心工作写稿,总是要分出些时间学英语。现在觉得,何必呢,做好工作赚点稿费,再读点喜欢的书,看看影碟,不管是否还是要一人独行(虽然独行了很多年,从骨子里厌倦了独行),还是要"示欢喜相"的。当然,我也有信心我们会有一个好结果的。

无论如何,这一份感情还算真挚热烈,非常美好。如果东张西望,亵渎了它,于自己都是一种伤害。

章诒和文章里有一句话:有了情义,人生才聚聚依依温温和和的,也才有了人性。

是的,设若一切皆从利出往,人生就全剩了冷酷残忍,就成了一片荒漠。

就聊到这里吧。盼着早点见到你。你怎么会问:"你还是希望见到我吧?"问这种话,不独负了你的深情,也负了我的用心。

永存

2007年3月20日

小翟：

你好！

如果忙，就不用接了。这几次到广州时，只注意你，不知道路，有了懒怠和依赖的心理，但这毕竟不是好习惯。我想，下飞机后，慢慢找，还是能行的。不就是找去丽江酒店的班车吗？我上了班车后，再给你去电话。你到丽江酒店来接就行了。对你住家那个地方，地形还是不熟。

在会议室里，人多，窗又不开，缺氧，老是昏昏欲睡。边上的一位竟睡着了。政府机关的会议传达大抵都会出现这种情况吧。会前，我听了听几位在交谈，处长的说话也官味十足。想起《儒林外史》结尾部的四大奇人，一个开着裁缝铺的裁缝，每日替人家做了生活，余下的工夫就弹琴写字。还有开茶馆的，赚钱之余画画，也就有几个作诗画的与他来往。还有卖火纸筒子的，是个围棋爱好者。现在常在书中出现的"城市山林"这个词，就是那个裁缝最先说出来的。人虽然生活在喧嚣嘈杂的市井之中，还是有清闲自在、超尘脱俗的山林所在的。正像陶渊明所说的"问君何能尔，心远地自偏。"——那晚在你那里喝茶，就有这种感觉。

不考外语也好。可以静下心来。考过几次，不过，已经努力过了，即已经足够。人选择的也无非是生活方式。上午开会时，我又想到那天你在光孝寺中所说的，风动？幡动？——慧能说仁者心动，实际上已经超然于物了。从风动、幡动联想到了自己，慧能是远离风与幡啊——这就是高僧对话录中的"离钩三寸"。传说唐代船子和尚喜欢钓鱼，他有一次问药山禅师："垂丝千尺，意在深潭，离钩三寸，子何不道？"——就是说，钓竿上长长的渔线是为了钓取深潭中的鱼,鱼儿离钩三寸,咬钩,与不咬钩,抑或咬了钩又吐出,都有了自由。所以"离钩三寸"也是很好的生活状态。——你读书细心认真,而且用得很快,真是个极聪明的女子。那本《伶人往事》在桌上放了月余,都匆匆翻两页,似乎一句都没有记住。

我早心已无旁骛。很想你,即使在开会的时候,也会想起我们在一起时的情景,情至深则无语,不再说了。

幼棣
2007 年 3 月 20 日

小翟,亲爱的:

没有想到这次到机场后又多留了一天。

一天能改变很多事情吗?我看不能。特别我们已经共同走出了很远。

那个闷热的中午、那个汗流如雨的中午,都已经成了过去。

我从来没有责怪过你,责备过你。无论过去,还是现在。我只是慌张啊。要不要道歉?再一次?

和尚的头还是要别人剃的。对这一点现在有了更深的体会。

早上落雨,打着伞,略有些寒意。我又想起了南方的雨,心都被湿润了。

红墙里的白玉兰开了,还有一地花瓣。又回到了熟悉的工作与生活,平静,但没有生气。

有许多值得回忆、值得怀念、值得留恋的情感,在南国木棉花红的季节里,特别是顺德的那个国家森林公园的湖边。——仅仅几天,就好像过去了许久。在有些地方,可以感受到年轻,感受到人与自然生命的跃动,那是一种召唤。许多事情可以忽略,但有一些细节必须记住。

男人病得不轻——女人说。因为大夫的眼睛不同于一般人类。那本收了你几篇散文的广州女作家合著的书,是叫《男人病得不轻》吧。

男人说,他的女人没有任何毛病。因为那是对月亮的美好的怀想。月亮需要仰望,但月光就在眼前。

真的,我发现理解女人其实不用读那么多书,特别是智慧的女人。有些感觉、有些交流、有些体味,其实是写不出来的。那是一种情怀与怀想。

当我用手指触摸着你的时候,这样的激动已经久违。哪是河流?哪是高山?哪是谷地?哪是平原?有了回家的感觉,心里也就平静了。——不是地理就是心理的定位。还有一些,需要默默地去思索。有一首很好听的歌:《穿过你的黑发的我的手》。其实,如歌的是心情本色。天地悠悠,人生短暂。也许,终究,相爱还是需要相守。

亲爱的,想你。先说到这里。匆匆。

幼棣
2007年3月29日

幼棣：

  信写得总是这样优美，有些句子单句看起来不通，但几句放在一起，似乎只能如此写才能写出复杂深沉的情思。我想，你也如此吧，从某些角度看，有些小缺点有些不可理喻，但放在一起，也就构成了复杂且单纯完整完美的你。

  我也是有很多缺点的，没有心机没有城府，像个透明人一样，所以就有点傻傻的，在生活工作中常常因此吃亏。

  在公园里骑双人自行车的记忆是难忘的，那天过得很快乐。岸边的垂柳树，碧波荡漾的湖泊，还有下坡路上自行车的飞驰——风吹得衣衫飘起来，人要飞起来似的。还有，漫步在湖边的长满乱草的小路，还被草丛里的一条花蛇吓了一跳。

  待会要去取车了。

  就聊到这里吧。

  想你，幼棣。

永存
2007年3月29日

小翟，亲爱的：

  看了你的信，读着，感到亲切温暖。南国对我已不再遥远。那里有我心爱的女人。

  一切如流云般散去。丢钱包麻烦，好在把要办的都办完了，如去银行。我确实很粗心，复印身份证后，又差点落在那个地方了。唉，唉，老了，老了，毛病改也难。今后还是得小心些。那天在机场时，你一再说不要着急，我心里涌动着对你的感激。只有我知道这感激有多么的深沉。

我到过很多地方，看过好多风景。只有与你在一起时，那些风景才是有生命的，鲜活的。比如我们去过的那个森林公园。我想，如果没有与你在一起，一个人胡乱地溜达，会有那样强烈的感受么？两个人的世界，是这样的小，又是很大的，可以无限地延伸。又比如那幅《小鸟天堂》，挂在你的卧室里，就有了特殊的美感。——家就是小鸟们归巢的地方。特别是在水泥森林的城市里，想筑一个巢也不容易。

经过乍暖还寒的早春二月，经过暮春三月，转眼又是花红柳绿的4月了，虽然飞机降落北京机场时，掠过的北方原野还是枯黄一片。但要不了几天，就会换上新装了。节令的变换，时序的更替，我们都赶上了，超过了，没有虚度。一个月内见了三次，还嫌不够。

毕竟一步步走来，其实每一个程序都不缺少。至今，一步都没有错误。先介绍后认识、先恋爱后结婚、先同居后恋爱都有。这是IT时代的压缩型速度型爱情，两人只要有了解压软件，就可以慢慢释放出来。其间，也没有影响运行的病毒入侵。有时，人生的经历与历练，更坚定一个人的选择。

好几个部门的朋友来电话希望出去调查之类，我还得想一想，歇一歇。写一点东西后才能走。4月下旬，广电总局在湖南有个讨论会，会后还要去湘西，不知你去过湘西没有，如凤凰古城。我正在考虑去不去，不知你有什么打算？

收到了最近寄来的两期《家庭》，带回去好好看看。

先说到这里。

深深地想你。你看到这封信时，已经到家了。好好休息。晚饭还是要吃好。

幼棣
2007年3月29日

小翟，亲爱的：

北京已经进入了春雨连绵的季节。天又下雨了，中午雨点还是挺密的。这使我想起了南方和广州。想起了我们在一起的日子，想起那些清晨与夜晚。记起了那天从王府井商场回来，在电器城里躲雨。唉，现在人已经在千里之外了。

我正于前途无路之际遇到了你。小翟，若不是因为我，有谁知道你的善良与寂寞，有谁知道你独立而热烈的内心，知道你的渴望与祈盼？有时你问我想什么，我默默的，什么也不想，就像沉默在夜色与清寒里一样，浸没在情感的世界里。我想，这是天命。即使在现实的幸福中，有时也需要在想象中才能达到苦苦爱恋的感情的极致。生为人，有这样念想该多么好。

就像对于自己的童年和少年、对于故乡的土地和河流，现在，对于你的一切已经比较熟悉了，但依然着迷。我想随着岁月的推移，爱是越来越深了。深陷感情的泥淖哇。——有时心脏不适，其实只是一种感觉，更多的是心理——伤心、心痛、心酸、心累、开心、宽心,感觉的作用是会放大的,是不是?你一踩底线,我就心惊啊,话都噎住了,除了莫名的无奈,哪还能从容地傻笑呢?为什么是"不一定",咱们未来的指向是确定无疑的。我们共同感情的基础,你不觉得是多层版筑夯土般坚实吗?这里面有茅草芨芨草黄泥巴,甚至还有糯米浆灌注,是经得起风雨剥蚀的。

是的是的,蓦然走进你的生活,或者你走进了我的生活,至少没有很多的思想准备,一切来得太晚又来得太快,浪花的激溅是很正常的。于是,河流有了边界,情感有了约定——你不会怕自由被限定吧,我们在一起不是更自由吗?写到这里,想起我们坐在公园里那架紫藤下的情景,虽然不曾在湖边野餐,静静地环望四周,春光也变得更加明媚了。

怎么我不写信你就不会写信了?太谦虚了。你可是教过写作的。我还要向你求教呢!虽然无法支付一字一元的稿费。

炒股还是要慎重,主要是我们没有那么多时间与精力关注,而且现在股市又在高位运行。等震荡后再说,指数下一点风险就会少一些。这是要费很大精力的。

先写到这里吧,有点犯困。想你想得心疼。

幼棣
2007年3月30日

小翟,亲爱的:

上班后第一件事就是打开电脑,看看有没有你的信——尽管知道周末你事情很多,可能没有信。我安慰自己,我已经得到了很多,无须失望。但人在感情上总要有所念想,即日有所思夜有所梦吧。

昨天傍晚开始,风紧。开始不觉,夜里被冻醒数次,还不明白因为降了温。到五更时才去穿上衣服。下地铁后骑车,逆风,都很费劲。

到今天,心情才完全调整过来,恢复正常,想起了要好好工作。离开你后,都要"迷糊"好几天,无所事事,整天回忆重逢时的种种细节,一颦一笑——我不知道这是不是"情醉"。现在晓得了,人的思想,原来起源于环境。

走在街上,瞅见寒风中迎春花开了,黄灿灿的一片。北方的春天总是迟来,也短暂多变,犹如人年轻的生命。但成熟的季节、收获的季节、充裕的季节,不在春天。即使在山瘦水寒,满目苍凉的冬天,坐在温暖的炕上拉呱,看窗纸被积雪映得发白,窗棂上的辣椒像一串火,这时,有一壶酒,一碟菜,不也很幸福吗?

季节总是轮回的。即使淅淅沥沥的春雨,心境也是不同的——与你在一起时,我如同黄土高原一样焦渴枯寂的心,被湿润了。今年春节,一起走过我童年和少年时生活过的一些地方,从九峰到莲尖坪,我再次感到,一种召唤与感悟,那是情感的维系——从东海边上小城黄岩走出,在生活的道路上不断奔波,似乎已经很久了,但其实并没有走出多远,我们需要的其实也不多。

我不想用"伺候"这个字眼,但服务过的领导很多。邓小平只是死后才见到,静静地躺在八宝山革命公墓的第二告别室里。而其他的领导几乎都"近距离"接触过。包括胡耀邦和赵紫阳。《送耀邦》是我在1979年写的新华社通稿,也有18年了。几天后,风云变化。世事也像节令的疾驰,而这一切,真正属于自己的很少。

现在,这一切都成了历史。——昨夜,我原想找找过去写的一些诗歌,看看有没有顺眼一些的,不想翻出了1983年、1984年的陕南与陕北行走日记,一页一页地翻去,老师,好像这是真正试卷的开始。——过去我是一外出采访就写日记,所见所闻都一一记下,甚至抄了不少陕北的民歌,而平常在北京就不写日记。看来,我还是一直与都市格格不入。

亲爱的,信写得够长了,像一个人的独白。你不觉得好笑吧。先说到这里吧。想你。

幼棣
2007年4月2日

幼棣:

把今天的信和上周五的信又重读了一遍,满心感动。写得真漂亮啊。虽说你文字好,但我知道,没有至情,也写不出这样文采飞扬的情书。所谓情至文生。

是的,现实生活中的你虽有很多缺点,像个小孩子一样爱生气,为一句话,一句玩笑,甚至有时候我还没意识到哪句话不妥,你就不快了。但是,信中的你是如此完美,知识渊博,文采斐然,一往情深,情感世界如此丰富绚丽,就像烟波浩渺的大海一样。读这些信,总是让我非常陶醉也非常感动,它们像是能让我尝不出咖啡苦味的糖一样，让我忽略现实生活中你的不完美。

今天广州大雨。车行在洛溪桥上，偶然抬头一望，头顶的天空还是苍白色，而北方已乌云翻滚，是奇异的苍黑色，映着不远处的两栋白楼，显得肃杀无比。桥还没过完，乌云已疾驰到头顶，天彻底地黑透了，像是在黑夜里。路灯亮了，车灯开了，茫茫黑夜中到处都是凄惨迷离的灯光。沉沉夜色几乎让我怀疑那时是否是上午9时多。离办公室还有几公里，车窗开始被雨点敲得乱响，安坐不乱，才知道有车的好啊。雨下个不停，到现在窗外还是潇潇雨声。

昨夜失眠，躺在床上，想你，翻来翻去睡不着。想着你的温言软语，想着你有力激烈的拥抱。还想着那天夜里和你赌气，躺在床上，互不理睬，直到你伸手过来，才风平浪静。喜欢这样被你哄着。这样一份至深的宠爱，让我有恃无恐，甚至任性妄为，知道再怎么错，你的爱一如父母亲情一样总会在那儿静静地等在原地，等在家里。有你的地方才是家。

亲爱的，想你。

你的女人
2007年4月2日

小瞿，亲爱的：

快要下班了，赶紧写上几句，好让你回家后能够看到。

看了你的信，好感动，好感动。

生活的天地是由许多细节充填着，就像小草与树林。两个人相爱的世界更需要生气勃勃，草木繁茂。那些时刻我何曾有一点淡忘？过去，我们已经错过了许多，阳光穿不过城市里的黑云，投给生活以亮色。走过许多弯路、错路。于是，也就走了山穷水尽的时刻，再也没有青春的记忆了，生活黯淡得如同风雨的黄昏。我到深圳，然后再转到广州是为了"散散心"。——我真没有想到这时遇见了你，我真不知道应该怎样感激你，还有生活。

人不能没有缺点。这鲁迅先生已经把话说绝了，战士与苍蝇。

我性格上的敏感也许是各种原因造成的。知识分子的自尊与高傲，不太显现出来，但还是有的。记得我还在矿山工作的时候，一次偶然路过矿部办公室门外，听见书记尖着嗓子在那里议论我的父亲，说我父亲是右派，大抵是我搞搞技术可以，机关办公室里的行政工作少让我做，有些不能做。这话很伤我的心，一直记得，"别有一种暗恨生"。后来，矿上一个人把这个书记的女儿介绍给我，我没有犹豫就拒绝了。这也是我"气量"不够的原因吧。去年春节，听人说起这位老书记生病，我本想去看看，终究也未成行，几十年的隔膜，一切都已经散去。

——当然我们之间不同，还是"磨合期"啊。但过去了的近乎残酷的底层生活经历，有时也会影响一个人的性格。这种底层，不仅是生活，更是精神和歧视造成的。说得大一些，个性的问题，不能不打上民族时代的某些烙印。所以，现在看到一些贫困大学生，如何如何。我觉得那只是一碟小菜。而当时我们就根本难以走进校门。想想，在我初入社会门槛的时候，我甚至不愿意上街，怕碰到同学与熟人。

请你原谅、理解——有些事,过一会我就想过来了。除了有些书生气,比较简单,一些生活琐事能力有些差外,你相信,我绝不是那种气量很小的,轻薄为文或为官的人。

正在渴望4月或者5月怎样见到你。等待与期盼也是一种幸福的惶惑。

先说到这里吧。很想你。

幼棣
2007年4月2日

幼棣:

相识的确是偶然。

相亲,第一次见面,在花园酒店吃饭,一桌子的人,彼此没有说一句话。我提前告退时,记得你还非常礼貌地站起来,也只点点头。你姐夫送我到门外,问,对你印象如何,我没有看上,笑笑没有回答。后来竟然相恋,也是奇怪。

早年的经历当然会在心理甚至性格上打下烙印。因为"出身不好"无端受歧视受排挤,这种不平与愤恨属人之常情,非关气量。以后有机会,去你工作过的矿山看看,看看你说了无数遍的窗后山上的竹林,还有清泉,看看你穿着棉裤一口气跑10公里的山路,看看你被村妇调戏,红了脸落荒而逃的山沟。你的一切经历、一切与你有关的,我都感兴趣。

今天早晨因找病历，翻了历年的体检表，从前年开始，体检时开始有一些问题，什么心肌劳累，偶发房性早搏，我也没怎么在意。不过，前年之前，一直十分健康。看来岁月不饶人。去年对着出了些"故障"的体检表，那份争强好胜的心劲儿减下来不少。

你一走，我一个人独自守着寂寞，人似乎都不漂亮了。总得有个人欣赏，有个人喝彩，人生的戏才能热闹地唱下去。独角戏唱得久了，觉得没意思啊。

想你。

永存
2007年4月3日

小翟，亲爱的：

你今天的身体怎样？是不是还感到不适？要多注意。

如果不好，得去医院检查。

每天乘地铁，在城市地下穿过，这就是生活与工作。时光犹如黑压压的隧道，满眼都是陌生人，外面只有零星的灯光闪过。这时候，最好就是想你，默默地想和你在一起的日子。我感到了充实与幸福。

走出地铁，太阳好起来了，满眼是炫目的光彩。天真蓝啊。

前天，与母亲通电话，母亲告诉我，妹夫从湖北赶回，清明节给父亲上坟，从山上回来走不动了。让我给妹妹打个电话。我不禁感慨。人总有许多不自由的。陆游在诗中说，"素衣莫起风尘叹，犹及清明可到家"。那是陆游最后一次决意辞官,准备返回山阴故里时所写的。"小楼一夜听春雨,深巷明朝卖杏花。"也是这首诗中的句子。可见"官应老病休",获得的那份心灵与行动的自由,也是很好的。那是一份阅尽世事、人生后的宁静与欣悦。可是现在,清明节还是到不了家。

信写了一半,看到你发来的信。我想还是接着写吧。有一分宁静、安定的心境不易,守着寂寞更是不易。但我想,如果两个人相处得好,又何必一个人呢?无论喝茶还是咖啡,无论是看窗外或街上的风景,问题是在于和谁,对吗?我去过马克思的故乡,那是德国西部的一个小城,城内有2000多年前古罗马时代的城堡。那天正好是周末,满街都是人坐着喝咖啡,聊天。人们都看街上来来往往的行人。看来,人们还是喜欢热闹的。即使最平常的日子,一个人居家,只能做一个菜,至多两个,而两个人则可做两三个菜。

想你。想你的那一分心情。相思苦,情到浓时反至清至甘——山雾水风,烟波澹荡。

幼棣
2007年4月3日

小翟,亲爱的:

上班时打开电脑,看到了你的信。身体没有大碍就好,但还是得十分注意,特别是心脏。药倒是次要的。记得有位老同志说,小病大养是科学,小病养养就好了。到了真的大病,就不是养的问题了。

有好的心境十分重要。心脏的问题与工作紧张,以及人的心情有很大关系。要多吃一些"宽心面"（笑）。人的自我修复能力也很强，有些调整调整也就好了。你可千万不能有毛病。心不能再累，命也不能再消耗。因为你现在已经不是背对我了，虽然相距很远。我会心疼。

有些是命定的。有点病还比无病好，使你重视。记得我得心脏病的前两年，体检时有心律不齐，也不是什么大问题，自己一点感觉都没有。直到发病的那个中午，还以为是中暑了，赶紧上楼，想吃点解暑气的药，睡一觉就好了。下午，又赶到了办公室，想准备一下明天采访的材料，写一个初稿出来，那正是八一建军节的前一天，要举行建军节的大会，有领导出席。幸亏，虽然是心梗，但面积很小。那天傍晚，电闪雷鸣，大雨滂沱，感到真的走不动了。

北京天黄白色，有扬尘。早晨在路上还是有些凉意。路边的树只有淡淡的绿意。我又想起南国火红的木棉与高标的槟榔，想起与你一起的时光。是的，我们已经走过了很多，都努力奋斗过了，已经足够。昨晚看凤凰卫视，访一个留在大陆的台湾特务。1958年进入大陆，5天后在上海被捕，什么事情也没做，交代后被判了22年刑，送青海农场劳改。他当时也是个热血青年，在台湾找不到工作，就到了军情局。那时台湾的教育，让他以为大陆血流成河，只要他们一到，就会一呼百应地起来。他在香港时，与一个女青年恋爱。当时台湾方面要处分他，他就要求与那个女的一起潜入大陆。后来那女的被判了5年刑，送安徽劳改，她还等了他17年，后来因病，一个右派帮助她，她才结婚了。那个人刑满后，在上海流浪了几年，打临工，还去安徽农场找过她。他后来在一个工厂打扫了10年卫生，作为一个工人退休。每月只有900元，住在上海一个小区里,是一个平常的老人,至今还独身一人,70岁了,身体还十分健康。我忽然想到,令人感慨感动的是一个人的命运。那个人说,当时送他们到大陆的飞机,都是陈香梅、陈纳德赞助给台湾的,而现在陈香梅到大陆还是被迎为上宾。

在很多情势下,一个人无法左右自己的命运。这就成了悲剧。不管什么时候,我们年轻时都把握住了命运。现在也是,不能再错过。人海茫茫,两个人的相遇、相爱、相知,都不容易。即便是雨夜,屋里,在白亮的灯光下,一壶茶或咖啡,一本书,亲爱的,与你在一起,对我来说已经足够。记得与我同进新华社的一位男生,宿舍的墙上贴了很多美女像。我从不关心美女,也无兴趣,从来没有做过粉丝。也从不收藏信件,与你通信后,我才明白,因为没有值得收藏的人。

亲爱的,想你。

幼棣
2007年4月4日

小翟,亲爱的:

心沉意静、独自相处的时候,在若有所思的混沌中走出,就想与你说说。虽然可以打电话,但天涯万里,对着话筒说话,感觉总不一样,也不会有寄雁洛阳边诗意的想象。

有些落寞窘迫,自己当时并不觉得。就像一个早已遗忘的尘封的房间,许久没有打开门了。经过一番打扫后,发现还是个很好的去处。特别与你在一起时——你还是很漂亮的,这要有人认识。

离开你后，顿时觉得存在空间与时间上的巨大虚空。夜晚就觉得不太好过了，于是就想给你写信。我们是需要倾听，也需要倾诉的——现在可以说，朋友那么多、亲人也不少，但真正心心相印，能像爱人一样，像夫妻一样诉说、能说出心里的期盼、苦闷、隐秘的人只有你。我们有许多共同的话题，是吗？

现在爱读书的人已经不多了，时代很浮躁，但我们都爱读书。我曾寻访过西套蒙古黑河古河床边汉代甲渠候遗址，那里叫破城子。在甲渠候城堡内的一个房屋遗址内，曾经出土了数千枚汉简。登上城墙回望四野，天苍苍地茫茫。那间平房的遗址，笼罩在城墙蓝色的阴影里。我仔细辨认那数千枚断简残片是在哪出土的。沉思了良久，设想两千年前的戍吏，摊开成捆的竹简,灯下艰难书写或阅读的情景。

——对于一个以文字开始自己生涯的人来说，阅读，我们今天已经非常奢侈了，不仅仅是江景，你的书房与茶室环境更佳，可听"雪乳已翻煎处脚"的细响，那是热夜的声音么？读书，有时也是要比较的。女儿那天跑来跟我聊书法，把唐碑志的拓片挑几张出来——现在看到拓印的影印件，也已经非常方便了——并排放在一起，不用多注释，就明白各个碑帖书法的特点和风格了。哪个写得好，哪个不好，哪个墓志有《多宝塔碑》的风格。生命有着多种多样的起源，两个人的世界也同样地丰富，恩爱温情也需要延续。将来，我们在一起时，有许多可做的喜爱的事。

先说到这里了。

想你。

幼棣
2007年4月4日

小翟，亲爱的：

昨晚睡不着觉，原来在想理财的事啊。想钱总是愉快的事。

而我睡觉要简单得多，只是想你——这样的想念，温暖人心，总是很好。或者，实在困了，便什么也不想。过去，夜里写小说，一过12点也会失眠。现在不再熬夜了。

早上起来，翻老照片，摊了一地。拣了一些出来。过去的游历，许多淡忘了的，一页页出现在眼前。那是记者和"官员"生涯中多变的背景：三峡、大凉山、秦巴山区、河西走廊，还有赣南与陕北。青春就在这一次放浪中流逝了。这些照片，贫瘠的山梁沟壑、无水的河流戈壁、衰败的村落与无数衣衫褴褛的农民，教会我对大地的感受与思考，这一切使人心胸开阔又有些黯然。

有些照片需要扫描进电脑，也是很烦琐的事情。到办公室时已经快10点了。确实，没有积下什么钱，如果这些照片也能算财富的话，就好了。

晚上外专局局长还要请吃饭——上次写了3篇美国高校的考察调查报告，他们要表示感谢。中午就不想吃饭了。匆匆先给你写上几句。想你。

稿件写得差不多了吗？

幼棣

2007年4月5日

小瞿，亲爱的：

昨晚休息得好吧？夜里，我也非常想念你，特别是与你通话后。怀念我们在一起时的种种。共同感情当然是两个人相爱的基础。隐秘的两个人的世界，有些是难以言喻的。

人都是有缺点的。但有一些是本质的，比如自私、粗暴、冷漠。有一些看起来问题不大，但也会严重影响感情与生活，比如习惯、性格、爱好等等。不是情人眼里，好像我们在一起时，还没有发现我有这类严重问题吧。现在适合真正才女的男人实在少，虽斜风细雨，有人隔座送钩，红杏又不轻易出墙。于是，只好请你将就一点，"凑合凑合"了。你说呢？

昨晚吃饭时，原来那位外专局副局长是山大七七级的，过去见过。他又说起参加首次南极考察队的事，当时山大同学觉得光荣。我实在不好意思，都是20多年前的事了，"岂知书剑老风尘"。

偶然看了一位书法家协会副主席写的字，俗不可读。书法是中国最具"国粹"特色的艺术代表，而现在欣赏鉴赏能力普遍下降，已经没有好坏的标准了。所以俗书不能多观，否则手低眼也会低了。昨晚临睡前，翻了翻上次从西安碑林买来的怀素草书千字文拓本——有人考证这字并不是怀素，而是宋元人的作品。但总体而言，还是比晚唐高闲的千字文强，比当今名家的书法强多了。于是早起写了十来张草书，笔顺，感觉也好。

信还未写完，收到了你的信。会理财也是好的，是一个好兴趣。理财总比想当官好吧。

虽然写一些自己不太有兴趣的文章，但我们心中都没有泯灭对美好文字、美好思想与生活的追求。人的精力总是有限的，在物欲横流的现世，总要有一些沉寂与坚守的。有一些故事、有一些传说，总要传下去。在政治中，在官场中，一有波澜，小人物的命运大抵都不济。而独立的人则不然，即使一个剃头匠，只要生活能过得去，照样可以拉拉二胡，不想做活时就不做。

说得太多了。买基金不错，只是要多些关注。从昨天银行又一次提高储备金看，上面对当前股市在高位上运行，已经相当关注，有调控的意味，只是不知下一次用何种方法调控。

中午，饭后，在中南海边走走，一湖春水泛着碧波，柳丝拂面，对面是红墙黄瓦。想你，亲爱的。你说对我的情感已经慢慢淡去？是淡去呢，还是渐趋成熟与平稳？——对我来说，爱你是更深了、更执着了。就像雨水已经渗入地下，表面上虽然已经没有积水，没有水花，但泥土肯定是更加湿润了，足以使生命之树返青与回绿。一个人感情的河流也不能老在峡谷中奔流。河流一平阔，水势就趋缓。流水一宽阔，也就会更加丰富复杂。生活是不是也是这个样子的呢？

幼棣

2007年4月6日

幼棣：

河流与感情那一段写得真好。

你走了那么多地方，读书旅游是你的两大爱好。说得很对，出去玩也要看心情。心情好了,连阳光都是芬芳的。不过,我的旅游,去哪儿都是独自行走。自由且潇洒。记得在南京,去看梅花。把宾馆里白色浴巾放到旅行包里。在梅花岭上,一大片梅花林中,铺了浴巾躺下,看梅花被风吹下,落红成阵,看树叶隙里的点点蓝天,看林间的草穗在阳光下摇动,小鸟在草尖上跳来跳去。躺了也不过一两个小时,身上就落满了厚厚的一层梅花。起来后拍掉衣服的花瓣。后来又去了什么地方,走得热了,就用一根新绿的柳条,在前额束住长发,就如戴了个花环一样。信步行走在山路上,路边挖荠菜的老太太都看我,也不以为意。那是2001年,也还年轻也还漂亮,所以不怕人看。

去年去杭州。中午去了西湖。坐在湖边喝茶,看一湖碧波,想那句歌词:"西湖的水,我的泪,我情愿和你……"湖水绿于天,画舫听雨眠,这也不过是寻常景致。可是,傍晚走在苏堤上,我是彻底地沉醉了。

记得西湖边好像有个什么寺,全不记得寺里的景色。只记得从寺里出来,乘的士走了一段路,然后下了车,一人穿苏堤而行。

苏堤是穿湖而过的长约三公里的林荫路,不通汽车。路上有散步观光的人,也有骑自行车的学生,还有下班回家的市民。三三两两,个个都很快乐的模样。

时值傍晚,夕阳弥漫出淡淡的橘红色,垂柳在如水的晚风里摇摆着,归巢的鸟儿成群结队,落在梢头,叽叽喳喳地鸣叫,想起一个词"鸟雀噪晴"。湖水轻柔地拍着堤岸,哗哗响着,越显得这傍晚的静谧。想起苏词"记取西湖西畔,正暮山好处,空翠烟霏"。驻足眺望,苏堤两边是浩渺无际的湖水,夕阳下,波光潋滟,湖水是极柔和的浅蓝色,如此温柔明媚,让人想起盛开的鲜花;远处的几座山是淡淡的青灰色，柔和得像是棉花垛，像是画在天际的水墨画。

这样妩媚的水这样温柔的山，我平生从未见过。当然，武汉有无边无际的东湖，湖上也有山，也算美丽，但那种美总是有点野气或说朴素的，像村姑之美；西湖的水西湖的山，却多了几分温柔明艳，是成熟多情娇媚的少妇韵致。在她面前，就是再愚笨的人也会变得善解风情。难怪这里会成为六朝脂粉地。难怪白居易会说："未能抛得杭州去，一半勾留是此湖。"

一连几个小时在苏堤上徘徊流连，陶醉于傍晚西湖的明丽，流连再三，不忍离去。有时漫步，有时坐在树下的长椅上，极目远眺，心旷神怡。

咳，文字难达意，至少此时不能表达我的感受于万一。

想你。北京正是明媚的春光，一年之中最好的季节。很希望流年不再虚度，能和相爱的男人相守，一块买菜做饭，一块看柳吐新绿桃绽肥红。"流光容易把人抛。红了樱桃，绿了芭蕉！"

想你，时时都在想你，一遍遍回想着我们在一起的时光，回味着你的每一句话还有你的笑声你的生气。觉得你还是很好哄的，抱着你撒撒娇，只要温柔一点点对你好一点点，就会阴转晴了。

亲爱的，想你，想你的拥抱你的热吻。是的，以前像一朵野花一样，自开自落，无人注目，"驿外断桥边，寂寞开无主，已是黄昏独自愁，更兼风和雨"，现在有了你的欣赏和呵护。说得好，"如果没有我，有谁知道你的善良和寂寞，有谁知道你的独立和热烈"。

对你，我也是心存一份感激。

永存
2007年4月10日

小翟，亲爱的：

打完电话后，发现能上网。再说上几句吧。

去梅家坞，天色将晚。在那里吃了顿饭，只能在窗口看看茶园，其他什么也没有看到。

游西湖要有好的心情。你说一个人，一个人其实是游不起来的，即使胡乱地走。大抵你当时的心情不错吧。西湖毕竟还是熟悉的。从少年到青年、中年，再到老头，去过多次。寒风瑟瑟的季节，山瘦水寒。我曾一个人环湖走了一圈。值得记忆的是那年与几个朋友在湖滨的草地上，搬了张桌子，几把椅子，喝茶。太阳很好，阳光在草尖上跳动。水满而平，不时有鱼跃出水面的声音。——不像你那么喜欢旅游，是的，我体味的不是心境，不是逸致，而是希望到没有去过的地方，有一些新的发现，新的感悟。而在很长一段时间里，我更喜欢西北，而不是江南。当然，生活居住与游历是两回事。

先说到这里吧，深夜1点了，明天7点多钟还要出发去温州，还没有洗澡。想你，想你睡着的样子，还有轻轻的呼吸。

幼棣
2007年4月10日

小翟，亲爱的：

弄了好久才把邮箱打开了。已经11点多了。你有一封信，便很想看。还来不及细看，先给你写几句。回老家就没法给你写信了，还得再等两三天呢。

　　真的很想你。我一再想,如果你能来浙江就好了。春天,是一年中最好的季节,多想与你一起走走,旅游。可总是有不能遂愿的事。

　　这几天都忙于应酬,接待的人很多。没有属于自己的时间。只是中午在蒲岐镇吃饭后,要求去看了一下明代蒲岐所的古城遗址,拍了几张照片。下午还去看了两家工厂,都是生产电子元器件的,有一家还做机械手。我不太愿去看计划生育服务站之类。确实没什么可看的,也不是我的兴趣所在,还是愿意思考一些宏观的经济问题。出去得多了解一些实际情况。下去总是可以接触到好些新东西。

　　夜里感到很寂寞,在外出差尤其寂寞。于是也更想你了。

　　电脑很好用,特别是它的五笔,还是86版的。眼睛也费劲,先说到这里吧。

　　想你,我的爱人。

幼棣
2007年4月11日

小瞿,亲爱的:

　　虽然打了好多电话,我们已经说了很多,还是得给你写情书,虽然这并非我所长。有些感情是无法用语言表达。今天,仔细看了你关于西湖与南京的游历,我想象着当时的情景,包里夹藏着宾馆里白色的浴巾，如同小偷一般匆匆走过大堂，出了大门（一笑）。——我终究还是分享了你如此好的心情，还在头上插满了山花，似乎看见了你坐在草地上的模样。

你喜欢旅游是完全自由的，一种心情的愉悦。我则有些访古，探索与考据的意味，希望有一些独特的发现与理解。去前先作一些功课，回来总是带着一大堆材料。所以也不太自由。在浙江衢州时，那天参加会议的人，去义乌小商品市场采购，然后从杭州上飞机。只有我一个人则去了仙霞岭、廿八都。在仙霞岭，我到了仙霞关与枫岭关。在枫岭关上，看到立着块碑"空海之路"。回来后又研究空海从日本入唐的路线，究竟走的是江西还是富春江。总之，给自己设的题目很多。

其实还是你的样式更好一些，也更加自由自在——并不是所有事物都需要穷究的，穷究也没有太大的意义。我对一些城市中的景点不太有兴趣。因去的人太多，到处人头攒动。以后与你在一起时可能不同了，会更关心享受生活，对自然本质的理解与欣赏。当然还有你，我想与你在一起时，还是非常愉快的。

亲爱的，流年似水，我们确实需要在一起，不但是为了加深了解的问题，对我来说，已经孤独得太久，寂寞得太久，而这种孤寂，似乎现在才强烈地感到生命不可以承受，这是最根本的虚度，你说呢？虽然有时与女儿说说，但毕竟那份感情是不一样的。调来北京当然好，我再与继忠说说，不知他后来说了没有。

非常想你。先说到这里吧。

幼棣
2007年4月16日

幼棣：

　　我的旅游是享受，贵适意而已。你的旅游是学者型的，要发现问题，研究问题。这也很好，比我勤奋努力，这就是你成就超过我的原因。

　　以前从不看财经新闻，现在看得津津有味。利益决定兴趣吧，而且其中也有乐趣。读书是快乐，把十万元钱变成十二万元，其中亏损的风险和升值的兴奋，比书更容易吸引人似的。咳，俗，要学你淡泊一些，名利毫不挂念，静心读书。开会时捧一本书，记得一起吃饭时，有时你也捧一本书，书便是全部的快乐。人生至此境界，其实是很幸福的。

　　这封信停停写写，校对还有读者作者的电话不断，虽几行字，写了许久。只好先发过去了，有时间再接着写。

永存
2007年4月16日

小翟，亲爱的：

　　上班后也不用查邮箱，你昨天很忙，有许多事情，还有"投资"，但我想还是得给你先写上几句。

　　早上起来，抄写了几页怀素的《自叙帖》，觉得心情好。想你。你一直问，我们之间的感情是深了呢，还是淡了？我也在想这个问题。即使有些淡，也不是趋向冷淡、淡泊。现在电话多，而电话中又无话不谈，只有亲人的话，自己爱人的话，还能向别人这么随意地说吗？我们不用再抑制或藏着自己的感情，思念——很想你啊，袒露自己的感情，这话从来不单调，也不怕重复。真实不再被模糊地藏在自己的心底。

短短几天，已经有些暮春的景象了。白玉兰已经凋尽，长出了满树嫩叶。其他花也开了，白的、红的、紫的、粉的，一丛接一丛。也不知是不是春困秋乏，不想工作。工作没有意义。你写了很多，思考了很多，研究了很多。提的建议决策，多数是不受关注，引不起重视。许多真实的问题，一到部门，也被遮掩住了。像去年写的关于华北制药的那篇送阅件。其间有关部门、有关人员肯定存在不少猫腻，可这些都被遮掩了。而那些无关痛痒的，证明无效的建议，如调控房地产价格的，去年反被评为优秀的研究报告。有些建议、研究文章，提得太早了，超前了，反而引不起关注和重视。其实，那是最需要关注的，采取措施最有可能取得成效的——不说这些了。

对于你，我的女人，包括家，熟悉了，了解多了，就使人开始依恋。生活与感情上，也有许多像地图与地理一样的，暗中的枢纽——它成了我们感情交流之地，比如说，情侣之间的一些玩笑、暗语，它使遥远的呼唤与思念，变得真切。——任何一处人生的渡口都使人激动，当有一只小船从浪涛中向你漂来的时候。

这一次回家，发现母亲的耳朵与眼睛真的变好了，不再耳聋。这西医也许无法解释，也许真的有经络，只要经络一通，身体就会好起来。健康也是可以逆转的。

昨天晚上，与几个富佬与官员共餐。都是高尔夫的爱好者，大谈球与洞。官员也只不过是镇长，学者也只是中科院下属一个研究生部的副主任——20年前刚刚从赣南山区农村走出，我不相信这就是上流社会的生活。昨晚，那个学计算机的研究生院主任，说他正在研究三农与教育公平问题。谈了几句后，我对自己的判断有信心了。当然每个人都有自己的生活方式。我觉得我们的是最好的。写作、读书、旅游、摄影，还有书画。上街买菜做饭，平常的日子也是最丰富的日子。

亲爱的，先说到这里。想你。

幼棣
2007年4月17日

幼棣：

理财与理男人是不矛盾的。

工作的意义，有时不是自己所能左右的。人生总有一些事让人很无奈。把自己的工作做好，问心无愧足矣，至于这些报告有无效果，那也只能听天由命。这与我的编稿一样，交上去的稿子，有的很好偏发不出来，差的倒可能阴差阳错地发了出来。既拿了这份工资，只有尽力。但求无愧于这份薪水，无愧于读者，无愧于良心。常念一句，"谋事在人，成事在天"，也便释怀。

天天都在想你，因此越发觉得寂寞难耐。这份相思的痛苦成了生命不能承受之重。

早晨接到你的电话,很开心。听到你的笑声,听到你非常好听的声音,心旌激荡。

想你,幼棣。

永存
2007年4月17日

小翟:

你好,亲爱的!

8点钟还在睡觉,真是幸福。古代写睡觉的诗的很多,怪不得春眠不觉晓都可以入诗了。我很想附上一张岭南画家杨之光的一幅作品,也是昨天才看到的,大抵你也是这个模样——因内存不足,粘贴不上,只好作罢。

虽然去过湖南几次,但真正游历的地方很少,连长沙都不能说去过,只在宾馆里住了一夜。大抵能说看过的只是张家界,没有什么太深的印象。有一点记忆的还是80年代初,那时我刚进新华社,参加枝柳铁路的验收,从湖北的襄樊直到柳州。也都住在火车上了。那时去看了襄阳古城墙,后来再去时,城墙已经被拆除了。再后来就是2000年在扶贫办时,直奔湘西贫困县份,多在山里转着,然后再从永顺、龙山出湖南,到鄂西的咸丰、鹤峰和五峰。不仅仅是自然风光,在那粗疏的空间与时间里,一定有许多鲜为人知的传奇。在三省交界处的一个小村里,我注意一个村里有好多老房子,画栋雕梁的——当然现在也已经破败不堪。现在盖得最好的房子都比不上几十年前的。这个地方什么都不出产，解放前为何还挺富有呢？真是不可思议。一问老乡，说原先是种罂粟，产鸦片，是个三不管的地方，当地的人都从事那个营生。也算是一个小金三角吧——我想这也是土匪多如牛毛的经济基础之一。可惜这种湘西的经济内核至今没有人考察研究过，而且，从历史、区域经济与社会学的角度来看，也有些意思。

我想4月你能来湘西当然好，我们可以一起走一走，如看看沈从文的家乡凤凰古城，据说很不错。你也可写些散文呀。昨天再次看了你写的散文，觉得还是很不错的。

当然你若不能来，我的选择就很有限了。要么从长沙直接去广州，要么在湘西转几天再过去。总之——

先说到这里，想你。

幼棣
2007年4月18日

幼棣：

放下电话，突然觉得你离我很远。两千公里的距离，而感情可以瞬息万变。时常想，如果你再遇到一个更合适的呢？虽然有那么多情书，那么多电话，但是，它们只能说明过去，并不能保证未来的感情。爱你一万年，这只是歌词。

我们虽有感情基础，但也不能说是很牢固吧，毕竟到现在为止，也只见过四次，在一起生活的时间又有多长呢？不超过20天吧。20天的相聚，能抵得过两千公里的长期分离吗？我觉得很悲观。对于爱情，我一向是不敢太相信的。爱情是花，美则美矣，但谁见过，世上哪有长开不谢的花儿？

流年似水，所能做的，是珍重眼前的生活，即便是别离。

永存

2007年4月18日

小瞿，亲爱的：

坐在办公室里，望着窗外已有些绿意的林梢，开着窗户，偶有似雪的柳絮飞进，感觉到春天真的已经到了。已经晃荡了好几天了，收拢思绪，还得写些送阅件之类，今年只发了三篇。否则有些说不过去。一些观点说起来容易，但要把它写成决策参考还要花很多的精力，这比写小说或散文要难得多。不能有偏差或过激的观点，要有充分的论述——也许是我把标准设得太高的缘故。

你说我信中缺乏热情，那显然不对。我每天给你写信，不就表示了一种执着挚爱与信仰么？我已经多年没有写信了，情书更无从说起。你是唯一的例外，唯一让我动心的女人。无法见面，我在工作时，在写文稿的间隙，不时打开另一个页面，给你写上一两句，心中不是盛满了对你的感情吗？如果不是深深地爱了你，陷入了感情的"沼泽"而不能自拔，文字与思绪也不可能如此快地转换。我们在一起时的场景、那份情感，那相聚时的一切，已经刻进了我的生命,是永远不会忘记的,今后我们还要一起不断努力增加新鲜而美好的记忆。你说呢?

——写到这里,收到了你的来信,怎么今天变得这么悲观了呢?看了信,我的情绪受到影响。我真想问,怎么啦?一万年与两千公里,你的感情会瞬息万变吗?——世界上也许有许多好人,好的女人,但都与我无关。我只要你一个就已经够了,一个已经够难哄了。还累不累呀。要好好地珍惜这一份感情。毕竟这是缘分。苍蝇无论如何也做不成好菜,虽然广东人什么都能吃,但我还是吃不了。

先说到这里。

想你。

幼棣

2007年4月18日

幼棣:

一时的情绪变化,别在意。

说点别的。今天炒股的经历极为戏剧化。昨天,东北的作者让我买汇通水利,没买,但一天升了四角多。昨夜与这作者通电话时,他建议我明天一开盘就去买这股票,否则过一会,庄家资金涌入,价格会上升。觉得有道理。今天早早起来,且喜一路不堵车,到办公室打开电脑,立刻以八元九角的价格买了一千股汇通水利,这个价比昨天收盘价还低了两角多,心中窃喜。但很快就笑不起来了,这只股在我买后一路下跌,对着电脑没动地方,竟每股跌了六角!好好地坐在那儿,啥也没做,就亏了六百元。晦气。就如那个星期六,误以为是周五,早早起床,顾不上吃早饭,开车到单位,一楼大堂里黑暗暗的,灯也没开,门卫告诉我是周六。咳,没进办公室,掉头回停车场,岂料刚才停车熄火时忘了挂空挡,结果锁匙一转,车一下子冲向前,紧踩刹车又慌乱中踩成了油门,饶是反应过来快速放开油门,却早把一辆车的车尾撞了。回到家,你打电话来问我今天干啥了,我说,跑到单位,啥也没干,撞了车就回家。哈哈。今天也有点类似。

就写到这里吧。这也是我的生活,虽然全是钱。

永存

2007年4月19日

小翟:

一早上班没给你写信,我想什么都先别听别看,先把稿子赶出来。不像写小说散文什么的,只要有一两本书就够了,桌上的材料堆得很多很乱。有时想写完就收拾,结果老是写不完。今天还擦了擦地,没有拖把,而用一块布,就当锻炼身体吧。

你打电话时,一个同事正好在屋里。后来再给你打电话,都打不进去了。直到11点半给你挂电话时,无人接,大约已经人去楼空了。

我们之间,相距遥远,有时也不免怀疑真实存在过什么吗——远和近,也许真实就在于心灵之间,这有时又很难诉说。好在现在交通旅行已经十分方便。如果古人的话,那就成了不可企及,此恨绵绵了。我想,最远,你也不会走出我的视线,也会走到一起,还会回到我的怀抱,不管是雨中薄暮,还是秋宵寒夜。——真诚会在朴实、恬淡和热烈中活着。我们都为别人付出了很多,现在,为你,也为了自己,这是属于我们自己的写不出来的人生故事。

离去湖南长沙一天天近了,我又开始惶惑起来。行程中有许多未确定的地方。——也是因为你。这种吸引与影响,会使漂泊的轨迹发生变化。现在终点又回到起点,心已非不系之舟了。

写到这里时,收到你的信。关于炒股,偶尔玩一点也好。但买二三只即可,作为一种快乐的活动。——我姐姐炒股像放一大群羊,东奔西跑的,忙都忙不过来,也收不拢羊子,这样把身体都搞坏了。大约我的承受能力差,也只好生活得淡泊一些。无论富或穷,只要自己觉得好、愉快就行。穷山读兵书,也许一生都无用武之地,但此意境却是极好。

父亲给我写了四个字"人到无求",我把字的照片压在玻璃板下。此外还有祖父抄的白居易写的诗《西湖晚归回望孤山寺赠诸客》。

亲爱的,先说到这里。想你,想我们在一起的日子。我盼望着。

幼棣
2007年4月19日

小瞿,亲爱的:

开了一上午会,讨论长三角地区的发展问题,主要是起草讲话与相关的调研,还来了两省一市的有关人员。觉得讨论中,水平还是比别人高得多。讲稿由工交司的同志牵头,所以我也落得空闲一些,也不想陪人吃饭。早早回来给你写信。

　　昨天傍晚,在西单图书大厦转了近一个小时,想看看有什么好书,结果令人失望。包括宣传得很多的毕淑敏的《心理医生》。有的书并不需要全看,翻几页就知道了。功底差,这是无可奈何的,与未受过系统的教育有关。中国文坛,有一些是天才型早熟的作家,每一个当初几乎都发表了较好的作品,后来,就是媚俗与概念化两个极端,或模仿当代西方或拉美的文艺套路,全文神神鬼鬼,虚虚实实,用词诡异。于是天才型也往往早衰,如同柿子,秋天成熟过后,挂在枝头的时间很短,便开始烂了。有的干脆走捷径,一开始就烂,反更出名。这也是中国作家与文人的悲哀——不说这些了。你是中文系的老师,比我懂得更多。我想你抽空还是得写一些散文,你的散文写得好。中国人正在感受现世人类很难感受的内容。生活的丰富感,正在独惠今天的中国人。——当然,以后自己也得再动手。你说开个专栏,很好,可商量一下。这方面,或许可以做个"贤内助"。

　　现在,在市场的喧嚣中,在庸常的生活中,有一些东西离人渐渐远去,比如人文精神,比如真诚的情感。与人相处,难有心会,难有神交。这不是学历与职业的限定。在混沌与迷茫中,久久麻木的感情,遇见了你,便碰出了火花。写到这里,我想起了前年在澳大利亚的黄金海岸,清晨独自一个人走在沙滩上,看着大海的尽头,海水下浮现出的光亮。现在正是这样的黎明,曙色与波涛,希冀与不安。与你同行,该想想,将一同走向何方。

出国的事情不知主任批了没有，单位小，这些小事也要领导批示。我也不去催，听其自然。

想念你，不单是夜深人静的时候。时时刻刻，你都在身边。

幼棣

2007年4月20日

幼棣：

是啊，有很多温暖的东西正在失去，对功名的淡泊，待人的真诚，做人的厚道，对朋友的义气，还有对爱人的坚贞，等等。比起唐宋甚至清朝民国——那时的人还恪守着一些价值观念——"文革"荡涤一切，如今的市场经济下，生活变得日益功利。人与人之间变得越来越冷酷，越来越冷漠，即使是亲人之间。即使是真爱是亲情，往往用金钱表达情感时，对方才信我们的真诚。

所以，我很怀旧，一如怀念坛装的黄酒。也正因此，想和你彼此温暖，一同隐居，在秋宵寒夜，在雨中薄暮，共读一本书，共饮一杯茶。

不过，我可能做不到像你那样淡泊，至少比你更想发财。你是真正的隐士。大隐隐于市，隐在国务院，最高政治中心。

今天的股市情况一片大好，虽然仍有一只股被套牢。明天或后天，如果解套或稍赚后就抛掉，然后金盆洗手。至少这次炒股经历让我体验到了一片新天地。从不知道平静琐碎的都市红尘中，有这样一个硝烟弥漫的地方，有这样一片血泪和流的战场。昨夜看电视新闻时，非常认真几乎是平心静气地看国务院的新闻发布会和国家统计局的数字，政治与一己之利关系如此紧密，在我还是第一次呢。

不过，打算听你的话，还是不玩股票，太危险了。

滤尽喧嚣，变的是喜怒情绪，不变的是心底里对你的想念。昨夜睡不着，好想你抱抱我。很想给你电话，但还是不舍得扰你清梦。

永存
2007年4月20日

小翟，亲爱的：

读了来信。你的这封信写得长，好。想想明天就是周末了，还得给你再写封回信，你回家能看到。

其实我也算不得大隐。过去采访时也只是略知中南海会议室与办公地点的路径。人生有时很无奈，先前人们说此地如何好，进来才知，与世隔绝。古人说侯门深似海，虽然时代不同，大抵宫女的各种幽怨是不假的，那时她们连到街上逛逛都不可能，那就更加不悦。

——说得很对，有点股票操心也好。你现在是红杏不思出墙。可人有时连青杏黄杏都不如，我即使想出红墙，也出不去。只好作罢，安于现状，对西窗斜阳，暮鸦噪林时，便回家。——认识你之前，只想到告老时得还乡，到时随便收拾我生疏了的"手艺"，可能会快活一些。

在天愿做比翼鸟，在地愿做连理枝。古人的想象很浪漫。——记得去年在美国时，正值深秋，住的芝加哥郊外小镇上，在五大湖密歇根湖附近。到的那天下了场薄雪。早晨，大雁一队队地往南飞。在旅馆房间里都能够听到雁叫声。我于是就起来，迎着寒风在旷野上游逛。芦花泛白，衰草瑟瑟，云压得很低，大雁飞得更低，从头上不紧不慢地飞过。总有一只两只孤雁，叫声特别地凄切，从林梢或屋后飞来。大抵我不是一个达观的人，想起了自己。唉。不说了。

长沙会议还要我准备15分钟的发言，还来不及思考，写了几行，到周一再补充吧。——人家也不能白请你去游览。好在15分钟的时间不长。

现在你的稿子编得怎样了？不知道能不能出差？如能来，我得好好研究去湘西的问题，春光还与美人同。否则，得考虑，湘西是不是留待以后与你一起再去？会期实际上只有一天。

先说到这里。想你。现在真正体会到了什么叫作牵挂。

幼棣
2007年4月20日

小翟，亲爱的：

刚吃完饭。上午开会时间不长。关于岳阳楼的散文写了几段。有那么多大师大家的赋诗书文，不敢动笔。这两天临了多遍《岳阳楼记》,早上写"昔闻洞庭水",突然有了一些感悟。到现在才找到了属于自己的一些感受,即我刚才与你在电话中说的那些。思想文化精神构造上的一些奇特的结点,如同大厦的榫与卯,也如同经络中的穴位。在这些构造节点徘徊沉思,会有许多感想——现在砖木结构的建筑已经很少了,都是钢筋水泥现浇的,也不用榫与卯了。不知这篇东西最后写出来是个什么样子。有些思绪需要慢慢梳理,一些思考可能要到动笔时,才能渐渐清晰起来。

这次我们在一起10天,想起来不觉长短,只是愉快,也没有什么不合之处——如果有,只是在风雨君山之中,天忽然变色,风声雨声,我不知所措,真想要不要跳崖,觉得好冤枉——不说了。

我清晰地记得那天坐在会展中心别墅阳台上的情景。那个晚上真好,无须商柴计米,也不谈做饭炒菜。虽在城中,可天地异色。山是好山,景也是好景,还有人与情,惜无茶无酒。小楼临峭壁,树杂荫浓,阳台在绿崖之上,可以远眺鸟瞰,风生林梢,灯落湖面。

还有,离开岳阳后,在往武昌夜行的列车上,我们坐在行李包上,真像逃难的夫妻,或长途贩运什么。但如果一个人在这样的情况下,就无法忍受了,唯有难受,与你在一起时觉得尚好。在这纷纷扰扰的列车上,我也没想到第二天还去寻访汉阳古琴台,看浩浩湖水,听鸟鸣琴音的快乐。

关于做股票,做一点也好,理财也是好意识。这方面我就比较愚钝,怕啰唆,像戴复古说的"千首富不救一生贫"。人枕灶间,有山水之逸,亦足乐也。

对你来说,知诗善文,古典文学功力深厚,富有才华与智慧,文章也好,即使是写纪实,也是许多平常人无法涉足的领域。人间烟火，风动和心动都是正常的。但若花的精力太多，也是一种过大的投入与浪费，才华的浪费，你说是不是？

先说到这里吧。想你。

幼棣

2007年5月8日

小翟，亲爱的：

你这几天很忙，刚回来，我的事情也多。还是先抓紧给你写上几句。

我们在一起时，觉得放松、自由、惬意，想做什么就做什么，这是非常好的。合得来，对于两个人来说，是很重要的。兴趣、爱好也重要。还有，我觉得你还是很勤快、勤奋的，一想到饭后你就趴在厨房里不断擦地，害得我也部分地染上了洁癖，回来做饭后也在地上擦上两把，否则老觉得脏。

有了想写岳阳楼的念头后，便留心起相关的资料——这也是考古考证的一种，翻唐诗，见有诗评说杜甫的《登岳阳楼》："胸襟气象，一等相称，宜使后人搁笔。"但后来，孟浩然还是写了《望洞庭湖赠张丞相》，"气蒸云梦泽，波撼岳阳城"，也是一等气象，但孟诗的胸襟就要差一些了，只能算二等，"欲济无舟楫，端居耻圣明。坐观垂钓者，徒有羡鱼情"。他把想要官的愿望表达得这么曲折，也算是有真水平。向丞相献诗求"进步"，比现在政治献金和花钱买官要强多了。我为文时考证的缺点，回过头来看，行文艰深，也确实影响了一般读者的阅读，得改一改。

晚上要加班，回去后要注意休息，买蚊香，别老开空调睡觉，容易受凉。——接了几个电话，花了好些时间，不再写了。路上还要走一个多小时。

想你。

先说到这里。

幼棣
2007年5月9日

小翟，亲爱的：

把岳阳楼的散文先传给你。有了个大致的东西，就可以暂放一放了，以后再修改。明天起可以集中写别的东西。

请提意见。

想你。

幼棣
2007年5月9日

小翟，亲爱的：

几天没有你的信了。一直很忙，也一定很累。给你打电话，声音就可以听出来，疲倦。我也是。

没有感觉？大约也是一种疲劳吧，但愿不是爱情的疲劳、情感的疲劳。

我一躺下，也睡觉。多数工作并不是很有意义、很有兴趣的。现在的生活远不如古人那么雅致。古代官员很大一部分是做法官的工作，其余就是应酬喝酒品茶，好像连交公粮都不大管。而现在写那么多文件材料，多数是无效劳动，而时光就在文牍中流逝了。皓首穷经是可悲，而现在呢？——随手翻一翻新近一期《新华文摘》，上面有一篇梁衡的文章，大约是如何当新闻记者之类。文中举了一篇他写的所谓著名新闻，我怎么也想不起来，没见过。我们自己写的新闻也是一样。如同草，茂密葱茏，一年也就枯黄了。

昨天晚上，与一个10多年未见的原新华社记者一起吃饭。此人大概挣了点钱，年纪也不太大，两年前就提前退休了，办了一家小公司。他一再给我来电话，说要一起吃饭，但坐在一起，发现已经没有什么可说了。而这种落后是无可奈何的。他当时是经济日报系一家报纸的主编，赚钱比较容易，在北京买了一大套房子，娶了个专职小媳妇。一说话，听得出来，完全落后了，思维也不行，不像文人，不像记者，也不像商人，这就是智识阶层诸色人等？

要坚持不容易。还是要读一些书，关注经济、政治、文化和社会上的一些大事，即使大事与自己的生活没有实际具体的关系。你天天看新闻就很好，比我劲头都大。现在又加上了股票及相关经济知识。你忙乎得还要给鱼输氧气——连我都感到有些缺氧了，在你面前不断感到泄气。有时望望南方，感到迷茫空漠。

但我关心与研究的领域似乎太多了一些。老是觉得写不完，时间也不够。还要不断给你写信——现在与你是最有共同语言、共同话题的人了。不说别的吧，过去在文学、文化上，只有父亲可以交流。从大学毕业到现在，周围还有几个人在写作，热爱古典文学的？现在，有了你。咱们还有很多可以谈的。还有，共同的生活情趣。有时想你时，也想起了空谷幽兰。

过去有隐士，有的一辈子住在深山，虽然弃之平原城市尘埃，取之高山烟云，但是与时代脱节，实际上生活质量也很差。而现代人却过于紧密了，"动感地带"也太多了些。

晚上想去胡富国家，去看看他。

又到周末了，明天出去多买些菜放着。我发现你的冰箱中也太空了些，远没有我塞得满。得好好照顾自己。我又太远了，没法给你做饭。

想你，想我们做饭时的情景，特别是又到周末时候。

先说这里吧。刚才发信时，看到有你的一封回信，上面一个字也没有。奇怪。

幼棣
2007年5月11日

小翟：

你好！

刚才给你去电话，大约你上街去了。红墙里到周末就更静了，早上上班时看到，在近红墙的地方，都划了道黄线。倒是很奇怪的事情。我已很长时候无心去中南海边散步了。海边风软烟冷柳暗，都是石砌的岸，也无水草苇丛。湖水倒满而平。湖底也是用特别的土夯实了的，防止渗漏。这样水交换和自净能力很差。转眼又过了一年春色。到夏天，一个多星期不换水就发绿了，有时还会泛上一条两条死鱼，看来这里的水不养鱼。不说了。

在食堂里吃了饭，回到办公室，窗外是漠漠的黄昏景色，一片灰暗。胡书记打电话来，叫我去什么宾馆一起吃饭，说食堂里有什么好吃的。但一个人晚饭也不好连吃两顿啊，只好坐在办公室里等着，等9点钟到家再去看他。因为到月底更没时间了，在节前他就找我，说有事情商量。

一边听电视新闻，一边把一个软科学的评审报告写出来，这是份《世界前沿技术发展报告》，翻翻也有不少信息量，能学到一些东西。

在这种时候，更感落寞，也更思念你。有时思绪也是无可排解，会随着无边的夜色漫散开来。还是得两个人在一起，你也不能总和小鱼说"鱼语"。

想你。

幼棣
2007年5月11日

幼棣：

刚才电话里信口开河，还以为你信中会指责我，没有，一点也没有。找个大男人还是有好处的，受宠，不跟我计较。又想起你认真给我做饭的情形,心里涌起感动和温暖。还是很想你的。

的确,很累,交了六篇稿,手里还有一篇,实在没力气做了。觉得把握也不大,干脆就不编了。

胡富国的故事不错,我打算写写。你多次写过他,这些通讯我可以参考。

还要操心股票基金,满纸都是赚钱,这是人生的乐趣还是悲哀?

祝好。

永存
2007年5月11日

小翟,亲爱的:

今天给解振华把《后望书》的书稿和目录寄过去了,接下去就可以写那些送阅件了。因为不断地给你写信,花去了许多时间,因此今年写的材料要少得多——当然给你写信也是第一等的工作,重要的工作。因为这真正关系到我的今后,而且我也愿意。

看了今天韩石山在某一报纸上的散文,美女绯闻论。没有绯闻的美女就不算真正的美女。所以在这个意义上你还不是美女,而只能成为美眷,所以你说如花美眷用词还是很准的,而且成为我的如花美眷可能性比较大。

星期天比较郁闷。郁闷得只在家未出一步门,做饭吃饭都没有兴趣了。唉,一个人生活也真不好。写字,只好头脑麻木地依样画葫芦。想打电话，又有许多限定，比如不好说想你之类，因为那被判定不是真话。好在我们之间的一切不快很快过去了。也许是怅世缘未了，雨也只是疏疏雨，风也只是短短风。不在一起时，只是感叹流年虚度。

想你。

下午开会，我想还是先写上几句。

幼棣
2007年5月14日

小翟：

你好！

天气很好，亦无风雨亦无晴，凉爽宜人，到地铁的出口时，突然想起来去琉璃厂，于是骑上车就去了——我们的工作就这点好吧。在中国书店里翻书，最后走进一条小胡同，在善琏湖笔店里挑了一大把大大小小的毛笔，有十几支。一年的笔差不多都够了。这也是我贪心的地方。想起祖父破笔都舍不得丢，真感到现在的奢侈。

琉璃厂清静，古色古香，翻建了一遍，也早不是原貌了，天气好，心情好，还想去逛逛。清幽幽的路上，走着走着，有时光倒流的感觉。这里中国人少，外国人多，不时有人问要不要名人字画，我想说，我写的可能以后就是名人字画。

转回到办公室时10点多了。开始在电脑前改稿。抬头望望窗外，那座灰色的楼，曾是李岚清的办公楼，记得那年把我找到他的办公室，讲述怎样当市长，要把这内容写进他的讲话稿里去。海棠绿了又绿，现在主人又换了一个。看到报纸上登的，这几年离开领导岗位后，副总理居然治起印章来，已经刻了300多方，还在上海办了个展览。像这样当官的还真少见。可见还是需要文化。

又读了遍你传来的稿子。写得流畅，开头部分尤好，有幽默感。但我又疑心这种笔法是否真的适合以"我"为主人公的爱情故事——如果把女主角换成另一个女的，自己是第三者，可能更适合这种喜剧风格的延续。也不用作那么多的交代，故事的进展、节奏也可以快一些。

寂寞的时候就想你。虽然这话了无新意，但却是真情。人的一生经历虽然不同，能走到一起，总有相同的或相似的地方，往事不再纷纷扰扰。今后，一心做自己想做的事，也期盼着重逢和不再分开。

晚上，北理工的副校长说去年去美国的几个校长来到了北京，希望去聚一聚。我就同意了。

先说到这里吧。

幼棣
2007年5月15日

幼棣：

今天正要改写稿子，东北的作者打来电话，说他的B股已两次涨停，建议我快点入市。打开电脑，看看晓华姐的股票再一次涨停，心不免浮躁起来，于是去了国信证券开B户。真是没想到，这地方人山人海，有相当一部分老头老太太在散户厅对着电脑炒股。里边四五个大厅三五条楼道连着几十个房间，可怜我像刘姥姥进大观园一样，摸不到门路，问了好一会，才知道到哪里排队。开B户的人太多了，轮到我时，正好下午3时，要收市了，所以本是要开沪B和深B，只开了沪B，就到了时间系统终止！明天还得再去一次，也不好玩。

还是你好，悠闲地逛琉璃厂，我能想象出你的样子：背着手，四处走走看一看，问价时有点结巴。阳光很好，北京的春天温度适宜。走在春风里，能心静心闲，就是幸福啊。

我以前也很清静，除了忙工作就是读书学外语。今年3月始，被股票搅得心神不定，人也浮躁了很多，几次想住手，又欲罢不能。

要早点金盆洗手。

以后心静了多给你写信。

永存

2007年5月16日

小翟，亲爱的：

上午又去股市了？连日市场的波动很大，先看看吧。

炒股的投入很多，我说主要是思想与精力。这我首先感觉到了。你写一个爱炒股，又爱男人两不误的女子，真是好选题啊。不知你那篇稿子改得怎样。

看《文汇报》上有一篇《哪些美谈不再》，写原交大校长唐文治与陈寅恪失明以后上讲台的事。讲到了唐先生的古文朗读法，抑扬顿挫，时称唐调。其实我祖父也时常唱唐诗宋词。只是我们当时年少，且未留心，只觉得好听，也没有认真地学。实为可惜。所以现在争论唐诗中一些字音读法的对错，已经没有实际意义。昨晚与大学校长们的聚会，也多谈股票和社会新闻，没有真正的学者大师了。

写了一半，给你打了电话，后又看信，果然谈的多是股票。卖了先歇歇罢。看了几份内参，也有关于股票的，多是外国银行家的一些意见。说我们的管理层"姿态矜持"，这大抵是翻译上的好听的词吧，没有说无能。现在是股民、机构、各方专家与管理层、政府的博弈，如果不控制住上冲的速度，也许会出大问题。不说了。

今天我也属于"调整期"。不知研究什么好，要写的似乎很多，但都没有心思深入。于是就拾起过去写了一半的关于黄岩方言的文字，《语言思路（下）》，很快就进入了古代与考证。黄岩有个争论不休的词，叫黄岩斜，究竟是斜还是邪？这个斜是什么意思？大家都没有弄明白。下午研究出了点眉目，原来这是一个地名。《新唐书》中就有"陈涛斜"，是唐军与安禄山打过仗的一个地方。还有袁于令《浣溪沙·红桥怀古》中有"曲水已无黄篾舫，夕阳何处玉钩斜"，玉钩斜也是扬州的一条巷名，而不是斜阳，这里用了双关语，显得特别有诗意。黄岩斜原指黄岩的地势地形，多沼泽浅海，后来引申为民风民气。

看来我是落后于时代太远了——这些研究也只能当作调整与

休息。

  我写文章，不管是研究的还是其他的，只要开了头，或写了一半，总不轻言放弃，总想法坚持写完写成，有点像爬山或行路，不管高低远近。所以桌子上老乱哄哄的，想等写完后，把资料再收拾起来，可是老有写不完的东西。一写成，也就不再想它了。

  想你。可又想不起你是什么样子了。戴眼镜与不戴眼镜似乎又有点不一样，不戴眼睛似乎更好看一些。现在通过电话只能听见你说话的声音，也是很大的慰藉。特别是夜深人静的时候，特别怀念与你相处的时光，无论是喝茶、写作，还是——

  先说到这里了。

幼棣

2007 年 5 月 16 日

幼棣：

  在这样红尘滚滚的都市里，饭桌上，人人兴奋地谈论股票，只你，还保留着考古的兴趣，还在研究方言，也是一个奇迹了。能心静止水，当然是幸福。有什么比心灵宁静还更能配得上幸福一词呢？虽然我不喜欢考古，但是还是愿意你做自己喜欢做的事。只要你过得开心，我就欢喜。

  昨夜睡不着，很想你。翻来覆去，辗转难眠。江风呼呼地刮着，那串贝壳风铃在窗间叮当作响。

  想想你我两地相思，还要在电话和书信中继续熬日子？你快老了,我也青春不再。想想北京的春光,想想春光中渐渐老去的你我,不禁怅然、惶恐。

也不是没有考虑过结婚。问题是,结了婚就能调到一起吗?你的官位虽高,但并无实权,调动谈何容易。指望别人帮忙,毕竟是指望不上的。

再说,以现在的了解谈婚姻,毕竟也是有风险的。万一激情过后,平淡的日子里分歧很多,那时怎么办?

这个年龄,已经充分地意识到,人生短暂,快乐时光少而又少。彼此相爱,就该早在一起,过开心日子。可一切都那么渺茫,又怎能不忧伤?

永存

2007年5月17日

小翟,亲爱的:

刚才给你写了封信,因为没有存盘,到发信时,找不回来,丢了,只得重写了。

今天出门时,只顾看外面的大风,想着要不要骑车上班,结果忘了带手机。想先给你写封信,还是未成。

看到了你写的信,我心也不好受。心愿是共同的,想早一点在一起。我想总是有办法的。

从长安街上骑车而过,杨树在哗哗地响,沙土扑面,想起了北方的农村。其实我对北方的农村了解很少。还是当年在烟台福山铜矿时，每天要穿过青杨掩映的村路，那也是5月，1978年。转眼过去了30年。岁月如流，人生易老。

几个月，虽然通过很多信，还说不上了解？——毕竟，至今我们在一起时，还没有出现过大的矛盾吧。结婚手续可以往后推一推。这也是对的，但现在得一步步向那个方向走。因为多数男人都往往病得不轻，你得先看看我有什么大毛病，诊疗一下。唉，先同居后结婚，现在同居也同居不上啊。想你。先说到这里吧。

幼棣

2007年5月17日

小翟，亲爱的：

寂寞地给你写信的时候，大约你正在股市上，很热闹、很兴奋。人声鼎沸。过去也陪人去过股市排队，感到头晕。也是无财的命吧。

"矮纸斜行闲作草，晴窗细乳戏分茶。"看着窗外的蓝天与层云，真是写作读书的好时光，再喝杯茶，心情就更好些。

——看到网上关于南水北调大西线工程的质疑，说发改委派人去调查等等，其实我在前年就写了，还是三篇。我当时还研究了三江源区的气象，及降水机理等等，神游于青藏高原、神游于三江源区。可写好后一个副主任最后不给发，说争论比较多，一些部门与地方想上，要我再改改，把各种意见都放进去。我本来就是不同意上这工程，怎么还要写上的观点？于是就生气，不改，不发算了，我自己写书时再用。有时我想，这些都干我什么事，可还是于心不忍。这完全是忽悠中央，5000多个亿啊，还是老百姓的钱。

这次在《后望书》中，我又把反对南水北调西线工程的意见放了进去。对了，解振华今天来电话，说书的序言已经妥当，即寄给我。这样，出版也就没有什么问题了吧。余下的就是找照片了。

刚才外专局来了电话，说我们出国的时间是下周六，即5月26日，好在时间不长，只有两个星期的样子。因没有注意到通知，当时主任批的我没有看到，也不知道行程，下周四要培训一天。不知你要从国外买什么东西？

想你。先说到这里吧。

幼棣
2007年5月18日

幼棣：

你在关心国家大事，百姓福祉。这种家国情怀在当今知识分子中并不多见，这也是我敬重你的原因。

一炒股就感觉到了和你的差异，令我心生惭愧的差异。我这里乱哄哄地看股票涨落，你那里"小楼一夜听春雨，深巷明朝卖杏花""骑驴过小桥，独叹梅花瘦"。好浪漫，好诗意。也希望像你那样心静，可是又抵挡不住诱惑。道行不高，定力不够。自惭弗如啊。虽不能至，心向往之。

心静是福，在证券所和银行里奔波，也是让我极生厌的事情。我所喜欢的也是一杯茶一本书。如果没有生存的压力，也会选择像你那样生活。我也喜欢陶渊明。

结庐在人境,而无车马喧。问君何能尔,心远地自偏。采菊东篱下,悠然见南山。山气日夕佳,飞鸟相与还。此中有真意,欲辨已忘言。

向幼棣学习,宁静致远,认真读书为文。

出国半个月,这样算来,大约又得好久才能再见面。也许一个月也许两个月,也许真的要等到国庆节。惆怅。

想起《诗经·君子于役》:

君子于役,不知其期。曷至哉?鸡栖于埘。

日之夕矣,羊牛下来。君子于役,如之何勿思!

永存

2007年5月18日

小翟,亲爱的:

收到了来信,很高兴。我是没有本事,只能退避,不去炒股。另外,对钱的感觉也一般,不如对文字或者写字的感觉。人都有愉快的事情,像我姐,她就觉得钱盈和亏都愉快,如同对满月与弦月一样。

我在写计划生育一稿,主要意思是因为中国老龄化问题,建议改变独生子女政策,放开二胎,严格限制三胎。主要也是着眼于长远,一胎化是不可持续的,对民族国家家庭都是不可持续的。现在计生部门竭力反对。读了半天《中国统计提要》,这本国家统计局的小册子还是秘密级的，有些得用数字说话。社会上专家的一些议论并没有数据的支撑。我想起了昨晚的大讲堂中，人大教授说的"历史意识"。也要有历史意识，如果不从现在开始考虑研究这个问题，可能会犯当初与批判马寅初一样的错误。向领导报告这个"折子"不知能不能送上去。如果有一点被采纳，也是大事，是关系到多少人和多少家庭的事。争取我出国前能发出去。

我想，解振华能在未看完我原稿的情况下，愿作序，也应该是基于对我的了解和那种忧患意识。不说了。

——写信时，一直在听《新阿瓦尔古丽》："带着我的心穿越了戈壁……她美丽的眼睛是否还多情，可曾听见萨它尔忧伤的声音……不管是日落，还是黎明，痴情人在等待她归来的消息……用最美的声音在等你的消息。"

——于是，想着你，也感到莫名的忧伤。

亲爱的，又到周末了。这个时候更加想你了。

幼棣
2007年5月18日

小翟，亲爱的：

一早起来，想你，原想给你打电话，又怕太早了，影响你休息，只好作罢。写字，在宣纸上写了几幅挺大的，有贾岛的诗。抄了一遍后，才觉得诗写得好。唐人的诗多为两句一个意境，看上去并不怎么相连，放在一起就特别地好。他们的思维原来也很跳跃的。——原来，我们有那么多的好诗过去没读过，而现在难得买上一本好书。

看了报上一篇访黄永玉的文章，他在北京郊区修了10亩多地的大院子，还养了十几条狗看院子，怕人家来偷画。还定了个规矩：索画的每尺多少钱，不二价，讲价的逐出门。这是中国的文人么？会有好画好字么？我想当年沈从文似乎比他平静得多。人一阔脸也往往都善变，但真正的大师不是这个样子的。

偶然看到手机上，还有你的一张生活照，是穿着红短袖衫、短裤笑着站在电视机前，感到很亲切。一下子全想起当时你说话的神态模样了，很青春啊。我看了好几次，得好好保存。

出国时间临近，觉得有好些事情没有做。把那两篇稿子改了改，早一点报主任再审。还得写一个关于我国教育调研的提纲，要报上去。

很想念你。

下午要去科技部开会，评审一个矿产资源的国家课题。每次评审都像一次智力测验。过一会就要出发了，先匆匆说上几句。

幼棣
2007年5月21日

幼棣：

风雨潇潇一整天。过了大半辈子，消磨掉了许多青春和梦想。凭窗眺望滔滔流逝的珠江，多少往事，一时都随风雨到心头。

很多次想，从河北大学到广州，这一步人生路，走的是对还是错？河北大学的生活宁静安闲，可能一生平淡而少波折。可当时年少轻狂，就是不甘心过那种一眼就能望到头的生活：铁打的学校流水的学生，唯三尺讲台不变，只女老师乌发转华发。一生教书，岂不虚度？"原来姹紫嫣红开遍，似这般都付与断井残垣。"犹记得来广州时，日记上抄了一句话，"似这般花花草草由人恋，生生死死随人愿，便酸酸楚楚无人怨。"

可现在这种奔波的生活就是理想吗？当然，人生得失不是算术题，经历与奋斗，痛苦和欢乐，再复杂的方程式也无从得解。

这几个月心情和追求都发生了变化。原来还想考学位，还想写书，被这一轮股票热搅得淡忘了这些理想。回过头看，赚钱也不值得追求。茫然。最重要的是快乐，可是没有理想没有追求的生活能快乐吗？有那么多波折坎坷，那么多无奈，听天由命之际，又怎能怡然？

非淡泊无以明志，非宁静无以致远。你是做到了，我却不能。

天空的云是灰色的，一如我现在的心情。雨还淅沥，整整下了一天了。记得读大学时，很喜欢雨中散步。这种少年情怀及爱好，恍如隔世。此情可待成追忆，只是当时已惘然。

永存

2007年5月21日

小瞿，亲爱的：

雨下得大。坐地铁到西单后，到图书大厦里转了二个小时，雨势依然不减。原想打车，后来想到电视中一个无臂的后生，挑水，还骑单车。便决定骑车，一只手打伞。街已经像河了，急雨斜风，几次伞如荷叶乱翻。到办公室后裤子全湿了。但也觉得不错，挺刺激的。

小翟，当初我离开新华社新闻所，与你一样，也是不想做看得到头的事情。现在想想，那个工作真好哇，上班就是看电视报纸，写一点新闻的理论与稿评，还有给人家讲讲课。不过，自己走了一段后，也不后悔。就算不成功，至少这个阅历是新闻行业很少有的。而且你现在过得也比在学校好，保定是个生气生机不多的地方。有时人生的经历也是财富——虽然不赚钱。我觉得现在你就挺好。虽然工作和所写的文字并不都是理想的，总还沾一点边。另外，对社会和各色人等有更多了解，还有好多故事传奇，可以积累将来写小说的素材。你说呢？

中国小说的源头，就是唐传奇和宋话本，你不觉得你现在做的就是开源的事情？不知你看过陶宗仪的《南村辍耕录》没有，陶就是黄岩人，据说他把所见所闻，每天都写成文字记下来，多则几百言，少则几十字，放在一个坛子里，年深月久，便据此写成了本书，史料价值很高。我想你的观察细致，文字的感觉也极好。有时就可以记一点下来，在电脑里建几个题目。这种感觉有时是转瞬即逝的。有意思的生活常在无意之中。我原有两个记事与感受的文章，《深秋落叶》，分为新闻与文学两篇，看到、听到的，不断地记一点下来，也就是喝一杯茶的时间。回过头来看看，觉得还有些意思。

穷爸爸富爸爸的，其实还是从钱说开去。——钱不能没有，无钱的日子一定不快活。雁过斜阳，草迷烟渚；可以谈情说爱，可以情如游丝人如飞絮。但不能谈财说富，钱如飞絮——那是什么景象啊。将来日子过得温馨，自由自在就好。

想你。

幼棣

2007年5月22日

幼棣：

风雨中骑车，也算是老夫聊发少年狂了。不过不安全，淋雨也容易感冒。以后不要这样做了。

每天打开信箱，都能收到你的信，都不会失望，标题也总是"想你"。就像一个最忠诚的人，每天在同一时候同一地点等我，心里因此觉得踏实温暖。

不再炒股，又重回平静生活了。回头看这一段日子，真是有些愚蠢，你说得对，不要去做自己不擅长的事。这样跟风，回头看有点好笑。钱，或者说赚钱，使人很累。如果生活中只余下赚钱，这样的日子真是没有了活头，没有了滋味啊。人，倘不能超越利禄，实在会陷到泥淖之中。即便不为高尚，即便只为幸福，也不能太功利，它实在是自由人生之最大的羁绊。

从泥淖地重回书桌，重回读书编稿的日子。好啦，体验一下这种生活也挺好的。

今天星期三了，你星期六去英国。我的日子更加寂寞了。

想你。

永存

2007年5月23日

小翟，亲爱的：

收到信，给你发了二次短信，找不见你，真有些着急。

今天一直在找照片，一早开始。到办公室后又扫描，写说明，挺烦琐的。我想在出国前先把照片寄过去，《后望书》好编排。我已经跟他们说了，让把编好的书稿先发过来，再看一遍，可还没有收到信。我想即使我走，把邮箱的密码告诉你就行了，你也可先看着。

事情很多。明天又要集中。

不做股票也好。

股市的确风险很大。今天又有人披露，什么没有调整印花税的计划，还是有关部门新闻办。新闻界知道什么？无非是想再把股市拉高一下，然后出货。老百姓知道什么名堂。

想你，想你。有张照片得补拍一下。不早了。

幼棣
2007年5月23日

小翟，亲爱的：

明天就要去英国了，虽然现在也不能见面，但想你时总可以立即拿起话筒打电话。而一去路又远，好像还有10个小时的时差。不知道咋办，打电话也不那么容易了。万里之外，距离感还是有的。异国他乡，举目无亲，当会更加思念你。

把他们看后的稿子通过附件发过去，你再看一下，尽量去改。

想你。明天10点钟大概就得离家了，下午1点多的飞机。

幼棣

2007年5月25日

幼棣：

想到你要离开20天，心里还是很失落的。"平芜尽处是春山，行人更在春山外。"不过，能出去英国看看当然很好。把见闻写信寄给我。我也会多写信的，毕竟通话不是那么方便了。

好的，我会认真来校一遍《后望书》书稿，希望在出版后不至于有什么遗憾。这本书一定会畅销的，相信我的判断。靠文字换稿费多年，愚虽不才，但知道什么是好文章。

就写到这里吧。

想你。

永存

2007年5月25日

小翟：

想想明天就要走了，虽然现在来去还是挺方便的，出国也只十几个小时的航班，但此时还是格外想念你。

寂寞坐在办公室里，他们说5点来钟来接我，还有点什么事。

我想晚上回家到明天，没有时间再给你写信了。还是说上几句。

仅仅半年，现在算是夫妻了吧？不管怎样，我们在一起时还是很好的——没有想到那么好。你已经是我生命中的女人。而且，将来走到一起，也是不可挽回的趋势，大势所趋。只要不生什么横逸斜出，临水照花之枝。

这次到英国，几个地方好像日程上都有，从伦敦到剑桥、苏格兰高地和威尔士。其中培训学习的时间较长，大约占了一半，主要在海边的一个小镇上，每天都听课，对着愁云海水。想想老了还听讲什么医院管理之类，就觉得好笑。幸亏准备带书稿去，可以看着改。书稿不通顺的地方你尽量帮着改，还希望能润润色，加一些内容，你当编辑不但水平高，还有，不一样的关系。我是一部分一部分写的，也可能有些重复，文气也不是很顺。你只好受一点累。即使在他乡异国，也会时时想你。多保重，休息，早饭要吃。自己活得轻松一些，不能太累。冰箱里要老有吃的东西。少买或不买股票，不要做太操心的事。喝茶、喝咖啡，看电视，读书。生活不能太凑合，一个人时也一样。出门注意安全，路上要小心。现在你已经不是一个人了，也是我的"私有财产"。

先说到这里吧。想你。

幼棣
2007年5月25日

小翟，亲爱的：

今天进房间后，第一件事就是上网。总算打开了邮箱，急忙给你写信。我看看邮箱里，没有你的信，未免有些失望。

一早开始，就是大雨。一路上风急雨骤。从伦敦、巴斯，再到威尔士的首府加的夫，参观古城堡和几个标志性的建筑，又从加的夫原路返回，到布里斯托尔住下。大家都喊冷。今天温度12℃，明天还降至8℃。有的还去买了衣服。幸亏我出门时多穿了一条裤子。

现在已经晚上9点了，北京时间正是凌晨4点，我想你应该早睡了，就不再给你发短信。无论在车上，还是独自一人的时候，都想你。

英国是由4个部分组成，过去说是英伦三岛，实际上是指英格兰、威尔士和苏格兰三个部分，而并不是独立的岛。一路上的景色，与美国、澳大利亚差不了太多，与欧洲其他地方风光也差不了太多。绿野草地，平缓的山岗，云压得很低。城市也多是灰色的老房子。其实来这里也只是看一看而已。导游直言不讳地说这里的生活与国内相比也好不了多少。我想也是。

昨晚就想上网，鼓捣了半天。后来想烧壶开水，结果保险丝出了问题，只好休息。有时差的问题，夜里醒了好多次，3点钟就睡不着了。后来起来补记了日记。还有，想你。春雨潇潇，但在这里，既没有蕉叶也没有竹林，只有一丛丛灌木和不知名字的什么树。我想起，将来我们还是得一起到国外旅游，走我们想去的地方。二十几个人的大团，都花在等人、吃饭和路上。同团多是医生党委书记护士长，对人文的东西不太有兴趣。感到有些孤独。

人的心境应该平和，虽然不能高岩欹笠，流水濯缨，在喧嚣繁杂的尘世间，留一分清净，留一分愉悦，也就会多一分幸福。

明天就要离开这里了,也是早晨9点出发,返回伦敦。因为这两天是周末,所以就以参观游览为主。

想你。

幼棣

2007年5月28日

幼棣:

昨天两个电话都未接通,想必是你打来的。怎么样,现在在哪里?每天都要过得高兴一点,"示欢喜相"。

星期六、星期天在家里看你的书稿,写得非常好。只是三门峡那篇,因为普通人对三门峡工程一点也不了解,所以读起来有点困难。我就帮你多加了一些介绍三门峡的内容,正好在读一本《黄河万里独行客——记黄万里》,是黄万里的传记,去北京时从你书架上拿来的。所有的数字和时间都是据书来的,不会错。不过不满意的地方你再去掉就是了,都是用红笔加的,一眼就可看见。

我一切照旧。不再炒股,收心编稿。马上又要交稿了,作者都炒股去了,找不到稿子。上证指数快到四千三百点了,今天大涨九十个点。甚至都在传唱一个炒股歌:不涨到心慌我不卖,投资中国心永在,打死也不卖,深度套牢也不卖,等不到涨停不痛快。

保重身体,保持愉快心情。快乐心情对健康非常有益,而你又不是个很乐观的人。

路边的野花不要采也不要看。

永存

2007年5月28日

幼棣：

前天买的**那张电话卡**不知放哪儿了，找不到。今天再去买一张，然后才能给你打电话。

没有你电话的日子似乎有点不习惯。虽然近来渐渐习惯了两地分居的日子。

姐姐仍在炒股，星期四她撤出了全部资金，星期五又全进去了，听了真为你伤心。人各有志，你也就别管了，她这样被你一吓，频繁卖出买进倒有可能损失更大。不过她最近买的胜利股份大涨，她买了一万股，又发财了。她让我买，我当时只有三千元，只买了两百股。这样也好，钱少就不用操心。发财的诱惑，毕竟是难以抵挡的，除了你定力够，换个人都不行。

到此为止，基金买了三十四万元之多。也不能不操心，毕竟股市风险很大，但比股票轻松多了。

像你那样，静下心来，写写书也是挺好的。知识分子当有忧世济民之志，一心赚钱，也就算不上士了。

永存

2007年5月29日

幼棣：

听到你一个人很孤独，我很心疼。是啊，别人都是成群结队的，你一人形影相吊，那滋味是不太好。

好在很快就回来了，无论如何要让自己过得开心点。异国他乡，风中雨中，替我照顾好你自己啊。

祝平安快乐。

想你。

永存
2007年6月1日

小翟，亲爱的：

给你写这封在英国发不出去的信。大约你看到这封信时，我已经回到北京了。这次住的与去年访美不同，那时大都住在商务酒店里，可以免费上网。来英国头几天，除了在威尔士两天外，都住在中国人的"家里"，山西煤老板及接待我们的一个博士，他的夫人也是山西人，那个庄园就是他小舅子经营的，他们购了两个旅店。住处都无法上网，花钱也不行。

"公务和培训"结束了。最后一周主要是旅游观光，一天一个地方。从英格兰东部的海滨，到北方的约克郡，今天进了苏格兰，游览爱丁堡。这几天，每天都坐五六个小时汽车，到一个地方后，就跟赶集似的跑。昨天在约克停留也是3个小时，今天也同样。从古城堡到皇家一英里大街，都在一个山坡上，要走得很快才行。他们逛商店，购物为主。我每天晚上先看书，做一点"功课"——把明天要去的地方介绍仔细读一遍，还有地图上街道的走向，这样下车后不至于迷路，主要景点也能到。我想多拍一些照片，晚上再整理一下，记一点笔记，将来可能还用得着，比如写游记之类的小散文。不至于上车睡觉，停车撒尿，下车拍照，回来后什么也不知道。

参观完后，为了节省开支，把我们拉到郊外的旅店里。爱丁堡参观几小时后，又开了一个多小时车，住在格拉斯哥郊外的一个酒店里。窗外有一条大河，有森林和草地，只是周边没有村镇。在河边走了一会，也感到寂寞。这次出来是27人的大团，除我以外，来自6家医院，最少的有3个人，有的医院有五六个人。虽然认识了几个人，但他们还是以团体行动为主。

有很多感慨，没有多少年历史的英国，现在很有历史，从罗马时代，中世纪到近代，古城古街文物保留下来很多。旧城仍旧充满了活力，充满了生气。而我们有着悠久的历史，现在却把它搞成了没有历史。现在英国多数制造业已经转移出去了，城内外没有多少工厂，旅游与服务业很发达。将来，我们的制造业一旦衰落，城市还靠什么来维系？

随着时间的推移，对你的想念也越加强烈。无论在颠簸的车上，还是独自在异国的酒店里。乡愁是无法排解的。至少，在北京时，想与你说话，随时拿起电话就能够跟你说上几句。在大雅茅斯的中世纪小酒店里，唯一的公用电话在楼梯下小间里，里面热得很，一会就出汗。还有人在木楼梯上上下下。幸亏只有20来天，否则真会憋坏了。上午与你通话时，你说以后不许出国这么久了，我想也是。去年我在美国待了30天，并不觉得特别长，而今年完全感觉不同，因为有了你，也就有了牵挂。

这次出国如果学到了什么，就是习惯上了喝咖啡。先说到这里吧。

幼棣
2007年6月18日

小翟，亲爱的：

又可以给你写信了。想想那些在英国的日子，到一个旅店，就先看看能不能上网，或者去找公用电话，能不能用卡打。想着时差，你是不是睡了，或者已经起床，还是在上班。早上整理东西，看到没有打完的电话卡，扔了——再也用不着了。至少，现在可以在电话里听到你的声音了，而且不受时间的限制。这些日子，像一个风筝一样，在异乡飘着，唯一的线，大约就是给你发短信和收到你的短信了。也有少量女儿的短信。其他，与国内的所有联系都没有了。我妈妈也没有手机，自然不会有短信。

去年也是出国，时间比这次更长。但那时不觉得有什么牵挂，只是很落寞。回国的时候，甚至觉得没有什么可买要带的东西。特别是住在芝加哥郊区的时候，每天清早的傍晚，都有大雁低低地飞过，那凄切单调的叫声，使人不忘。而这次，在湿漉漉的海滨迎着凉风独自散步的时候，我就想着你，想着与你在一起时的情景，想着你的音容笑貌，心里充满了对你的感激。想着我们一起旅游，该有多好。

几次出国，越来越感到，还是中国好，祖国好。北美、澳洲、欧洲，还有俄罗斯，景色很好，适宜生活和度假，但没有活力，很少有生气。还有，单调的食物。当然，也有一些启发与感触，一个没有多年历史的国家，现在变得非常有历史；而有悠久历史的中国，现在却很少保留历史了。过去有一个说法，中国多为砖木建筑，而西方又如何，反正是中国老房子该拆。这次看到根本不是这么回事，特别是在爱丁堡的肉铺街，几百年前的老房子也被保留下来了，而且都是木房子，上面有建筑物的修建年代。不说这些了。

你说买房子，我不太懂。你说好的就买。至于说那个环境很好的房子，我想可以投资。反正现在都存在银行里，也不用。现在中国的经济向沿海地区高度集中，而且在一段时间里这种集中还会进一步加大，人口也是。房屋资源只会越来越紧张。

先说到这里。想你。

幼棣
2007年6月18日

幼棣：

钱放在银行里只能贬值，不如买房，一则可以住，二则可以保值升值。还是要理财的，辛苦挣来的钱，不能让它缩水。

好像挺俗气似的。但正因有了房子有了经济基础，才可以保持独立、自尊，还有自由。当一个人一无所有时，像人民公社吃食堂，家里连做饭的锅碗都被收缴了时，是没有一点自由、尊严可言的。所以说私有制还是好的,它是自由的基石。

在读一本《历史的天空》,写得不错,至少让人有兴趣读,是茅盾文学奖获奖小说。最近很少看电视。

看到"想你"的不变的标题,心里踏实了很多。像你这样踏实可靠的男人,实在不多了。我会好好珍惜的。

先写到这里吧。

永存

2007年6月18日

朱幼棣先生:

我才读了八十多页。最近不忙,看能否尽快校完吧。

翟永存

2007年6月18日

翟永存老师:

刚才与你通话后,感到很不爽。对你说的,我会好好想想,将来怎么办。因为你只提供了两种选择,A或者B。我就很难做出来了。有些选择虽然很痛苦,也很困难。毕竟我们都有了这么长时间的友情和爱情。

但生活也会很无奈,很无助。你也好好想想吧。你年轻,自然选择也多。

朱幼棣

2007年6月18日

幼棣：

　　我的心情很郁闷。如果没有我的一次次道歉一次次主动示和，可能也走不到今天。可是我觉得很累了，我不想再道歉。

　　你真的心胸足够宽广吗？我写一个"朱幼棣先生"，你马上就眦睚相报，称"翟永存老师"。

　　我也很珍惜这么深的相知，也留恋曾经如此热烈的情感。可离别久了，再浓厚的情感也会淡下来。至少现在，你也很少发那么甜蜜的短信了。早就说过，这样一段恋情，能经得起两千公里的长久离别吗？

　　我的心情复杂得难以言喻。

　　因为心情不好，感冒了。

永存

2007年6月19日

幼棣：

　　我的心里很不是滋味。这么久的感情，这么多温馨的回忆，说没有就没有了吗？真是不寒而栗啊。感情难道这样靠不住吗？难道像天上的云，一阵风吹，一个玩笑，它就彻底结束了吗？

在办公室暗自垂泪。至此明白了，这份感情在你心中的分量和在我心中的分量是不一样的。我为彼此之间的矛盾非常不安，心烦意乱，可你该做什么做什么，一点也不受影响。

节日快乐。

永存

2007年6月19日

小翟：

你好！

感冒怎样了？吃药了吗？要多喝水。还有，休息。

我也想回去了，回家。虽然只有一个人，想休息，静静地待一会。觉得很累，也很伤心。

你老是问，还有感觉吗？我问，你呢？你说，没有了。好像爱情，那一段感情是一件买回的什么衣服，当时觉得不错，很好，颜色也鲜艳。而渐渐，就不觉得了，丢到一边去了。于是你就没有感觉了。——而我从来没有这样说过，也不这样认为。我以为是一片绿色，一个绿洲。而现在却有人说，没有，不这样认为，那是不长草的沙漠，没有感觉了。伤心与郁闷是很自然的。

——我也希望能在一起，能调到一起。但这绝不是维系感情的唯一路径，有些事情是可以商量的，我们共同努力去做。前妻从大港油田调到北京，调到新华社人事局，现在她的组织关系仍在那里，结果如何呢？我都不愿与新华社的同事谈及此事。但有时伤害很深，又不能不想起。不说了。当然，现在不是一回事。

把刚刚写完的决策参考送上去了，看看我国的计划生育政策能不能做一些调整。

低篷三扇，轻舟八尺。现在水都污染了，想到江边作渔父也没有可能。先说到这里。想你。好好休息，别生气了。

幼棣
2007年6月19日

小翟：

你好！

别生气，也别难过。好好休息。

我实在想不出矛盾在什么地方，分歧发生在什么地方，大概是有时顺着你生气的话说。不对，就向你道歉。这还不行吗？本来我们都很不容易，生活也很难，多想一些高兴的事。

本来想早点回家，又觉得一个人，早点晚点也无所谓，又在图书大厦转了一会，漫无目的，斜阳只与黄昏近。听你一哭，听你的哭声，心里就更难受了。

想你。

幼棣
2007年6月19日

小翟：

你好！

感冒还是得吃点药，会好得快一些。

想想我们根本没有什么事情。你能说出什么矛盾来？心里有一些别扭，以后就冲我发发火吧。谁让你比我小呢，只好让了，认了。

上午在改《后望书》，想尽快看一遍。当时我是一段一段交稿的，很粗糙，你说尽量不留遗憾是对的。谢谢你给我改的，改得好。毕竟是资深编辑了。改书稿也累。

孤独的日子过得落寞，也有些麻木了。但有了你后，那么深地爱上你之后，就不一样了。常常想你，自从第二次见到你后，我就再没有挑剔和犹豫，对于我，你是世界上最好的，最宝贵的。

扫尽浮云风不定。事情总是多，静下来想想我们今后的去处和安排，总很乱，不知头绪。是啊，写得情书空满纸，窗外却下潇潇雨。如此分居两地，想去一趟也不容易，真辜负了如花美眷。我想事情还是得抓紧解决才好。

想你。

幼棣

2007年6月20日

幼棣：

这封信读得很开心。如果你让着我，不顺着我的气话说，不跟我较真，宽容地说一句"不要不懂事"，就不会吵架。有时候踩踩底线，只是想听两句甜言蜜语罢了。

写得多好啊，"写得情书空满纸，窗外却下潇潇雨。"这是原创呢，还是从陆游的诗里化出来的？

想你，盼着早点见到你。先写到这里吧，还有点事要处理。

永存

2007年6月20日

幼棣：

这封信读得心情舒畅。是啊，想调到一起的想法没有错，如果你给予了足够的重视，做出了很大努力，我也不会不通情理。现在责怪你，是觉得你好像并不渴望与我团圆，而且也没做什么努力，我心怀不满，口出怨言当然也事出有因。分居的日子，我固然青春虚度，可你也挺可怜的啊。读你的那封信，反正就一个人，早点晚点回家无所谓，在外边散步，夕阳与黄昏近，读得心里十分凄楚，想，幼棣真可怜啊。

总起来说，用你的话说，咱们在一起挺好的。你心地善良，为人厚道（这样我可以常常欺负你一下），而且很有才气，情书写得天花乱坠。我觉得你挺好的，实在挑不出什么大毛病。在一起的日子很甜蜜，一起在江边散步，一起买菜做饭总有聊不完的话。

好想吃你做的小黄鱼。

永存

2007年6月20日

小翟：

你好！

昨晚一大堆水果，忙到了一点多钟，还没有整理完，先把冰箱里西瓜冬瓜萝卜白菜之类弄出来，把杨梅放进去，荔枝还是放不下。

一个人过日子，买一点东西就多了，加上在外面吃饭的时间也多了点。晚上又有一个老乡，从越南回来，想与我商量在那里投资的事情。计生委的朋友，要去西部挂职，当副市长之类，一起吃饭，也是送行。

终不似少年游。将来的日子过得平实一点，丰富一些，是我的愿望。

我是深深地爱你的，觉得我们在一起时很好。有一些感觉，有一些情思，是语言难以表达的，这就是默契？比如，想和你在一起喝点黄酒，那微醉的感觉。还有，试新茶，共夜语。

感冒怎样了？夜里还是不能被空调对着吹，那样会着凉。

想你，先说到这里吧。

幼棣
2007年6月21日

小翟，亲爱的：

开了一上午会，在机关里，总有许多文件讲话之类需要学习的。开始我也不太习惯，而且到现在也没有完全适应。只是茶喝得比平常多。

你这次到北京、河北，一定很累。拉着那么个箱子，又是一个人，气候也热。特别是你在石家庄待的两天，我更想你，你住在饭店里一个人怎么办？昨天傍晚，从机场回家的路上，又想起你来时的情景，见到你时的情景，此情可待成追忆，一切如同昨日。

这次去东北，几乎每天都要走，不是长途坐车就是座谈和参观实验室，事情也很多。从哈尔滨、长春、集安，再到宽甸到丹东，最后在沈阳上飞机。那天石柱村的山上，看他们种人参的基地，走得汗流浃背，几乎都有些爬不动了，最后还是登上了西大顶。出去的信息量、学到的东西还是比在办公室多。你问起屋里有云雾吗，有。我住的那间屋，东南面都有宽大的窗，面临深涧。山势高，凭窗远眺，可见云海及白云上山峰点点，真有万里横烟浪之感。起风了，便可见云雾涌来，上升，迷迷茫茫，不一会便被云雾裹住了。

只是静下来的时候，黄昏或者深宵，独自一人，非常想你。想我们在一起时的情景，无论是读书还是喝茶聊天，无论逛街还是平常的生活，还有……是多么的好。我想，我们是不能再分开的。

不知你有没有假期？现在该想想七八月间如何出去旅游的事了。

刚才送来北师大专访我们室主任的一篇文章，要我改一改，是北师大想出书。这两天又有事情了。

先写到这里。

下午有空时再给你写，有点犯困了。

想你。

幼棣
2007年7月3日

小翟，亲爱的：

收到你的信，不长，但感到很亲切。

每天工作都是如此。是啊，人生很短暂，我们已经错过了很多，失去了很多——幸亏，偶然的机遇，咱们走到了一起，有了新的开始和未来。在这时，更感到，久居北京，原来还是异乡行客，过去的年华里也没有诗酒，也不知今后家在何处。

还是过平静的日子，只有在平静的日子里，才能感受到生活。

你说写散文，极好。你有才气，特别是你古典文学之深，对唐诗宋词的熟记，我自叹弗如。

但在你的散文中，中国文字，中国文学的功力还远未体现出来，有很大的潜力。这可能与你熟读三毛的作品有关，其实一个人写散文，根据题材的不同，也可以有几种风格与手法。如一个书法家，既能写行书，也能作狂草。你有这方面的优势。

看看现在的那些散文作品，或语言邋遢，或轻佻草率，或装腔作势，粗而质浊，鲜有可读的作品。即使一些作家，写出一两名篇，如果看他的集子，质量就相差太多了。这与作家所受的教育与才识有关。

我也好长时间没写小说和纪实类作品，手也有些生了。

去哪里，我们好好再研究一下。最好在本月下旬，这段时间大多无事。

天低云重，像要下大雨的样子。我想早点回去，还得去市场买点菜，家里连一点菜都没有了。

先说到这里，想你。

幼棣
2007年7月3日

小翟：

你好！

直到现在才给你写信。一上班就改主任的专访。我没有看过还有这么差、这么过时的文字，是北师大几个老师写的。现在大学的水平也真是不行。我也不好重写，只好改改罢了，花了差不多一天的时间，做一些修补。现在搞文字、写公文，大抵也是这个水平，在机关里久了，多会退化。但专访不能可读性强一些？唉，不提。

再一看，你的文字还是很好的，流畅而有文采，还有机智与风趣。读起来轻松。昨天傍晚，我路过西单时，又在图书大厦游走了一圈。那些男作家女作家，书籍汗牛充栋，像毕淑敏之类，竟占半个书架。但好看值得买的，没有，或者深藏不露，没有看到，没有发现。

不是说我的文字已经很好，至少应该超出本人，看这些文字时，我就想一下，自己能否写得出来。我也草草翻了翻郭敬明的什么"逆流成河"。编故事一般，叙述方式有些特色，短句，似乎有些哲理，或者装成有哲理。古典小说，大都从话本过来，或仿话本进行写作，那是活的，活在口口相传中。传奇、故事、语言、人物性格，作家们都遵循或皈依了这个法则……而现在只剩下了语言。语言也不经典。当然需要创新。于是，又想起和你一起在高楼北窗下喝茶，读书，看江阔云低，谈谈散文写作，谈谈诗境禅意。

我不太看文学类书籍，而更喜欢读经济、历史和一些科学方面的书，读一些论文和研究文章。我知道自己与那些文人，与"纯文学"已有些相隔。而过去心里想着的，竟是一些只到过一两次的地方，如河北怀来破败不堪的鸡鸣驿。

当然，现在时时牵挂的，就是你，我的女人。

亲爱的，今天你去医院了？买了什么药？

想你。

幼棣

2007年7月4日

幼棣，亲爱的：

今天没去成医院，开编前会。

又该交稿子，手里好像没什么好稿子。

有时候觉得一个人很孤独。幸亏有你，还可以说说话。也不知何时能再见。离多聚少哇。

毕淑敏的文章我也不喜欢，直白，没有文采。我也不喜欢她的作者照。一个有功底有修养的人，不说风度翩翩，也应有点气质。所谓腹有诗书气自华。现在的作家，不独没有大作，便是风度气质，哪一个比得上民国的学者和作家。现在的作家和学者，都是当年的红卫兵。知识结构可想而知。时代误人啊。

永存

2007年7月4日

小瞿，亲爱的：

  这几天北京也很闷热，人像在蒸笼里。办公室虽有空调，但一点也不凉快，也不能调温。我疑心被固定了，什么26℃。还要立法，政府竟管这些细枝末节的事情。就是一户人家节约，也不能到这个地步。还有什么要普遍换节能灯之类，可中国多数节能灯还是外国的品牌。不提。

  今天改了一天书稿。人家催得急。不是感情平淡，实在是一刻也没有闲着。书稿上发现他们删了一些不该删的内容，如国家大剧院部分，我是从中国戏剧文化的角度出发研究，从戏楼与戏园研究的角度去分析。他们发来了书的封面设计，上面《后望书》的字太差，还不如我写的，不满意。快6点了，还在办公室忙着。晚上再给你打电话。

  想你。

幼棣
2007年7月5日

小瞿，亲爱的：

  又在关心基金？——真累啊，连我都觉得你心累。当然，如果牛市，也就牛了。是不是？

  当然，有爱好也是好的。爱好投资、基金和购房。可惜我这方面知识缺乏。而且，也有点怕心理压力。我知道自己的弱点，心里搁不住东西。有事老想着，睡觉都不踏实。过去做记者时也一样，包里老放着笔和稿纸，第二天有重要采访，头天就紧张上了。现在，只好将临帖画画之类不动脑筋的事，作为休息。

今天走廊里特别安静，静得听不到有人说话。今年经济分析会，各地都来了人，还有各个政府部门。这会每年都开。我对此兴趣不大。有些问题已经说了好多年了，如产业结构调整，成效不明显。现在分析经济形势，究竟用什么方法调控？主要还是得靠市场吧。我还是更喜欢去做一些调研。听听搞企业的人是怎么说的。

一个人的时候，更感寂寞，也更加想你。在这个世界上，人是很孤独的。这就是辛弃疾说的"二三子"。似乎走了很久，走出去了很远，结果也还在原地附近。我在改书稿时就有这种感觉，有些忧伤是时代的忧伤，"惊起却回头，有恨无人省"。不提。

要随缘自娱，旷达潇洒，超然物外，并不容易。——我们能够走到一起，在世俗的滚滚红尘中，是偶然，还是必然？我想，见面是偶然，能够走到今天，走向明天，却是必然，是一个好的故事。你说呢？

这几年到国外走走，注意到别人的生活方式，酒吧，度假，我们真是太累了。从物质消费上来说，发达国家并不比我们高多少，但他们的生活状态，比我们宽松优雅，有时也比我们热闹。就是在英国的乡村，夜晚酒吧里也都有好多人。

现在报纸上把《妈妈咪呀》炒成了歌剧的现代经典，一部大戏。其实那天我们在英国看时，只是个通俗的戏剧。全场都跟着唱，有些像通俗歌曲的演唱会。连给我们开车的英国老司机都会哼上一两句。"妈妈咪呀"的通俗翻译就是"啊呀我的妈呀"。

我在想今后的生活，也要过得好一些。既要经受得住现实，又要超越。不管怎样，我想我们以后会安排好。

北京的天气很热，广东更热。你要注意身体。

先说到这里。

想你爱你。

幼棣

2007年7月6日

幼棣：

产业结构调整这些事，交给市场即可，政府不要插手，一插手问题更多。政府的职能是保卫国家安全，保卫公民的自由，保障市场的自由交易。政府扶持哪个产业，哪个产业就会过剩。饭店的事政府不管，非常好，高档的低档的遍地开花，从来没有吃饭难。医院的事，政府天天管，好了，看病难看病贵。不说这些了，还是谈我们的私事。

这两天很想你，也一遍遍回想了在一起的所有细节。第一次相亲没有"对眼"，那时绝料不到有一天你在我生活中占据了如此重要的位置。第二次相遇是干柴烈火般的激情。在寒雨淅沥的广州冬天，一遍遍相拥激吻。你有点强行有点霸道的吻让我陶醉回味至今。第三次是在黄岩吧，江边雨中散步是梦一样美丽的幻境。只可惜四处借宿，有点寄人篱下的凄凉。第四次一起骑情侣车游公园，犹记得春风拂面，车驰人飞，心神激荡。第五次携手上岳阳楼，你不停地重复着"君山一点"，吟诵戴复古的《柳梢青》："袖剑飞吟。洞庭青草,秋水深深。万顷波光,岳阳楼上,一快披襟。 不须携酒登临,问有酒何人共斟?变尽人间,君山一点,自古如今。"第六次是在北京吧。安静的深夜,在你怀里,你爱怜地拥着我。想起结婚时人家门口的对联:"芝兰万世芳,鱼水千秋和。"写得太好了。

你还是难得的好人,人品好,不左顾右盼其他女人,有才气,还有,对我很宽容很宠爱。

可是两地是一个非常沉重的现实。

前路茫茫,我心彷徨。

想你。

永存

2007年7月10日

小翟,亲爱的:

送走稿件,即上网看了你的信,好感动。亲爱的,这些情景也牢记在我的心中,是我时刻不能忘记的,也是我深爱你,从不担心你红杏出墙的理由。——当然,爱与感情,更多的时候,并不需要理由,也不需要商量。那就是爱你没商量。

有些能说,更多的时候是无法表达,也不是所有行为都需要原因。否则怎么会说无计可施,在一些特定的时候只能说一些很愚蠢的话呢?——人堕入追求时,人堕入神秘的接触与抚摸时,人生该有一些奇迹一般的体验。其实,我们的走近,没有礼仪,没有形式。我静静地急不可待地追求与接受的,是如水的女人,也是如水的天命。多年来，我一直钟情西北，在那里漫无目的地乱走，现在却更多地往返南方。无论是在丽江，还是在澄江与洞庭湖的边上，君山一点，难道不值得念想吗？我常常想，与你走到一起，那真切的情分，冥冥之中，不也有人生理想与价值终极的指向与回归么？记得那天在车上，你不断说，那路边火红的是木棉花，哦，木棉，南方的木棉。我没有读过几本哲学书，也不得不重新思索爱情、家庭，思索两人互相吸引，两个人在一起命运交织的真实、惊喜与本质的含义。你的纯真与美丽，思想在你蓝色的流域里漂流，将是我最大的幸福。写到这里，我不禁失笑，这样地想念你，想念亲人，该是多么的好。——还有，坐在电脑前，"唤起杜陵风雨手，写江东渭北相思句。歌此恨，慰羁旅"。

又是南方风老莺雏，雨肥梅子的季节。老家的朋友送了一箱杨梅，泡了好多酒，至今还没吃完。早上起来又泡了点酒，把剩下来的半瓶高粱酒倒了进去，但酒还不够。用五粮液泡也太奢侈了，晚上再去买点四川高粱酒吧。我想你在就好了，你能喝酒，也喜欢杨梅。一个人生活有多少乐趣？笑人自憔悴，少年去也。

清晨起来，整理桌子，翻书法词典，练了练，给河南的友人题写了书名。到办公室已经晚了，好在公家要紧的事情不多。

当然，现在有一些具体问题，不必太苦恼。这些都不能阻挡我们，也难不住我。心中关山，早已飞渡。

写到这里吧。

幼棣
2007年7月10日

幼棣：

　　稿子昨天交完了，有一篇作者在改，现在无事。

　　在网上看新闻，找线索，打算重新操旧业，写稿赚钱。股市大跌得好，否则连我这样勤劳肯干的人，都想在股市里投机赚钱了。父亲说千万别再买基金，我说你不知道买基金赚钱比写稿容易多了。写稿多辛苦啊。

　　想念你。

　　如果能早认识10年，就会没有遗憾只有幸福。现在的幸福是有些不圆满的地方。生活本是如此？也许错过了你再也找不到深爱、想嫁的男人。曾经沧海难为水，除却巫山不是云。

　　那天在北京下了机场大巴，刚看到你时，觉得有点陌生。相处了几天后，就觉得亲切了。接下来又是别离，再见又是陌生？有多少深情经得起长别离？有多少欲爱禁得起关山飞渡？

　　昨夜西风凋碧树，独上高楼，望断天涯路。

　　"唤起杜陵风雨手,写江东渭北相思句。歌此恨,慰羁旅。"真好，反复读，心中满是感动。

永存
2007年7月10日

小翟：

　　到办公室时已经9点半了，一早起来余下的杨梅也处理完了。天很热，即使在冰箱里也没法久放。我数了数，杨梅酒大约有六大瓶，每瓶都有四五斤，里边还有三四年前的陈酿，洒在桌上，好香啊。只是一樽与谁共？

你好能睡啊。能睡到自然醒，也是一种幸福。

我想还是集中精力一是把稿改出来，二是写点自己的文字。工作只要能完成就好了。现在总的风气不好，提的建议，稍前瞻一些，领导的关注与兴奋点不在这里，要么发不出去，要么发出去了也无人关注，都是无谓的劳动。人总是眼睛向上，顺着领导的话说。所有建议决策参考，都以有无国务院领导的批示为标准。如土地问题，我2003年初提出，前瞻了一些。迟一年后提出的类似建议，有了批示。此时国家的损失其实更大了，有些已经不可逆转了。古代可以一而再，再而三地上疏，而现在是不可以的。不谈。

古代比我们有才能，有远见，有抱负的人很多。怀才不遇，或者人生屡受困顿是一个很普遍的现象。前几天看凤凰卫视关于恢复高考30年的专题报道，采访了好多人，我也常不禁回忆起自己参加高考的情景，好在老三届考上大学的人中，我也是幸运的。一切恍如昨日，说起来，也总算赶上了一个好机会的尾巴。否则还不是终老乡里，已经超过父辈好多了。——还是要逐渐过渡，回到写作上来。书生老去，机会方来？

想来，人回到原初，所有的家国大事，说到底，也是过眼烟云，最后还是家。有家才有幸福，才有平静与喜悦，才可以做自己想做的事。写到这里，想起了你，与你在一起时的幸福的情景。

北京这几天像一个大火盆，烤得人也不想动。冬天有白雪，晚秋有衰草黄叶寒水，春有花草潮水雨丝，古往今来，大约赞美炎夏的人并不多。

你一个人在家，夏天的中午可要好好吃饭。

想你。

幼棣
2007年7月11日

幼棣，亲爱的：

每天都在心里不知把你的名字念多少遍。想起当初，因为你的文章喜欢上你，天天花很多时间认真写信。现在想来，那时并不是很了解你，还好，生活给我的是一个好男人，一个非常值得信赖的男人。

记得第二次见面，当天夜里一直无法入眠，第二天夜里10点从你住的宾馆回到家时，非常困倦。你坐在床边陪我说话，朦朦胧胧中，你的声音越来越遥远，却是温柔无比："宝贝睡吧。宝贝睡吧。"这声音让我心静如水，立刻就沉入了梦乡。

想你，昨夜反反复复幸福地回味着这句话。

正在网上看新闻找线索，要好好写点稿子了。

聊到这里。我要情书，亲爱的。

永存
2007年7月12日

幼棣：

　　这么多年来，在我的生命中，没遇到一个可以对话的优秀男人。不爱读书没有才气的男人我根本看不上，有点钱就沾沾自喜四处拈花惹草的男人我更是敬而远之。十几年的人生岁月，就这样如一朵开在野山沟的野花，黄昏独自愁，更兼风和雨。寂寂独处，年复一年，红颜渐老，习惯了寂寞，还以为生命生活本该如此，还以为一个人的世界也是圆满的。

　　遇到你，才知道两个人的好，才知道和喜欢的人在一起的幸福，才追悔青春的浪费。正因此，急切地想和你天天在一起。时光如流水，年华老大之际，加倍迫切地想抓住幸福守住幸福，弥补这么多年的损失。诗酒趁年华。

　　怅然。在这周末时光。

永存
2007年7月13日

小翟，亲爱的：

　　昨天没有给你写信，深表歉意。这么多天来，你已经成了我最亲密、无话不说的人，成了我的亲人。有些话对母亲也不能说，与他们的谈话，止于生活，止于我离开故乡的日子。现在他们也没法理解，许多今天的事情也没法说，为了不让她操心，我都说好。

　　亲爱的，给你写信成了我生活的一部分。能向一个人诉说，有人倾听你的诉说，理解你的诉说。邮件真好，每天一封，甚至是隐秘的思绪，都可以用文字表达，这也是一种幸福。使我们离别的日子里，有了一丝亮色与温暖。

从炒股中学财经，也甚好，现在我成了股盲了。以后有机会也得学学，现在有一亿多股民，占总人口的十分之一了。这理念观念也是落后，但我有点怕操心。你想把炒股理财的感受写出来，那更好。我记得李国旺（即黄继忠的表弟）写过一本书，好像那些文字大都曾在《中国证券报》《上海证券报》等财经类报刊上发表过的，写得不错。他主要是讲股票，还引用一些古诗、谚语、节气什么的，不是谈感受，有农民式的聪明与平实。你准备动手写了吗？

现在的作家、文人知识面窄，这与官员的科学知识少，科学家不懂人文是一样的。有时在一起时就没有什么话可说。于是文人显得酸、官员出口狂、教授不免浮躁。这是一个时代的通病。那天与大学校长们在一起吃饭，几个小时不是股票就是各种段子，哪有学问见识可谈啊——去年在美国的30天中也是如此，不少上车伊始就打牌，一直到参观的目的地。过去我也打牌，那是三四十年前，学校停课，那是在矿上当工人时，偶尔也打。矿山上没有可去的地方，那时好像日子长得没有尽头，生命也没有尽头。但后来，就彻底地拒绝了。打了牌，当时高兴，过后感到空空落落的。不说了。

亲爱的，想你。离别越久，就越想你。想与你一起喝茶聊天，一起读书写作，还有——

先说到这里。

幼棣
2007年7月13日

小翟：

你好！

上午都在忙乎。上星期去东北，黑龙江的一个朋友，记得与你说过，给我看他收藏的宝物，有金权握、战国时代的玉冠等等。没有想到，我离开的第二天，即出现犯病的症状，前两天住到北京协和医院，诊断为胰腺癌。过两天要动手术。给他去电话，联系医生专家。真是天有不测风云。在哈尔滨见他还是很健康的，只是说糖尿病，在节食，但又不想让人家知道他的病，在官场上呀，身体不行便意味着不能提拔了。

我忽然想，人还是要活得随便一些，淡泊一些。那个朋友过去身体很棒，腰身柔软，曾多次向我表演弯腰时手掌能够得着地面。另外，节食也不是太好，与暴食一样。否则容易出毛病。——他问我高句丽遗址怎样。我说沿鸭绿江边景色极佳，江水在晨光中呈现多种色彩，从银白、灰亮到深蓝。他说出院后想跟我去鸭绿江。总是令人黯然神伤。不说了。

不知你是否读过施蛰存的书，他的唐诗白话写得也好。他在30年代即是大家，小说也写得好，好像是新月派，后来受了批判，一直在华师大教书，做学问。大抵也因为淡泊，所以与许多文人相比，命运也好得多。

刚才送来休假的表格，我有两个星期的假，我说去外地，还是分两次休好一些。我们要好好珍惜今天，好好珍惜相爱的日子。这又使我想起，过几天来广州的话，也要出去短途旅游。

入伏了。天气多变。热的时候多。要多注意身体。

想你。

幼棣
2007年7月16日

幼棣：

忙到现在，把通过的稿子全改完了。在排版，可以喘一口气了。排了四篇，超额完成任务。这不光是工资的问题——工作不只是饭碗，它也使我借此实现自我价值，并从中构建与他人的联系，获得友谊和温暖，所有这一切都有助于心理健康。

刚与一个作者通了电话。当初给他找了一个选题时，我也嘱咐说是否值得做，你自己掂量。现在稿子没有过，他就说话很难听，说为何不早告诉他。我说上午开会才有结果，开完会都12时了。他说那就该散会后立刻通知我，还要等到下午两时。就这么点时间，他都计较。我说帮他争取了资料费，他说："那点小钱算什么，你有没有说我亲自飞去采访的？"我说我怎么能当众替你撒谎？明明只是电话采访。以后宁肯不发他的稿，还省点事。上午他的稿子没过，总编和编辑们都说，这下你可惹麻烦了，这个作者不好缠。

这就是工作，一些委屈也不得不受。坦然，难道会天天晴？总有风雨。人有旦夕祸福。但像你这个朋友，突然大祸临头，总是不幸且无奈。

盼着你快点来广州。电话里总听到你的笑声，非常富有感染力的笑声，可见面时总是一副生气的样子，还常常说"我很生气，我很生气"，像个小孩子似的。

先写到这里。

永存

2007年7月17日

小翟：

你好！

也没有收到你的信，已经有好几天了，是不是无话可说了？

天气热，每天往返挤地铁，车厢里人多，都满头大汗。在新华社10多年里，我很少坐公共汽车和地铁，现在又回到了社会的底层，过最平常的生活。记得那年"中国潮"报告文学的评奖会上，有一个歌，《挤车》，当时没体会，现在有了。学生、打工的、售货员，地铁里除了年轻人，就是退休的老人，好像我这样的老头不多。把上下班当作休息，有时在包里放本书，站着，或翻两页。两个小时，就当作锻炼，心也平和了。我想起自己年轻时，站在拉矿石翻斗车驾驶室外的踏板上，山上山下地跑，从来也没想过车会翻。而现在眼前掠过的或者花花绿绿的广告，或者漆黑一片，犹如穿越时光隧道。闭上眼睛时，会想你，浮现出你的身影。

这几天事情不多，没有紧要文件要起草，没有时间要求，人就容易放松，于是写作与研究的效率不高。过几天，领导到海边去了，"秦皇岛外打鱼船"。我们也就进入了轮休的时间。与过去在新闻单位相比，轻松了好多，红墙里，也没有人事上的问题，如果有什么矛盾也是高层的，与我们无关。地位不低，但没什么权，好。那天学习文件，利用职务如何如何，我们有职而无权，没什么要审批，所以也没有这方面的腐败。想想也确实找不到比现在更好的活计了，可以做自己想做的事。人应该知足，不是吗？

一回到家里就不想动。一个人在家里，心静如水。早晨又临王羲之的《都下帖》等，忽然觉得手感极好，临得神形都极似，觉得书法又长进了。

小翟，屈指细思，我们从认识至今已经半年多了。应笑书生心胆怯，迟来的相知相爱，颠覆了我过去对家庭的看法。我还以为多数夫妻都无话，都是凑合着过的。人海茫茫，滚滚红尘，来来往往，多数人还是形同陌路。我们走到一起，真是幸福，这也是缘分，虽然迟了些，但来日可追，你说呢？昨晚给姐姐打电话，她也在催促，早一点结婚。

先说到这里，要去医院了。刚想给你发信，看到了你的信，谢谢。想你。

幼棣
2007年7月17日

幼棣：

别说我不写信，便是你，信也是越来越少了。激情不能永在，人又不是煤矿，不能老是燃烧。激情过后，仍能相互欣赏相互尊重，有话可说，想和对方在一起，这就是爱了。

爱情是个挺难懂的问题。于我来说，爱就是想和他一起买菜做饭，和他一起读书旅游。再说，两个人的日子总比一个人好过些。

这两天天天在楼下走一走。虽是一个人，还是要追求生活质量的。风拂树梢，夜色茫茫。漫步江边，多少青春往事，都随夜雨波影涌上心头。1998年入住丽江，屈指算来，当是34岁。从照片上看，很年轻，身材苗条，长发披肩，眼睛是亮的，脸色是红的，笑起来还有酒窝。青春妩媚。时光催人老。江边的柁果树如今树冠如盖，浓荫匝地，枝头是累累果实，不再是昔年小树幼枝，果子三五枚。十年风雨，树犹如此，人何以堪！

黯然。"流光容易把人抛。红了樱桃，绿了芭蕉。"是谁的诗，不记得了。

永存

2007年7月18日

小翟：

你好！

看了你的信，还是上个星期写的。写得很好，"红了樱桃，绿了芭蕉"。好像还有些自我欣赏，如两酒窝等。以后再看看你的照片吧，是否真是如此俏丽。——惭愧，这等好文章我实难写得出。

上班后还有些事。我已经说了，准备休假。

一上班与小魏通了电话，他今天去深圳，我让他与湛江联系，在周末去广州，干脆把那事也说说。如联系不上，我想也得周末去你那里，现在领导不在。要抓紧休假，如今后一有事很难再走成。

写到这里，想你。想再有两天就要见面了，高兴。

幼棣

2007年7月25日

小翟：

你好！

离开广州已有两天了。一切如同在眼前。

南国的天气真热。热浪把我们关在书房里，逃避到书房里。酷热的世界，只有一小片习习的热风。在很小很小的天地里，——属于我们的世界，一起看书、喝茶，还有睡觉，窗外暮霭落尽，夜色涨满。一夜，又是一夜。——原来两个人的距离可以这么地小。

即使有几百平米房子，真正需要的也可以很小。平静、和谐，即使在电脑上打字时，你也没有在我的视界里消失过，我漫无边际地想着隔膜与亲密，那就是幸福？虽然是一个很俗套的比喻，宁静的港湾。用不着深谈，也用不着去看在夏夜的星空，未来的日子还长。我想起了前定与宿命，想起了缘分。你咳嗽使我很心疼，还有，不断叫我摸摸额头，碰一碰额头，是不是发烧了。我真担心你发烧。有点烫，我也说没有，是想安慰你，使你放宽心。

我喜欢你撒娇。撒娇会使两个人的世界变得温馨有趣。看来在一起那么多天，还没有冲撞和摩擦。还是没有待够，没有。其实，我这次带了一支毛笔，但没有书写，有些是无法书写的。唤你的时候，叫着永存，那卷舌的儿化音，那么柔和，使我想起了华北平原上无际的青纱帐，想起沙沙作响的玉米的叶子，还有，哗哗的渠水流过。——写着，想念你，想着你来。是多么好啊。敲打着键盘，就像心跳。

天空突然暗了下来，又有大雨了。

想你。

幼棣
2007年8月7日

小翟，亲爱的：

　　昨天傍晚，评完软科学的那些课题后，独坐在宾馆大厅边的茶座里，等人。暮色深深地浓了，栏杆上几点小灯亮着，边上人工的小水池淙淙地流着。邻桌上，好多人，大声地说什么，嘈嘈杂杂，我一句都听不见，像是失聪了。在茫茫的人海中，有的虽近，却遥远而陌生。而亲近的，却远在天涯，不禁感伤。我突然感到非常孤独，也非常想你，想我们在一起喝茶聊天的时光，美好的时光，思绪如同暮色漫散开来。这时，你给我回了短信，说想哭，在吃面包。我感到很揪心。在茶桌上，翻开带来的书，一行也看不下去。一个服务员走来，问我要什么，大概一个人独坐，也不像约会，我说绿茶。但泡了茶，一口也没喝。

　　转眼，离开广州已经四五天了，这四五天一晃就过去了，也不知道做了些什么。在漫长的夏天又不断地被燠热所苦恼。过了立秋，北方再有10多天，下几场雨，于是就走进了秋天，也找到了你，走近了你。于是，也有了真正的秋天。在北京的25年里，很多地方我都没有去过，像八达岭，也只去过一次。我想，我们以后还是有时间，去一些地方。

　　今年夏天没有去西藏，以后还有机会。工作时，如同人在路上，往往身不由己。但我这次来广州，还是很坚决果断的，不是吗？说来就来了。你是我的爱人，我的妻子，至少家有一半在那里。一个星期也很短暂，也有很美好的时光，我们是更加亲近，更加了解了，没有什么争执与不和谐的地方。说来就来，比起古人的行舟之难与驿路风尘，现在毕竟交通方便了。

　　与孩子的不快，想起来，其实有一些价值观变化影响的问题。唉，由她去吧。人对生活还是有多种理解。那天与姐姐回忆起，外祖父生活节俭，也很大气，几乎从未听他谈过钱的问题，他70岁了还上街买菜，几乎从不问价。我们就做不到了。他不问钱的问题，也在于外婆能干，很能理财。不说了。

带来的两个驱蚊灯，只粘住三只蚊子，成本不低。不知道北方与南方的蚊子，是否对光线的喜好有所不同。我看看说明，好像灯有多种光亮。夜里还得用蚊香。

你说去见你父母，还是有所顾虑的，心里不安。——但愿这种担心是多余的。

想你。

幼棣

2007年8月10日

幼棣：

读到你一个人，疲倦地坐在那儿，孤独地点一壶茶，又没心情喝，我觉得很心疼。是啊，我也常感到孤独。昨天暮色四合，一个人坐在餐台前吃面包，看着云天河水，想想爱人远在天涯，非常伤感，差点落泪。

见我父母大可不必紧张。他们对人的态度非常和善，而且很爱我，我喜欢的人他们不会不认同。爱屋及乌。

因为要编稿，先写到这里吧。

永存

2007年8月10日

小翟，亲爱的：

一早不到6点就醒了，想你，睡不着，起来写字。突然想起了陆游的："枕上三更雨，天涯万里游。虫声憎好梦，灯影伴孤愁。……明年起飞将，更试北平秋。"写了两张草书，感觉有了些，字也写得好了。但在北方很难有淅沥的夜雨。窗外的马路上，汽车不断隆隆驰过，格外地吵。

毕竟有了些秋天的迹象，虽然还热，早晚凉快多了。我们在一起走过了最冷的日子春节，也一起挨过了南方的炎夏。还有，洞庭湖边的春天，看一天碧水与无涯的青草，但还没有一起走进秋天——北京的秋天是最好的节令。衡阳雁去无留意，诗人是在陕北写的，那么雁一定是南飞。现在的城市看不到雁行了。

我们真正地相爱，是我再次到广州？还是在黄岩？那真是个好季节，可以喝茶，可以在江边雨中散步，也可以登山和游公园，骑自行车。如果夏天就不成了——好在我们到夏天已经是一家人了，一间小屋、一床铺已经足够。这些日子，无数书信的来往，过去从来没有这样炽热而深沉的感情经历。年轻时，我们不懂。对于你，学识、修养、才华与丽质，是需要有人懂得、呵护和欣赏的，你说呢？

9月你能来北京吗？北京到邢台火车大约要五六个小时。不知有没有长途汽车？好像是在丽泽桥长途车站发车。去见泰山，还是得仰止。

今天办公楼里很静，几乎看不见人。中南海是全国的政治中心，就像台风眼，有时中心里反倒是格外的宁静。天气转凉后，可以干一些事，写一点东西，也有利于思考。

303

稿子都编好了？

先说到这里，想你。

幼棣

2007年8月13日

幼棣：

亲爱的，也很想你。

去邢台坐火车极为方便，京广线在邢台停的车很多，不要乘汽车，辛苦，时间也久。火车4个小时就到了。我会在车站接你。

别墅所在的逸泉山庄静谧至极。进门是林荫路，路两边全是树林，清风徐徐，鸟声婉转。有湖波荡漾，有鲜花盛开，有曲径通幽。只是太远了。鱼和熊掌不能兼得，有大片树林，那一定是在郊区，市区的房子生活方便，绿化就好不到哪里去，象征性种点花草而已。再看看吧，太远毕竟不方便。

经过爱情的激流险滩，现在是大河浩荡，一望无际，水势反是趋于平稳了。昨夜想你时，端一杯茶，重读以前的信。2月份的信写得最为激情四溢，读得笑了起来。还读到我写的那封谈酒坛子的信，写得很有文采。

想你。

永存

2007年8月13日

小翟，亲爱的：

　　本准备去储蓄所，看看时间好像来不及了，只好作罢。再打开邮箱，看到了你的信。现在我们真是心心相印。

　　你说的那个山庄所在的地方，地图上是太平场，现在叫太平镇。好像还是个人居的示范镇。你说环境很好，一定没错。从地图上看，距离与顺德差不多。我还想，是不是离海远了，小海鲜可能少了些。现在房地产上已经形成了大大小小的利益集团，既得利益者，想要改变政策不容易，各种所谓调控，把人的头脑都搞糊涂了——从现在看，要改变很难，房价还是得涨，涨到成为制约中国经济发展的大问题。怎么办呢？你再看看，稍近的地方有没有？没有可能还是得买。

　　亲爱的，静下来的时候，常常回忆起我们在一起时的情景，感到很温暖。我们有共同的兴趣、爱好，对生活也很热爱——不仅仅是做饭，还有性格，宽容与善良，这也许是我们能走到一起的原因。相处了几个月，觉得对你已经非常熟悉了，还远远没有过够，没有想到那么好。想起那篇《旱海里的鱼》——现在，我已经游进了河与江。

　　对土地，对泥土，我有一种特殊的亲近感。过去，在老家时，就是我一个人爱种菜，种瓜果，在屋前屋后栽的葡萄、梨、棕榈什么的——石墙边五六株高高的棕榈树，非常好看。这些都是我一个人种的，那时喜欢集市时，去熙熙攘攘的街上买菜籽树苗什么的，每天早晨看一看，瓜果蔬菜又长了多少。我在美国的妹妹也喜欢种地，我去时，她就在院子里拔了好多菜，被蜗牛吃得上面全是洞眼。在美国，自家的花园也是不允许种菜的。妹妹把菜种在冬青篱笆边，外面看不见的地方。

我不是一个争强好胜的人，从本质上来说，是比较内向的，不会搞关系。喜欢看书、思考一些与己无关的"大事"，从中找一些自己的乐趣。对有些问题的想法，也不是为了发表。我看了一下网上，《21世纪财经》发了关于淮河的专访，我吓了一跳。那是我在乐清时他们电话采访写的。大抵是我的意思，但还是有一些不准确，可能是电话上没听清的原因。上午中央台又要采访，谈资源与环保问题。我说过几天再说。得再想想，这样出名好不好，接受采访好不好。我想还是低调一些，不为人注意更好。

　　准备回家了。先说到这里吧。想你。

幼棣
2007年8月13日

小翟，亲爱的：

　　一早起来，写了几张字。后来又想起写了韩元吉的《霜天晓角》，喜欢的其实只是几句："暮潮风正急，酒阑闻塞笛。试问谪仙何处，青山外，远烟碧。"——也想起了你，想起了丽江一带的烟树。

　　人不能没有钱，但缺乏理财意识。这是缺点，应该也是"优点"。你说呢？这些年来，要做的事情，找我的人，其实还是不少的。我不贪心，也从不刻意地去找钱。想想身边有多少人落马？如果特意地去找钱，当记者时也是一样，就会变形，就会失态，特别是对老板，心理不平衡。人可选择各式各样的自由，这多好，快乐和痛苦正是完整的人生。

那个风雨的黄昏是猝然而至的，进急救中心后，外面电闪雷鸣，大雨如注，而我躺着一动也不能动，看着瓶里的液体一点一点往下滴。头脑里一片空白。生命原来是很脆弱的。一个人的要求其实很少。我比较喜欢吃的菜，也只是萝卜大白菜土豆之类，还有一些小海鲜而已。有时看到一顿吃去上万元，最多时一桌花了三万多，只觉得没有必要。一回家，还得吃点降血脂的药。而吃萝卜，就可以不吃药了。——当然，还是有钱好一些，买房子不必费劲，也有好一些的居住环境。——但这些对人都不是主要的，人首先是为自己活着，也为家人活着，自己觉得好、生活得愉快就行了。

昨天怎么回去晚了呢，一般，我在图书大厦转一圈即下楼，结果一本书吸引了我。你大概想不到，一本关于抗日战争各场战斗日本军队损失数字，根据日本方面的资料进行考证的书，就站在那里翻了起来。我看到一个关于平型关战斗的日军的数字，根据日本损失联队上报的材料只有几十人。考证认为，遭到伏击的是两支不同方向进入平型关峡谷的军队，一支是号称"大包袱"的辎重。——在山西时，我曾想去平型关，但因比较远，只去了恒山与悬空寺，没有再往东走。书里有一张老照片，一大队马车，一队马车边有4个日本兵押运，还有赶马车的人。从多少辆马车，推算出有多少人。还有一支是车队。赶马车的，可能是朝鲜人，也可能是台湾人，但也应该算被歼灭的。用各种方法计算，还有从相邻日本部队的报告进行计算，最后得出总共900多人，也可以说是一千人左右。有好些照片，我觉得这种推算的方法有些意思。可能这些没什么用，但此方法有用。

说得很长了。

想你。

幼棣
2007年8月14日

幼棣：

　　我心里很难过。认为最有希望过的稿子都没有过，送上去凑数的三篇反而过了！最有把握的那两个题材极好（个旧副市长与情人的纠纷，另一个是女学生落水，沿岸一百七十公里两县数个村落爱心接力大营救），这两篇是同一个作者，文字很差，我花了极大的功夫改写，敲键盘敲得久了，连手指都酸疼了两天，连胳膊都肿了，结果没有通过！说是题材不新。个旧市副市长那个题材，据我所知，知音也在做了。知音总是能认准什么是好题材。

　　咳，辛辛苦苦白忙碌，就像是西西弗斯推石头，推上去，石头又滚下来，再推，再滚，永远推下去……这就是人生的荒诞。

　　羡慕你啊，逛逛书店，关心点遥远的事情。关心历史或是国家大事为什么会让人轻松，因为离得远哪。距离不止产生美，还能让人隔岸观火，悠闲。

　　现在你的心脏总体还好吧？记着按时吃降压药。知道你心脏有点问题，再不敢与你吵架。

永存
2007年8月14日

小翟，亲爱的：

上午开会的时间不长，处理了点杂务，把资料、材料不用的清理了一下，开始写访英的两篇稿件。在英国时，我已经写出了大致的内容，但材料还得补充一下。写这种文章不靠才华文采什么的，一是要有自己的想法，二是在于坚持，坚持把它写成写完。否则就浪费了。

现在，北方的夏也越来越像南方了，热的时间很长。我刚进新华社时，房间南向，三个人的集体宿舍，十五平方米，也没有空调什么的，当时办公室里都没有空调。也不觉得怎样，很好过。现在不同了。在家乡，还经常有台风暴雨，老屋一遇大雨便漏雨，要拿着脸盆楼上楼下地跑。台风大时，还会把瓦片刮飞。雨一停就搭梯子，穿着短裤，上房顶"筑瓦"，如果现在这么胖上房，非把瓦片全踩破不可。当时筑漏还是好手，叫过几次泥瓦匠，全没我自己整得好。人的生活就是这样，艰苦的时候也还很愉快开心。想着，只要有不漏雨的屋就行了。那时，既盼下雨刮风，可又怕下雨——所以，后来在书法中看到古人所说的"如屋漏痕"笔法，便有真切的感受。"漏痕"既连绵不断，又有一定的张力，如同毛笔划过。

过去，住集体宿舍的时候，看着邻居的一间没有窗户的小储藏室，就羡慕不已，想在那里放一张小桌子学习写作该有多好。——时代变化了，我们确实已经走过很远，但是不是更珍惜了呢？

我觉得自己本质还是一个比较粗疏的人。整理材料时，看到一篇写喝茶什么的文章，看了后，把它扔了。一杯茶，能够写出几千字，我还没有那么细腻的文笔和那种雅兴。

亲爱的，想你的时候，情深，常觉得又在似梦非梦之间。我们在一起会很好。

先说到这里。晚上要与那个搞股票的老头一起吃饭。

回家后再给你电话。

想你。

幼棣
2007年8月15日

幼棣：

两封信都读了，心里温暖。也很想你。

刚从江门回来，进门不过半个小时，吃了面包，在煮南瓜赤豆蜂蜜汤，按减肥食谱上做的。反正是做饭，跟着食谱做或许技术能提高得快一点。昨天去超市买了麦冬、党参、枸杞、淮山等一大堆，够开个中药铺了。以前从来不知道超市有这些东西，这还得感谢你——现在像你一样，常到超市去转转看看，果然觉得比散步有味。

那个救落水姑娘的文章当期就在知音上发了出来，因为把改后稿发给了作者，想必发出来的一定是我改写过的版本。那篇个旧副市长与情人纠葛的文章，不发，更过分的是，还要让我复印十几份，然后让今天会上的读者讨论，被我立刻挡了回去。我说，贪官和情人这种题材，做杂志的人都有常识，老百姓喜欢猎奇喜欢读这些东西，这个题材当然值得做，至于稿子是否做得到位，更不用外行来讨论。我现在道行很高，遇到这种事也不生气。回家照样对着食谱研究减肥。

我也想和你在一起。

永存
2007年8月15日

幼棣：

"筑漏"高手，写得如画，眼前能浮现幼年的你在房里忙碌的身影，也让我想起自己的童年。我小的时候，华北地下水位很高。村西有口大井，井水伸手就够得着。一下雨，水就漫了出来。那时候淘气，用几张大的蓖麻叶子做成水袋，系了草绳打井水喝。

井边是人家的一块茄子地，种了那种长长细细的白茄子，美味至极。有一个名叫傻珍珍的姑娘看着这些茄子。挨着菜地是块高粱地，小伙伴们从高粱地里弯着腰慢慢挨到菜地，匍匐地上摘茄子，等那傻姑娘喊将起来，就抱着茄子冲进青纱帐。那时也就七八岁吧，零食就是玉米面窝头，往窝头心里放一点香油和盐，冬天手冷，一边吃一边把窝头退到袄袖里。那时候哪知道有汉堡包这种好吃的东西啊。

去喝南瓜汤了，就写到这里吧。

想你。

永存
2007年8月15日

幼棣：

你在房顶上堵漏，比专业人士还专业，读后不禁笑起来。

让我也沉浸到对童年的回忆里。据说，人老了才喜欢回忆，我不是老了吧？

几十年前，记得有一天，狂风大雨，把窗纸打湿打坏了——那时的房子没有什么玻璃窗——大风夹着雨水射进来，打湿了炕上的被子和枕头。母亲和大姐、二姐一起手忙脚乱地从炕上揭起席子，急急地把苇席挡在窗上。我兴奋至极，大约觉得新鲜吧。每当雨天，就守在窗前，眼巴巴地看窗外的院子，不是有雅兴欣赏下雨，两眼盯着的是地上那些被风吹落的青枣蛋子。下雨了，冒泡了。大雨点打在院里的积水里，一个个水泡旋转着流出院子。房顶的瓦口，雨水哗哗地流着。盼着雨停去捡落枣。

老宅分南北两院。南院有一棵大枣树，母亲说是我刚生下来的那月，她从村南地里移到家的，当时树有胳膊粗细，树荫下刚能支张单人床。我上小学时，树冠已亭亭如盖，遮天蔽日，能结上百千克的红枣。秋天枣红时，每天放学后的第一件事是上树摘枣吃。前年回到家，看看那棵比我还老的老枣树，看着那密密的树枝和枝上密密的无数针一样的长刺，倒抽一口冷气：小时候是如何在这针刺丛中蹿上蹿下而毫发无损呢？太不可思议了。

南院除了枣树还有几棵榆树，榆树上挂了眉豆架，开紫红色的小花，结的眉豆扁扁的，有绿的有紫的。夜间上茅厕，榆树下的地上，还常看到小蛇。

北院只有两棵树，一棵是槐树，另一棵是椿树，各有一抱粗，两个大树冠把偌大的一个院子遮得严严实实，绿荫匝地，十分凉爽。春天椿树花开，细小若星星，呈五角形，金灿灿的，细细碎碎的落花铺了一地。每天傍晚扫，第二天又是一层，地毯似的，踩上去柔柔软软的。椿树的花是醇香，香得人头晕。夏天槐花开，成串成串的，一嘟噜一嘟噜累累挂在枝头，一树雪白，满院清香。按当地的民俗，槐树是仙，过年过节，树上要供神位，树干上贴块大红标（用来写对联的红纸），上书：供奉槐仙之神位。神牌上还要贴上或红或绿的剪纸年画，夜风一吹，剪纸哗哗地响，衬得夜格外寂静。

椿树也灵，当地另有一个风俗：小孩子如果想长高，大年初一起五更时，一言不发，径直走到椿树那儿，搂住它说今年的第一句话：椿树王椿树王，你发粗我发长，你发粗做大梁，我发长穿衣裳。如想要此事灵验，一是起床后一言不发，不能与任何人说话。二是搂椿树王时不能被人看见。记得那年春节，二姐刚搂完椿树王，哥哥就笑着从照壁后跳出来，说，错了，你说的是"我发粗你发长"。

记得有一夜，天热，想在院里椿树下的床上睡，胆子小，害怕得睡不着，一直大睁着眼睛看天空，直到天快亮时才睡着。那时可能十一二岁吧，瘦瘦弱弱的，头发枯黄。能帮母亲做家务，刷锅做饭，只是老打坏锅，打坏了几只。

往事历历。岁月一晃就是几十年哪。人老江湖，春梦渐淡，教我如何不怅然？！

永存
2007年8月15日

小翟，亲爱的：

忙了一个上午，桌上还是乱哄哄的。把想写的题目和没有写完的稿排一排，有好多，资料也舍不得扔掉，堆的材料只是矮了一点。——人有时很贪心，好像什么都能写似的。

昨晚看你的信，写得很好，很有味。想你看着窗外落雨的样子，眼睛瞪得很大，是不是还呱巴着嘴巴？农村生活、农村风俗有很多也正在消失，我觉得可以在此基础上扩散成一组散文，先写出来看看，写好后，放一放，有一些文字"养着"，会有好的心情。题材小，文字好，也有些意思，每一篇可以拎出一两个要点出来。比如你说的那个井，还有华北地下水位的问题。现在平原上打了很多深井灌溉，把地下的水层破坏了。哪些风光今天已经不再，哪些余韵今天已经不存？——其实一个人生命的底色，多与童年少年，与故乡有些关系。

一些写作的愿望是被牵引出来的，或者是被一些明显不合理的论点和观点激起来的。对于那些名人专家，原先寄予了很高的期望，一看，不过如此，浅而武断，摆出一副教训人的样子，于是就想写点什么。比如一位专家说，中国的房价，可与日本相比，日本东京的房价，每平方米的房价，与一个人每月收入大抵相当。在文中举了东京的例子，大学校长、白领与低收入者，分别购买得起哪个地区的住宅。其实这是很偏颇的，计算方法明显地不对。东京大学的校长，买一处市内的住宅，要10多年的全部收入吗？不说了。

现在中国的经济，已经开始进入新一轮通胀时期，不单单是流动性过剩的问题。通胀的动因，常常是投资规模过大，基建规模过大所致。记得在80年代末,1993、1994年时,为了刹住通胀,下马了好多工程。而现在终端的拉动在房地产,房地产都不是政府项目,不是政府所能控制的,这就使问题的发展走势不容乐观。——只是想和你说说,可能你没有多大兴趣。不再说了,否则就成了我的独白。

我想,去你家是否要带什么东西?

昨夜下过些雨,未透,天气倒是挺闷。现在天又暗下来,像有大雨的样子。

想你。

幼棣

2007年8月16日

幼棣:

你说得有道理,关于家乡的生活可以写一组散文。写作是需要鼓励的。我考虑一下,看怎么写。

今天下午去超市买菜。细雨淅沥,风瑟瑟冷寒,颇有秋天况味。这样的雨天,风是凉的,天是阴的,而心头有一个亲爱的人可想,便觉得充实而温暖。

北方的这时节,该是一场秋雨一场寒了。秋天是北方一年四季中最好的季节吧。我曾在河北大学教书,在保定生活4年。保定的天空湛蓝,云像雪白的棉花垛,堆在天边。马路边的两排杨树在西风里树树金色,飒飒秋风拂过,落叶如雨。路边有卡车,堆着满车厢的苹果，家家都是成箱成篓地买。

在邢台师专教书的日子，教师住在几排青砖平房里。每一排有几十间房，房前有大院子，种了很多高大的杨树。清晨起来，黄叶铺了厚厚的一层。夜里穿过院子去卫生间，秋风凛冽，银河清浅，霜寒露重，虫鸣四起……

而广州的现在，天空灰沉沉的。物质生活才好了一点，我们便失掉了蓝的天白的云。

永存

2007年8月16日

小翟：

你好！

又忙乎了半天，把访英的笔记全找了出来，有本子上也有电脑里，细细地又看了一遍，用铅笔划了些道道，理出头绪，现在可以进入写稿了。人有时很懒，时过境迁，就不想动手。还是得加一些压力才能成。这使我想起了在大学时听课的情景，无论听课还是后来采访，笔记都做得很齐很认真，心无旁骛，这样无论考试还是写稿，都可以应付自如。至今，过去做记者时多数采访纪录我还保存着。

上班后打开电脑，看到你昨晚写的信。信写得挺好，有文采，引起我的好多想象与联想，只是太短，像是一小杯茶，不解渴。是啊，有心爱的人可想，有亲密的事情可以回忆，在上班途中，在闷热而嘈杂的地铁里，疲倦地闭着眼睛，守着心中宁静与幸福，就不觉路途的遥远，也不觉生活的困窘与无奈。——刚才，让我下周三去参加一个会，妇联的，我说要去丹东。听联合国的什么专家讲课，现在我还需要吗？而且，周三下午得乘火车，来不及。两三天就回，我不想多待。

早上还是6点起来，晨光熹微。写了几张字。有两张写得特别地好。其中有刘长卿的律诗："溪花与禅意，相对亦忘言。"笔墨比较丰富遒劲，还有些神韵——自去年下半年以来，心情坏，老不在状态。在宣纸上写的极少。现在能写得好，也是与心情有关，与爱上你有关，笔墨也是心情的笔墨。我想你是能理解我的，不单单理解诗的意境——虽然我常常自言自语。对于时下很多所谓书法"创作"和作品，我倒感到奇怪。这是与作文一样，首先要有鉴赏力，要自己满意，是不必都示人的，更不用说卖钱什么的。回头看看，一步一步走过，也极有意思。说自信的话，现在大抵我的笔墨能达到文字的水平，所以眼前看去山高的不多。至于对不懂字的人，以俗为雅，以丑陋为美，以拙劣为古朴，实为可悲可叹，不足观。说远了。

亲爱的，先说到这里。

想你。

幼棣
2007年8月17日

幼棣：

　　实在无聊，下去走了一会，闷闷地在长椅上坐了一会。台风起了，树枝在晚风里哗哗地响。阴云疾走，暮色渐浓。无情无绪，走回家来。听着钥匙在门孔里转动的声音，突然很怕回空荡荡的家。好希望跟亲爱的人在一起啊，可以一块聊天，一块做饭。一个人是无边的寂寞，两个人的世界是圆满的幸福。

　　人到中年，像是到了秋天。树老生黄叶，岁月催白发，自是感到树树西风的凄凉。原本一向极有斗志，写纪实稿，开散文专栏，在中大读硕，拼了十几年，越来越觉得累，不如归去。近来心萌退志，总想起《归去来兮辞》。

　　今天坐在楼下的长椅上，怅怅地想，不如在邢台买个房子，找所中专教书，将来也有一份比较高的退休工资。《家庭》现改成了企业单位，将来只有社会保险金。

　　又把你的信读了一遍。觉得不必可惜宣纸，多在宣纸上写一写，留着好，就算将来不能卖字发财，多留一点自己的墨迹，也是很值得的。

　　真想你啊，想得心疼。

永存

2007年8月18日

幼棣，亲爱的：

　　周末两天未出门，只到楼下买过一趟菜，散过一次步。昨天做银耳雪梨冰糖减肥餐，今天蒸黄花鱼，放了黄酒和姜片，蒸得很嫩，就是有点咸。做饭也有做饭的乐趣。反正得在厨房里忙乎，不如对着食谱，做出美味。这就像日子总得过，快乐也罢烦恼也罢，总得活下去，不如打起精神，找点乐趣，活得好一些。

下午一边写家乡生活，一边煮咖啡，在四溢的香气中，回忆家乡生活的点点滴滴，记忆深处被尘封的画面，像显影液里的照片一样，一一浮现出来。儿时的玩伴河边的野菜故乡的杨柳……"昔我往矣，杨柳依依，今我来思，雨雪霏霏……行道迟迟，载渴载饥……"短短的几句《诗经》，吟诵再三，情不自禁泪水盈眶。几十年过去，几十年未曾忆起的童年旧事故乡风物，本以为早已淡忘，本以为它们早已被功利折磨的心忘却，可在这宁静的夏天黄昏，突然发现，它们只是冰封在记忆的深处，它们竟一直完整无损地放在脑海里的某一个角落，只等某天心绪宁静下来，它们就又鲜活起来，像是刨开冰，就能看见活的鱼，它们一直在冰下的水里游来游去，生动活泼一如当初。"此情可待成追忆，只是当时已惘然"，不适合描述故乡情结。故乡的一切，永不可磨灭，那是生命的根，那是生命的初始，那是一生旅程的起点，寻到了它，就寻到了出发点，就觉得脚踩到了泥土，心里便踏实温暖起来，像是回到了家。是的，故乡是灵魂永远的家。

忆起村南的那口大井，上边架着一个厚重古老的辘轳，轳轴上缠着几十圈粗麻绳，绳端系着一个铁皮做的、半月状的ke lao。在我的家乡用这个发音称呼它，到现在也不知这两个字怎么写。辘轳、井、ke lao，衬着周围的一片正午阳光下的白茅草，散发着耀眼的光芒，也散发着无边的寂静与荒凉，弥漫着一种难以言喻的萧条。正午的野地，罕有人迹，旋风在茫茫荒草间打着转儿，飞旋涡卷起无数的草屑和树叶,在田地坟头间旋转游荡,令儿时的我胆战心惊。因为,旋风是鬼的踪迹,是鬼在田间出没,见了一定要对它吐口水,否则鬼会附在身上。事实上,这些旋风也的确大都旋转着,最后旋往坟间不见了……坟头的树哗哗地响着,坟顶的草绿得发亮……

不知道你吃过茅草没有,茅草嫩的花穗是儿时的美食。《诗经》上写美人"手如柔荑,肤如凝脂"。早春的河边、田头,处处都是成片的茅草,它们的根长长地在地下蜿蜒着。秋冬时,茅草的叶子枯成了黄色,但茅根没有死。来年春风一吹,陈年枯黄的叶间竖起初生的绿芽——那是绿叶裹着的花穗啊,鼓鼓的,结实饱满,下粗上尖,一根根像剑锋一样,挺挺竖起,像是具体而微的笋尖,有婴儿手指粗细。轻轻用手一拔,就能拔出茅针,剥开叶片,是白嫩的多汁的花苞,入口清甜柔软。有时候边拔边吃,有时候拔了一大把,放入口袋,回家路上,一根根摸出来细嚼,吃得心满意足。那时候不知道有巧克力这么好吃的东西。即使现在想来,茅草嫩穗的清甜,胜过任何一种糖果的美味啊。

茅草的嫩穗,古人称之为荑。《诗经》中,荑字出现了两次。一处在《邶风·静女》:"自牧归荑,洵美且异。匪女之为美,美人之贻。"这是说美人送他一个美且大的茅草嫩穗,不是它美,而是因为它是美人送的。另一处在《卫风·硕人》:"手如柔荑,肤如凝脂。"手如柔荑,这个荑,就是指茅草嫩的花穗。

先写到这里吧。

想你。

永存

2007 年 8 月 19 日

小翟：

你好！

开了一上午的会。听民政部介绍社区建设的情况。社区的定义什么的。我只是听听而已。我翻翻过去买来的那本《明清民间社会的秩序》，更有启发一些。

看了你的信，惊喜，读了好几遍。行文极好。我想我是写不出来的。记得你评论过继忠的散文，我还有些将信将疑。现在觉得确实超过不少。我经常去图书大厦，当代作家的集子我是极少买的。翻过一本，能看上的也没几篇。还有时下流行女作家，什么毕淑敏之类，都开出了专架。满眼都是垃圾。

你的古典文学基础极好，这是一般作家不能比的。文如流水行云，灵动自然，风采神韵，质朴放逸，而下笔干净有力，颇有杜陵笔法，一个作家能走到这一步也是幸福——这样的好才情，编那些稿子、写那些故事，不但游刃有余，还有些可惜。当然，买菜做饭喝茶煮咖啡，不但不影响写作，还会有好心情好生活好品位。不是怀旧，也不拒绝现世，我未看你写的全篇，除了生动有趣外，可能还要有一些今天的思考与观照。

回到北京后，买的唯一一本就是《经历：我的1957年》。这本书使我感动的，是它的坚持与坚守。一种对岁月、时代与死难者嘱托的执着。写了10年，这是非常不容易的。这本书，不但写了反右，更重要的是写了浮夸风和大饥荒，有一些像索尔仁尼琴的《古拉格群岛》——虽然这本书既不像小说又不像纪实作品，但就其内容的丰富性和史料价值来说，获得诺贝尔奖是当之无愧的。

我想了很多，其实有一些我也是可以写的。有些资料、史料得赶紧"抢救"。我想，父亲在世时，与他交流得就太少，对他们那一代人的苦难，也了解和理解得太少。他在哪个农场劳动都不知道，只知道在金华的一个农场。——其实，人的生命中总会遭遇这样那样的大潮，当我们被裹挟着前进的时候，或随波逐流，或无可奈何，并没有时间来观察与思考，而经历之后，又很快将它忘记，好像这只是历史学家的事情，而亲历者后来又只是读者。这是不是可惜了？我得好好想想，看看能做些什么。

亲爱的，就写到这里吧。想你想你。

幼棣
2007年8月20日

幼棣：

在楼上开读者调查会。刚散会。把你的信读了好几遍，大概是因为想多听几遍表扬吧。听了称赞总很高兴，这也是人性的弱点。这只是写信，写成文章得有谋篇布局（就像盖房得有个结构一样），得有主题，在这一点上，我是比较严谨的，因为是老编辑了。

是啊，写一写你们家族的经历多好啊，那么典型的经历，有将军有右派有老三届有美国大学的教授，有国民党将军，有共产党的将军。我看写成小说好，写成纪实配上照片也不错。就像那个老乡说的，你们家族的历史就是具体而微的中国历史，是历史风云的缩影。

回到家里再聊。还有点稿子上的事要处理。

永存

2007年8月20日

小翟，亲爱的：

每天都给你写信，这成了我的功课。你说也想退休，又说想去教书。先别忙。能体会你的心情。确实，世事变化多快啊，只有二十几年，中国就大不一样了。记得80年代，有十万元钱，就可以不工作，生活下去也差不多了——那时有一个政策，转业的团级军官，如领10万元，不安排工作，好多人都选择了这个方式。后来一看，这点钱就根本生活不下去，后悔了。成了前两年复员军人上访的原因之一。——确实，我们也不知道将来会向哪个方向发展。没有清高的问题，无钱生活是会很难的。百般忙碌，思敏而行拙，几十年中也未积攒官职财富，实际上，我是一个对人的生存最感不安的人。但又想，在美国，一年一万美元也能生活下去，与国际接轨，比照那个水平，大抵衣食无忧。

对于一个作家来说，不存在退休问题。现在专业作家也跟退休差不多。人只要自己觉得生活得好就行。做一些有意思的事情，写一些自己愿意写的文字。这一点有些像中医或江湖郎中，本质上还是个自由职业者。而过去写的，有一些是为了谋生挣钱，有一些则是为了真实与真理，希望于民有益，不枉拿了这份俸禄——但常常写得很难，真正重要的发不出来。

我早起翻翻河北省文物保护图志，心被你所说的后周庙诱拐，结果没有找到你说的那个寺，略有些失望。邢台与内丘等地有多处古迹，是个文献之邦，像清风楼、天宁寺与开元寺等。开元寺有塔林，天宁寺还有元代的虚照禅师塔。邢台北门内还有净土寺，此外还有邢台的台。文化与历史沉积，要比我的老家黄岩深厚得多。

黄岩虽说东汉时就建有永宁县，那时还是蛮荒之地，建县是为了维护驿路的畅通，规模很小，如同一个兵站，与中原北方的县份不能相比，现在连遗迹都难考。《临海水土志》是最早记述台湾的文献，是三国时期的，原书已不存，其记载散见于一些古籍，现凭此论证台湾三国时就进入中国的版图，属临海郡。大约那时孙权派船队去海上转了一圈，留下了一些文字罢了。从黄岩到台湾也只要一夜航程，比到上海还近。解放前的联系还是很多的。其时，花莲中学校长要父亲去任教，因为我出生在即就留了下来。有时人的命运就在一念之间。

清晨，骑着自行车在红墙外游走，身边是如流的车辆。我默默地在心里想着你——那一份宁静，那一份遥远，还有祝福，感到生活的美好。

先说到这里。

想你。

幼棣
2007年8月21日

幼棣：

每天打开信箱，都有你的信安静地在那里等我，一如父母一样可以信赖可以依靠。事实上，你现在也是我的亲人。

黄岩的历史远不及河北邢台，但你却为黄岩写了本厚厚的书《淡出九峰》。

邢台为燕赵之地，文化自数千年前就开始了。"自古燕赵多佳人"（"北方有佳人，绝世而独立。一顾倾人城，再顾倾人国，宁不知倾城与倾国，佳人难再得。"这是李夫人歌吧。）"自古燕赵多慷慨悲歌之士"。

在河北大学教书时，曾到过易县。记得是暮春时节，独自一人去寻易水。"风萧萧兮易水寒，壮士一去兮不复返。"自中学起，年少的心几度为易水送别所激荡，本以为易水气势恢宏，不料大失所望。城外荒野不闻涛声不见水波，细察之下，才见蜿蜒其中的易水已干涸矣。正是中午，寂无人影。暖暖的阳光，龟裂的河床，成片在风中摇晃的茅草。当年的易水是英姿勃发的少年，奔腾咆哮的河水是他青春的热血，两岸迎风的杨柳是他飞扬的长发；几千年岁月风尘后，易水已经垂垂老矣，老得干枯了，不再有一滴水，不再有一滴热血，龟裂的河床是他布满青筋的粗糙皮肤，一望无际的白色茅草花穗，是他苍苍的白发啊。这是一个英雄死去的时代。

你信中说的天宁寺开元寺我都没有听说过，以后要好好留意一下。也许该为邢台写一本散文，像《淡出九峰》那样的散文。不过考古不是我所擅长的。

想教书也是一时的想法，还是在《家庭》好好做吧，毕竟工资高一点。有了钱才能有自由，才能有尊严和独立。再说，总得做一份工作。工作也罢，玩游戏也罢，沉浸其中，烦恼着快乐着，时间和人生也就打发过去了。

昨夜很想你，想得睡不着。

永存

2007年8月21日

小翟：

你好！

一早就到了丹东。住在宾馆正对着鸭绿江，对岸就是新义州。九楼。房间里还在窗口摆着一架望远镜，供客人用的。很高兴，在望远镜里窥视了半天。除了看到一些人在走，什么也看不清。

还是清亮亮的江，两座并排的铁路桥，一座是断桥。半个多世纪前炸毁的。那些都在历史中了。

在窗口喝茶、看书，看风景的感觉一定好。还有，想我的女人。

明天开会还要讲话，还要稍准备一下。不知讲什么好。

发现能上网，写上几句，不知能不能发出。

先说到这里。

想你。

幼棣

2007年8月23日

小瞿：

你好！

看了来信。很高兴，现在真是方便了，走到哪儿想起来就可以给你写信。想想过去，想起历史上的好些文人，音信全无，只好写诗，相思愁蘋。中午饭后先在江上乘坐快艇转了一圈，靠到离朝鲜岸边很近的地方，有一群孩子在江里游泳，那岸边的江水也比这边清些，岸边有青草，是完全自然的岸。不像丹东，周边都石砌了。当然，新义州连一幢高楼都没有，街上行人寥落，没有一点生气。大抵就像我们70年代与香港的对比吧。如果一个社会搞到这么没有活力，没有生气，这么落后，也就已经彻底地没有希望了。下午又去看抗美援朝纪念馆。里面有好些实物、照片，但也有一些历史的疑点、历史的真相，没有说出，大概考虑到朝鲜方面的反对吧。

想想朝鲜战争，想想几十万的生命，在异国的土地上，今天连去祭扫都不可能。在这场战争中，我们国家究竟得到了什么了呢？幸亏朝鲜战争也只有几年。司徒雷登在南京解放后，留下来，也是想和新政权建立联系，他还是美国的亲华派，否则不可能当燕京大学的校长。——但中国最后决定采取向苏联一边倒的政策，司徒雷登失望地走了。那篇有名的文章，过去我们中学课本里有，《别了，司徒雷登》。写得很好，很痛快。至今，这场战争造成的后果和隔膜，还影响着中美与台湾问题。现在还没有好好地总结与思考。

据说，现在朝鲜人的精神面貌都很好，他们是不知道外面的世界啊。一个体制、一个制度、一个领导人出了问题，像现在的朝鲜，耽误的可能是几代人。

　　说说我们，生活在今天，虽然有许多不尽如人意，总还是一个好的时期，历史上从未有过的好时期。至少只要我们努力，总可以实现，奋斗也有结果、会有回报，因此，心里也比较平和。

　　那个望远镜是高倍望远镜，支在三脚架上，想休息时就可以看看。比较清晰，对岸有几个游泳的，可能你有兴趣，都是靓仔。我是看工厂及红色标语牌，烟囱多数不冒烟，想与己无关的"大事"，一边准备明天的讲稿。

　　刚才还没写完，就去吃饭了。饭后在江边转了一圈。对岸一片漆黑，什么也看不见，只有一两点隐约的灯火。

　　亲爱的，先说到这里。

幼棣
2007年8月23日

小翟：

　　你好！

　　上午讲了40多分钟，因为这方面的内容我比较熟悉，也不紧张，大家都反映讲得比较好。好多人跑过来向我要讲稿，我想还是不给好，有些话只能说，写成文字也不好。其实我在昨天写稿子时已经想好了，也是原先的思路，因为与会的都是协会的副会长，大多是大药企的老总，或前任老总、董事长，如果光讲医药行业的形势、面临的困难与发展对策，我肯定不如他们。我就把重点放在医药卫生改革的进展,各种方案,已经形成共识的,还有哪些分歧,原因是什么,这就是卫生行业的事情了,也正是他们想迫切了解的——如同写小说,不同的要发在不同的刊物上,这也是取得好效果的原因。上次在沈阳时,与医生讲,我就主要讲卫生方面的新闻报道、讲医药生产。

上午你发短信时,我还在吃饭,不知今天下午的股票怎样?

到丹东的主要工作已经结束了,下午他们继续开会,我就没有去。一个人静静地待在房间里,看书写稿,再看看大江,看看烟霭中异国的山与城,也很愉快。

看到今天网上有个旧副市长的什么消息。唉,现在在地方当官的,也太丢人现眼了,很不值钱。

信下午没有写完,还是接着写,想在晚上给你发出。孩子的事情过去就好了,以后会慢慢懂事起来。我在美国的妹妹小时在爷爷家长大,跟爷爷奶奶在一起。父亲划右派后,我们4个在外婆家。都在一个县城里,爷爷家我们也常去,妹妹也经常过来。"文化大革命"中,因为上学问题,妹妹小学毕业后去徐州上中学,在叔叔那里,和我们就有一些隔膜,去年到美国时的几天里交流算是最多的一次。孩子大了会好起来,毕竟有血缘上的联系。当然,靠孩子今后都靠不住,还是得靠我们自己。今后我们在一起一定会生活好的,会互相体谅与照顾。人生不经过挫折,也许不知道亲情感情的宝贵。

先说到这里吧,爱你。

幼棣
2007年8月24日

幼棣：

　　看到信箱里的信，惊喜极了，竟一阵心跳。通信快一年了，每一次收到你的信，总是如当初一样心跳。是的，自从当初读了你那句发自肺腑的短信"两天胜过20年哪"，我就深深地被感动了。对文字极其敏感，就这么一句话，让我知道了你像大男孩子一样充满了激情，而且是动了真情。从此，我也一心一意爱上了你。

　　你挺像个孩子，拿个望远镜在窗前东张西望的。

　　想你想你。"此情无计可消除，才下眉头，却上心头。"

　　附上我写家乡的散文。

永存
2007年8月24日

小翟：

　　你好！

　　今天与温州的朋友去看大孤山的古建筑群和凤凰山北区，在山上看了一个寺院与解放纪念碑，这个碑是纪念抗战胜利而建的。其碑虽然是近代建的，上面的字很不错，颇有山东郑文公碑的遗风。

　　……

　　市长请我们吃饭，一桌子的人。该人胖，自始至终，席间，他一个人夸夸其谈，牛皮哄哄，几乎没有停过，自我感觉极好。不断地说1984年就当沈阳某局副局长，也就是副处级吧。还说从未在家吃过饭，一个晚上要出席三四次宴会。——这也是很多人不喜欢当官的原因，你不太喜欢当官的是有理由的，我也不喜欢。官场是很会改造一个人的，会塑造一个人的思想观念性格和作风。我想，如果有一日，他们从官场出局以后，不知道怎样生活。

信写了一半，后来你发了一个"再谈下去没有必要"的短信，感到很不舒服，不想再写了，接着还责问"不知你怎么想的？"更加不舒服。刚才还在说你怎么走，到郑州还是去哪里，如何与我在邢台会合，接着就用一个不存在的假设前提——我从来没有说不结婚，我只是想，办登记比较简单，结婚后还有一些具体问题要商量解决——可你就把你的心里话说了出来，你怎么说变就变？说翻悔就翻了悔？

我不禁想了好久，陷入了痛苦与迷茫之中，今后还靠得住吗？还能一起走完人生的旅途么？——是啊是啊，有没有必要？一早起来，望望窗外，鸭绿江上白雾弥漫，什么也看不见。

你还是好好再想想吧。也好，趁现在还没去你的家，见你的父母。找一个年轻的，在广州的，郎貌女才，对你也许更合适一些。

不说了。

幼棣

2007年8月26日

幼棣：

真希望以后少闹别扭，心情难过极了。痛苦半天，又能怎样，还不是言归于好。都走到了现在，已离不了散不了，还是别互相折磨的好。你说呢?

　　这次发难的是你,你昨夜突然说,结了婚没有房子怎么办。我听了心里立刻沉重,想,说了半天,原来你认为是没条件结婚或者是不想结婚,所以心里很失望也很生气。明明说好了十一结婚,这么大的事怎能说变就变呢?后来想,也许你还是愿意和我结婚的,只是没有房子,比较为难。又想,一直都是我在说结婚,你一直都很被动似的,也许结婚只是我的一厢情愿。越想越生气,认为如果不结婚干脆就不要再谈了。第二天一读信,竟然还反过来说我说翻悔就翻悔,说变就变,真令我啼笑皆非。这就叫倒打一把。咳,算了算了,说不清楚,没个是非,让着你吧。

　　当然还是知道你对我是很好的。有一封信,你写道,看鸭绿江风景,"想我的女人"。把这句话读了很多遍,心里满是甜蜜和温暖。既是你的女人,就要呵护体贴……

　　昨天在家无事,翻看以前的信,读得心头温暖极了。还是很有感情基础的,不能说结束就结束的。

　　你还要向我道歉。

永存
2007年8月26日

小翟:

　　你好!

　　今天抓紧时间写了一条稿件,即抗生素企业西迁,对黄河造成的污染问题,一天就是2万多吨,一年800万吨高污染水排入黄河,对下游不堪设想。下午把稿件交上去了,不知会怎样。今年给你写信多,写稿少了。向我提供情况的某个药企前总经理,在回去向老总汇报后,老总说不要写他们。当时那天夜里请我去喝茶时,有四五家大企业老总和副总。现在当官的,往往都不把群众的利益、人民的利益放在心上,一点正义感都没有,而只想自己在这些问题上不出头,保官要紧。唉,不说了。进了红墙,回到办公室,人也就有了惰性。不管写什么,得靠自己给自己加一些压力。

看了你写的北方农村的几篇散文,文字很好。北方的农村,河北的农村,不同于陕北,也不同于陇上、关中。大平原一望无际,但又不单调,四季不同,有很多文化的民俗的历史的沉淀。可能出来几篇后要梳理一下,每篇都有一两个"主题",或使人能够思考一下的东西。比如,孩子对人生的第一次思考,结尾部分就不错。

信刚写了一半,收到你的短信,扫兴。我现在没有毛病,不需要医生。你也不信我们的感情?不信我对你的真诚?你应当对我完全相信。

不知你说的那件事急不急。如不急我把钱打到卡上,下次带给你就可以了。

先说到这里。

想你。

幼棣
2007年8月28日

幼棣：

　　当然信任你，只是没你的消息，有点失望。现在我好像很不自信，以前觉得你非常愿意和我结婚，现在总觉得是我催着你似的。咳，美人迟暮，英雄气短。

　　想你，想能快点见到你。等到十一，还得等一个月啊。一日不见，如三秋兮。

永存

2007年8月28日

小翟：

　　你好！

　　北方的秋天真好。早晨起来，就可以做好多事情。比如，练练书法。把夜里临睡前读的帖再想一想。古人的生活，琴棋书画，真是很小资。

　　这几天无事。走过静静的海边，青苍的松林，太液琼台，那水中的亭子，在一片银亮之中。静静地，泡一杯茶，在办公室里读点书或写点研究报告，感觉很好——我想起了台风眼，这我们在气象云图中常常看到。在中国的政治中心，也是出奇的风平浪静，这很合我的性格，哪有躲进红墙，与世无争的好去处？还有，静静地想着你，与你在一起的时候，还有想我们的将来。那些什么城市放牛、城市游牧之类的书，写得都很矫情。

　　政治曾经成为文字唯一可以表达的东西，文字就僵硬、套话废话连篇。而文字如果专于过分狭小的趣味或生活，就显得琐碎，平庸，也就是俗，一地鸡毛，连鸡毛掸子都做不成。在书法上，最难摆脱的是俗气。那天看一篇文章，说贾平凹的书房里并没有什么碑帖书画，而摆了好多古墓里出土的坛坛罐罐，秦砖汉瓦，于是字就写得古朴等等。我好生奇怪，就像说商人满身铜臭一样，书法就这样"熏陶"出来的？——说到底，摆着的这只罐值多少钱，也是包装。商人爱说自己是儒商，文人就炫耀收藏之物值钱。不说了。我们今后还是要过平淡的生活，有些意义的生活。

再说文字，那拎不起的旧衣服与松弛皮肤的比喻真是绝了。画中之线，知顿挫者不多。现在一些写手，也无非是剪裁一些花花绿绿的布料，做一些童装与夏季服装。青果的生涩与锥画沙的顿挫不同，巧变圆转与厚重丰富、杂花生树有异。——不说了，说了半天写作与文字，好像自己是什么高手，写起来照样眼高手低。

你写北方农村那一组散文不错。现在像放了起子的面，揉好后，盖一块湿布，放一放，先洗洗手干别的，也是可以，但最后还是得把它蒸成一屉馍。

觉得这些日子在外出差，还是有些累，感到有些疲倦。想坐几天，写一些工作上的东西。

想你，就不定哪一天，我就买一张机票飞来了。

先说到这里。

幼棣
2007年8月31日

小翟：

你好！

看到邮箱里有你的信，打开一看，才一行半，像只说了一句话。使我想起了惜墨如金，古已有之，今亦有之。

你家小马，还有养小鸡的故事，很有意思。现在好像农村养马的也已经不太多了。马是不是很通人性？

南方没有马。我少时常见到的马，是公路道班上的瘦马，拉沙石子，或拉着公路上的扫把。尘土飞扬，马也无精打采，脏。孩子们唯一感兴趣的是马尾，揪几根下来，可扎成长竹竿头上的滑结，用以套高树上的知了。但要揪下马尾不容易，搞不好会挨马踢一脚。老马对走近的孩子警惕性很高，眼瞪得大，这时得小心翼翼，从后面挨近才行，趁马尾扬起，手快腿捷，薅几根下来，然后快逃。孩子好玩的东西没有现在多，当然也没有什么玩具，不管含铅是不是高。

当然知了也可用蜘蛛网粘，但粘下来的知了，一阵挣扎后，半死不活，远没有用马尾套住的鲜活，还能拉出长调咏叹调。但我们对知了从来不吃，特别是那白白的浆，觉得恶心。顶多是在上面系一个小纸牌，写上什么字，然后放飞了。那时也捡蝉蜕与橘实，橘实就是小橘果，从树上掉下的，可以卖钱。一早起来就拎个铁皮罐进橘林里去，趁四周无人时，还使劲摇摇树干，摇一些小橘实下来。晒干了可以卖钱。上初中后，这些活动都停止了。

——现在，中国城市化的进程很快，很多生活都在消失，几十年就恍如隔世，有些成了不可想象。如果能记一些下来，也是很有意思的，而不管能不能发表。

人的感情很复杂，比如现在餐桌上常有地瓜秧之类，越是高档的食府，越有这些新鲜玩意儿。虽然说是纯天然，但我很少吃，因易忆起挨饿的光景，饥饿的感觉极差，连生存都成了问题。我不太相信所谓全国自然灾害，中国这么大的地方，即使重灾年份，也不可能到处都是灾害，家乡其实就没有灾。就是在那一年，祖父因不相信亩产能达万斤粮食，在会上说了话，先是到黄岩最高的山寺基学校林场种药草，最后受伤，回家养病时，竟然算作"自动离职"。61岁了，连退休金都没有。直到80年代，父亲帮祖父补办了退休手续，而那时他已经83岁了。

——那时的县城与农村的差别不大，这一点，我和你也有很多共同的地方，相似的经历和生活。也许就从那饥馑的年月起，少年时就喜欢在后门的园子里种一些蔬菜，橘园里的橘树都入了社，只有后门两株是"自留树"。但林里小橘树边，在墙根还有几畦零星的空地。现在回想，几乎没有未种过的瓜果和蔬菜。算起来怕有几十种，农贸市场上看到的各色蔬菜，几乎都栽种过。那时城里集市日，去买瓜秧菜籽，成了经常性的活动。家里喜欢种地的也只是我一个人，姐姐是绝对不种的，妹妹也只打下手，递扎豆棚瓜架的细竹竿。后来上大学回家时，看到地完全荒了。而现在，老屋所在地早就盖起了电视台大楼。——其实有些生活无法找回，也无须找回。昨天下午，在鼓捣花盆，换土，现在能接触到的，就这么一点点泥土了。什么时候开始，土也论包卖了。

想你。

下午要开会，先说到这里。

幼棣
2007年9月3日

幼棣：

　　打开信箱，看到你的信在等我，连标题都是固定的，就像家里温暖的灯永远亮在那里，静静地等我。突然眼泪就想落下来。觉得这一份爱很可靠，像是血缘之爱似的。谢谢你。

　　感谢在坎坷的人生中你给我安慰给我快乐，让我觉得这人生还有一些美好的东西，值得努力下去。

　　我家的小马非常可爱，通人性，一双大马眼里全是善良和温顺。母亲经常在手心里喂它苹果皮，喂得多了，它一见母亲拿了苹果，就得得地跑过来等着吃皮。每天早晨，它都在7点左右，准时敲母亲的门，母亲听了边起床边说，小马催我起来喂它呢。

　　我寒假从河北大学放假回家，它不认得我，常常满院子追着踢我。我穿过院子上厕所，它常追着我要踢，吓得我落荒而逃，一边跑一边喊："娘，管不管你的小马！"娘就笑着骂："看你敢踢主子？那是我的闺女！"这小马显然没有听明白，因为还是照踢不误。有一次在院子里遇到它，它竟然没有转身踢我，瞪着一双马眼，温和地看着我。我惊喜交集，拾起地上的干草喂它，说，这样和平相处不是很好吗？岂料一语未完，它又倏地转过身，用屁股对着我，抬起后腿又踢一脚。我一边逃一边骂："狗咬吕洞宾，不识好赖人！"

　　我的寒假被小马搅得五光十色，一晃就过去了。好怀念以前的岁月啊。

　　我先把信发过去，刚才把信写完了，可发不过去，丢失了。

永存

2007年9月3日

小瞿：

你好！

一进办公室就想给你写信，打开电脑，先写上几行，趁现在还没开始工作。每天像做功课一样，给你写信成了生活中不可或缺的了。

我本质上不是无忧无虑的人，不是一个达观的人，循规蹈矩，虽然尽量想那么做。人生的意义是什么？你的问题过于深奥，是哲学层面的。我回答不上。晨起，写王维的"空山新雨后，天气晚来秋"——再看看澄蓝的天和路边笔直的杨树，树下尽是匆匆行人。诗人在阅尽人生，历尽坎坷后，最后转向淡泊、回归自然，寻找禅意，真是一种幸福。

我想，我们在一起时，秋天还是要出去旅游。今年没有去西藏，真是遗憾。好在以后还有机会，还有时间。——我在《淡出九峰》中有一篇《寻找圣地》，虽然文中佛教典籍引得太多，生涩，但还可以读读，那是一种思绪的飘荡。——圣地不只在家乡西部，也在心里，在一种艰难寻求与不可接近之中。也许这就是人生的意义？过去编故事、写小说，后来写散文，现在则练书法，也许真是在找寻，在仰望星空与邈远之间。当然，现在有了你，还有你，我人生的希望与旅伴，即使夜沉沉，路长长，野茫茫。从此不再枯坐独酌，不再形单影孤。我真的感激你，爱你。

其实不能说成功或者不成功。每一个人的童年都相似，每一个人的成长都不容易。也许有过失败，但毕竟没有失望，没有灰心，都走过来了。从这方面来说，你更有独立奋斗的精神，更是个成功者。

凤凰卫视里，正在做张非的节目，那个三次考上北大清华的学生，还拍摄了他上过的小学。我上的城北小学也在一个破孔庙里，叫七星庙，大殿作礼堂。五六年级时教室就在庙两边的游廊楼上，窗户没有玻璃，还可以两手抱在梁上晃荡。我实在不明白，退学、复读、几次考上清华北大就是天才？为什么不读到大学毕业？这就像一个人跨栏，从18岁到24岁，反反复复在前几个栏上跳来跳去，连110米都没有跑完，这是一个好运动员么？只有中国的高考制度，才弄出这么一个怪才。这跟钱锺书不能比，人家虽然没有拿到毕业文凭和学位，但听了很多课，像一个全能运动员，跳高跳远、长跑游泳都会，可能一些特殊的赛场需要这样的选手。

当然，人生也不可能都在登山，都往高处走，汗流浃背，筋疲力尽，没有必要。特别是到了现在，走一走平坦的路，走一走山坳，心情愉悦、风光迥异——人间四月芳菲尽，山寺桃花始盛开。就像你考英语，既然跳起来，还跳了几次，够不到那个果子，即使摘下来，还不知那个果子是不是好吃，酸不酸，就没有必要了。可以干别的，比如捕鱼连玩水。

先说到这里。

想你。

幼棣
2007年9月4日

小翟：

你好！

坐下歇歇，刚准备给你写信，敲门，来叫做广播操。我说不去。

路上花了一个多小时，地铁上上下下，骑自行车、走路，满头的汗，还去做广播操？

终于把写的3篇研究报告稿交了上去。下午接着给你写信。这种报告最难写了，每次都是一个新的领域，要提出问题和见解。这次是关于英国考察的。同去的都是医院院长、科室主任、护士长等，考察也只是听专家讲课、参观医院。没有一点现成的材料，网上关于英国医疗体制的材料极少，大同小异，全凭当时笔记，梳理、归纳，写起来非常难。我还是把"面粉团子"拉得很长，切成了上中下3篇。这样对外专局也有个交代，以后司里其他人出国也方便些。——明天开始，又要着手写另一篇了。趁这两篇之间，再把那家教的稿子续一点进去。

写一点自己愿意写的文字真是愉悦。有一些学科是特殊的，与专业无关，也不是在课堂里所能学到的，比如写作，这是中国文字的魅力所在。不像鸡、鸭，或者鸵鸟甲鱼，好的文字是不能圈养的，也追捧不出精品来。环境、土壤，要经常到前贤的高山密林，要到大江大海中游历，文字总是在放养中，寻找自然与情感的契合。——其实，对文字的理解，也是趣味不同，审美的不同，学养的不同，但总有一些是共同的。你的文字很好，特别是自然流畅，看起来毫不费劲，还有一种美感。——说起来容易，真落在纸上也难。无形的海阔天空，说气谈神，有形便有缺点，便会被议论。像颜真卿这样的大师，米芾竟轻浮地评论说"颜鲁公行字可教，真便入俗品"。其实，米芾自己的字未免轻滑，我从来不学。

偶尔看到有卓然追配前贤的笔墨，总是怦然心动。可能你不相信我还有一叠剪报纸片，当时觉得随旧报纸一同扔了可惜，有时为几行字、词，或者为气韵文思，或为陌生领域的知识，就剪下多看几遍。

"天下熙熙，皆为利来；天下攘攘，皆为利往。"当我们匆匆从市街上走过，为生计奔波时，能有片刻的宁静、片刻的沉思、片刻的闲逸，也非常之好。

孩子的资金验证还未办妥？今天还在各个银行间忙？想你跑得满头细汗的样子，很心疼，帮不上忙。

想你，先说到这里。

幼棣
2007 年 9 月 5 日

小翟：

你好！

今天开始写关于人参产业存在的问题与对策，上次去东北后定下来的，争取这一两天内写出初稿。我写稿的进展不快，总想把它写得完善一些。记得过去父亲老是夸我，下笔千言，倚马可待，其实我知道，那是拧自来水龙头，流出来的没有酒精度。

边写稿同时开着电视，有一句没一句地听凤凰卫视做一台关于北京八中少年班的节目，培养什么天才之类。几次考试，百里挑一，有几个人考上了清华北大香港某大学。神童好像往往数理强，语文写作不太好，其中一个学过钢琴，在节目中表演了支曲子，也不过只通过4级。男孩女孩排排坐，回答一些幼稚的问题。神童啊。

其实，学习取决于一个人的精神、决心和毅力。没有什么学不好的。想起过去那些同学，回想曾经的神童，智力当然有发育得特别好的——过去中学就有一个神童，比我低好几个年级，围棋象棋我也不错，可比赛时老下不过他。原来他把棋谱、定式记得特熟，我随手一应，就出问题了。我们都叫他神童。"文革"后，他在一家小化工厂当供销员，1978年考上了浙江化工学院。后来，我再见到他时，成了一个麻友与赌徒，已经完全堕落了。听这个节目后，觉得写家教很有必要，人生其实还是个长旅。

前两天在图书大厦看到有一本书，是一个在日本工作过7年的人写的。他在大阪等地工作时，花了好多精力和时间，在日文资料中寻找史实，写了本关于抗日战争的书《国破山河在》。这是很寂寞的工作，有这样的人，我很佩服。这也是很多研究历史的专家所缺少的基础性的工作。我觉得自己也适合搞研究，只是还没有找到一个可深入的领域。

你又要编稿了，这几天很忙？在新华社时，从南极回来后就当副主编了，先是分管分社的工作报道，每天都要编辑和签发一二十篇稿，4年后又分管总社记者的采访，也编辑签发稿件。好在质量上没有什么要求，编辑主要是核对事实，把稿子压短，是简单的手艺活，所有新闻系中文系毕业的都能干。也觉得天天都紧张，后来在电脑上发稿，就觉得很不适应。

想我们在一起的日子。你姐姐都说细节决定成败。我说，细节决定两个人的生活是否幸福。希望我们之间有很好的细节，如同花、绿叶和流水。

先说到这里。

想你。

幼棣

2007年9月6日

小翟：

你好！

今天突然想起写散文，大约是你写井的那篇散文启发了我。也写篇同题的散文，但如果要发表，还得再放放。用一个上午写了出来，速度还可以。有时写作的欲望也是如此，一过可能就不想写了。请你教正。《后望书》的封面问题我跟他们说了。

再细细地看了《老宅里的树》，写得确实好，像吃枣与小鸟的细节——原来早就爱吃枣和小鸟啊。

那文章我还在写，赶不上这期就下期吧。

还在写山参的那篇稿。

想你亲爱的。

幼棣

2007年9月7日

小翟：

你好！

把决策参考交上去的时候已经五点了，先写几句。

记得上一次我跟你说计划生育政策调整的一稿吧。我那时写了，花了很大的劲儿，可分管的副主任说这个独生子女政策太大，只发了室内通讯，没有报到国务院领导那里去。今天一上班，主任就找我，就要搞一个中国老龄化问题的材料。中国目前老龄化程度如何？大约是国务院领导开始关注了。我那篇稿子的上半部分就是讲中国老龄化问题。有时自己看得准，想法超前了，也不行，做了些无用功。这与你精心编稿一样。今天挺紧的，我想在去广州前再交出一篇决策参考。这次在广州可能要待一个星期吧，回来时又快到国庆了。没有几天又要走，"走马兰台类转蓬"。

今天是周末，连续下了两天雨了。坐地铁还得走路，半个小时。先说到这里吧。永远爱你。

幼棣
2007年9月14日

第四卷

小翟，亲爱的：

到办公室后想给你写信，因电脑在杀毒，有些问题，只好作罢。还有，一进门，房间里气味很大，奇臭难闻，先开窗，找好久才发现污染源，那袋里的食物都流水了，清理出去。最后连走廊都有了些异味。现在还搞不清楚是哪一天发的。以后恐怕再吃烧鸡都会起不好的联想。

过去的几天，如在梦中，如在画中，晕晕乎乎的，有时连自己都不相信，不知道这是不是叫幸福。现在，坐下来时，可以静静地想了——我们走到了一起，今生今世，不能分开了。人生很短暂，一天一天，也漫长啊。

有许多一见钟情幼稚的故事，像《窗外》那首歌唱的，连一句多余的话都没有说上，便有相思？人总不能沉浸在小说与空想之中。

我们初次见面，并没有钟情，连留下多少印象都说不上。就像在街上行走时，偶然见到的一个人。但毕竟，这种见面，有一个前提，一个约定，古老得不能再古老了：相亲。当时没有多看几眼，后来还是可以补看，你说呢？这见面的前提，就有一个明确的指向，便是能不能走到一起。后来在写信中，这个指向渐渐地清晰起来。当然，你精心挑选的两张照片也很重要,深印在我的记忆中,还有你的文字与水平。如果你选的是我们结婚合影的那张,效果就要差多了。

还有很多事情要做,对于我们共同的家庭,现在还只是"法律"上的。还要建成具体的、丰富的、生动的、幸福的、我们都离不开的家。像树梢上的鸟窝,即使在生命的秋天,斑斓的色彩和秋光遮去了一切,到处有喜鹊在飞来飞去;即使在树叶落尽的凛冽的寒冬,鸟巢还在。我会好好努力的,好好珍惜的。

下午还要开会,传达什么文件。

亲爱的,先说到这里。永远爱你。

幼棣
2007年10月8日

幼棣:

看到来信很高兴,这时读信的感觉有点不一样了。嗯,这是先生写来的,是情书也是家书了。结了婚,觉得你对我更好了,家书也仍然写得如恋爱时的情书一样漂亮。找个好人就是好,心里踏实,放心,不会受气也不会受委屈。

腿伤好多了,不疼了,走路略有不便而已。昨天找东西,站久了觉得酸疼。想想真傻,真是呆子,腿肿得那么厉害,你让走我就走,曲曲折折爬楼梯上下地铁,逛街逛商场,走个不停,明明走得吃力了,还机器人似的撑着走。回到邢台,娘见了我的腿,连呼肿得那么厉害,我这才发现,一条腿粗一条腿细,差了很多。

娘心疼得一夜睡不着,一大早把医生叫上门来,还拿了消炎药,娘说不能走路不能走路了,我就立刻一拐一拐地走不动路了。在邢台时,天一阴就觉得腿伤重了,好像是老伤腿似的。

娘问如何摔的,我说,跟幼棣去郊外度假。荒郊野外,正修路。天黑了,路上有水泥圆坑,我拉着幼棣绕过了几个坑,只差十米左右就走完这段路了,马上到宾馆。这时来了一辆汽车,灯光雪亮刺眼。幼棣像个孙悟空似的,以手遮额,东张西望,却眼睛不好,啥也看不见,问我有没有坑,我说没有,话音未落,人就栽倒了。当时趴在地上想:完了,把幼棣摔坏了可怎么办?还好,只伤了我。

那天去王府井贵宾楼吃自助餐时,走到后来,腿都木了,痛苦得很想发火,可是进门见到那么多好吃的,立刻忘了疼,吃了个忘乎所以,直吃得坐的姿势都有点不对。自助餐厅里有红蜡烛,环境优雅安静,两个人的婚宴,也不错。咱们的暗语,至此除了"风向不对""光线不对",还有"坐的姿势不对"。

旅游除了受伤之外,一切都美好。那个双阳宾馆院里有一棵柿树,累累结满了大柿子,成熟了的柿子还有几个被鸟吃了几口。怀柔雁栖湖(这个名字多漂亮多诗意啊)公园里,一片山楂林,树树都挂满了稠密的红果,连地上都落满山楂。看到一树果实就开心得不得了,比看到一树繁花还要惊喜,为何?应该与好吃无关吧。花朵孕育也就几天至多一个月的光景,长出一树果实,却需要几个月的阳光雨露啊。丰收的喜悦,这说法不错,不能说花开的喜悦。花开高兴还有点早。结婚了,也是丰收的喜悦,爱情结了果,伴随着我们的丰收季节,到处都是飞起飞落的花喜鹊。

湖光山色，碧波连天，坝上长堤，垂柳依依……

先聊到这里吧。

永存
2007年10月8日

小翟，亲爱的：

到办公室时已经10点半了。出地铁时，到图书大厦转了转，发现今天书架上有谢尔顿的书，是译林新出的。三本，即《假如明天来临》《午夜的另一面》《众神的风车》。译得也较好，是为你买的。我想先给你寄上一本，你先看着，只是不要看得太快啦。

走廊里很静，长而空无一人，只有几间房门掩着。参加今年起草政府工作报告的，今天集中了，住到北京郊区的一个宾馆里。我参加了三次。从10月份进去，明年3月两会时离开，差不多要半年时间。想想，在研究室6年时间，在那个地方总共就待了一年半。景色再好，桌上的食物再丰盛，与世隔绝，也没有太大的意思。那时我唯一的活动，就是溜到后面圆明园的荒园里——还有好大一片园子没有修复。十月在野，残山剩水，野径蔓草，疏林飞鸟，很有一种苍凉的美、自然的美。从墙的缺口里走进去，独自一人，漫无目的，走走停停。从芦花瑟瑟的秋天，走到白雪满地的隆冬。再看坚冰初融，听冰面上发出细脆的迸裂声。棉衣脱去时，柳烟已微青，人又老一岁。——我很想附上一张那时拍的照片。

二十多个人，住在一栋楼里，写几个月，废纸都堆得屋高了。作政府报告，也就是半天，加上讨论，也就是两天的议程。这不需要才思或文采，甚至连判断力都不太需要。主要是提纲、主调，还有文字上的打磨，像银匠的活计。参加起草文件，是不能离开北京到外地出差的。现在有多好呢，自由有多好呢。已经不是"奋斗"的年龄了。

记得姨父当年在加拿大时，还买了不少书带到国外去，准备离休后写回忆录什么的。他过去只是南京印刷厂的一个排字学徒，最后都写出一本书来。而我用不着做这种文字写作上的准备。图书大厦那些如山的书，堆得像金灿灿的麦垛，在其间走都喘不过气来。要抓一把来做馒头饺子什么的，需要多少呢。当然，看看别人怎样做，还是有必要的。

结婚后，我是更深地爱你了。无时无刻都感到你的存在，与我在一起。想你的一切。

想你，我的亲人，我的爱人。

幼棣
2007年10月9日

幼棣：

正忙，编稿，每月到这个时候，就像农民的秋收种麦，顾不上休息，日夜奋战。农民晚上还能休息，我却夜里也对着电脑敲敲打打，直到深夜。两个月前，手都敲得肿了，胳膊也是一个粗一个细，不对比还不知道肿了。

因为忙，开信箱前想今天不回信了，可是写得太好了，看过就有写信的冲动。圆明园那一段写得文字优美，情景如画。我也去过圆明园，至少是在1990年或1991年了，也就是十六七年前的事了。断垣残壁，荒草瑟瑟，秋风萧条，说不出的寂寞和荒凉。不知为何，非常喜欢这种苍凉有兴亡感的景色。"原来姹紫嫣红开遍，似这般都付与断井颓垣"，只有鲜花盛开，太单调了太秾丽了，加上断井颓垣，景物有了层次，意蕴也厚重起来。以后到了北京，咱们一块常去那儿走走吧。我喜欢这种景色远胜过繁花似锦，这里边有历史叹息有兴亡感慨，使人徘徊不已。

　　谢谢为我买书，不过，不要寄吧，何时来广州，带来就行了。谢尔顿很会讲故事，很会制造悬念。想想以前读的表现主义和存在主义的小说，都是半个多世纪以前的东西，西方当代小说根本没有接触过。杜拉斯的小说据说不错，不过也没有读过。

　　我也希望房子早点装修，早点布置好，有一个温暖的，属于我们的家。整洁，有排列整齐的书架的书房，有可以挂衣服的衣柜，而不要像你现在这样，衣服没地方放，脏的干净的都团在沙发上或压在箱子里，书乱堆在书架上，用时根本无法找得到——这是我初到广州时的生活状况了。奋斗了大半辈子，是要过得舒服一点了。那天，问你为何在十几度的深秋还盖着薄薄的毛巾被，你说没有被子。我当时差点落泪。幼棣真可怜啊，天冷了没有被子，还不知道去买，让我心疼了好久。

　　不多写了，要编稿了。

　　很想你很想你。

永存
2007年10月9日

小翟：

你好！

早上起得早，出门也早些，出地铁，看到图书大厦又迈不开步了。今天开十七大，料想也无多大事。又进去转了半小时。买了两本书，一本是《大锅饭》，另一本是《正面战场大会战》。

彭雪枫的电视剧拍得不错。他的牺牲，是攻打顽军据点时，被流弹击中。在抗日战争中，一是日军，二是伪军。而顽军实际上是国民党的部队，因说国民党顽固派，就被称为顽军——所以历史不能细看。皖南事变，是国民党围堵新四军的军部。新四军的东进序曲，打的也是顽军。而彭雪枫牺牲，又是进攻国民党的据点。在抗战中，恩怨纠纷给历史留下了许多省略号。同是在中原战场，张自忠将军的潢川之战要壮观得多，规模也大得多。毙伤日本3000多人，张自忠的59军伤亡4000多人。

昨天去的地方是密云京都第一瀑，都走到了公路的尽头。天色已晚，也看不到山上的景色。回到家时已经很晚了。——路上与那个朋友聊天，倒想什么时候到他厂里看看。他说今年发展得很快，300多工人，还得日夜加班，工人都干到夜里11点，每个月能有四五千元的工资。他做的皮草，即皮衣，人家等着要货。

昨天的信没写完发出，今天接着写吧。昨晚突然感到困，给你打电话，没人接。以为你出去"网鱼"了。过去江南打鱼，常用的是罾，即是在河里张一个很大的网，河水是流的，提网的上部，用一根竿支在岸边，如同一个支点，然后提网时，人就在河边拉，称之为拗罾。拗罾的人都在夜里，看到河边一星忽明忽灭的火，就知道有人在网鱼了。网大，但网上来的鱼并不多，常常只有网底的几条乱跳的小鱼。——你一不在，找不到你，也就特别地想你。这么晚了，就是散步也该回家了，以后乱跑前也得跟我说一声。接你电话时，我已经睡去了。

今天整理桌上的资料材料，同时起好了四五篇送阅件、研究报告的头。结果忙得不行，一会转到这一篇，一会又转到那一篇。先把材料、观点堆上去，到时候再调整，但注意力也要高度集中。我想新领导出来时，准备一批要报的材料，也为了工作。

先说到这里。

想你。

幼棣

2007年10月16日

幼棣：

在这样的秋夜里，喝着茶，听着窗外的秋风，读书。

每当在生活中和朋友聊天时，总不自觉地拿你做参照系，高山仰止，最高的山还是幼棣。充满热情，思维活跃，谈吐幽默。与时俱进，绝不会落后于时代。爱写作爱读书，博通古今，上晓天文下晓地理，中晓女人及其形而下。反正觉得与你在一起，不厌，有趣，有话说。挑剔如我，等闲的人都不入法眼，但你的缺点至今仍未发现。这就是缘分吧，人海茫茫，觉得你最顺心顺眼，是我的另一半。

想你，在这样独坐的秋夜里，在一杯茶的滋味里。

怀念北方的秋。记得读过郁达夫写北平秋天的散文，说泡上一壶茶，看着高高的苍老的槐树，看着院里被扫帚扫过留下的细细纹路，觉得北京的秋天寂寥安详，还有一点说不出的落寞。我也喜欢苍凉的、秋意很浓的北国秋。过年须到乡下，看雪得到哈尔滨，领略秋要到北京或华北一带，就像广州的冬天算不上真正的冬天一样，广州的秋意终是隐约略有其意罢了。虽有秋风，但风不寒，落叶寥寥几片，秋意淡若冲过几遍开水的茶。

对河北故园的秋印象深刻。湛蓝高远的天空舒卷着白云，河大校园的路边，萧萧西风吹过，落叶一如骤雨。"落红成阵"，落叶也是这样的。秋天的月亮是一年中最亮的，水银泻地似的，甚至能感到月光像冰水一样浸湿了衣服，浸得人肌肤生寒。在这样的秋夜，怅怅地徘徊在校园的僻静的小路上，脚下干枯的落叶沙沙响着，隔着路边浓密的冬青矮墙，蟋蟀的鸣叫水一样漫过来，正是寒蛩凄切秋夜长。忧郁有时一如快乐一样让人觉得享受，也是一种值得怀念的情绪。

只能坐在广州，怀念故园的秋。

写一写日记或散文还是好的。感受与思考一闪即过，如果不是写作，是无暇去顾及去体察细微的情绪和刹那的感动的。正是在这种写作中，静观内心，静观心中的天光云影细波微澜，发现并了解了自己。写故乡的树时，才明白自己原是如此深情地眷恋着故乡。

我们还是要早点团聚，早点在一起过日子。人生很短，我们也都年纪大了，不能再浪费光阴。你和我，都虚度了太多孤苦伶仃的日子。

想你。

永存
2007年10月16日

小翟：

你好！

一到办公室，记得你昨晚说有信一封，读了，写得极好，很有韵致与文采。只是像秋之落叶，斑斓也有些纷乱。思绪似水，写出来的却不是茶的感觉。

我并不觉得年龄大，也未感"老之将至"。今天忽然忆起，上初中时，跳鞍马导致左臂骨折，到校门口中医伤科小诊所，医生把断臂拉开接上，捆了两片松树皮作夹板。两个人用力拉断臂时，疼得我一头汗，几乎虚脱。

骨折半个多月后，才知道去拍片透视，发现接偏了，位置不正，但断处已经长上。接着父亲带我坐了八九个小时长途车去杭州，到浙江第二人民医院。当时手上还吊着绷带，也没有再打断重接。医生认为，手的功能会受影响。我不信，后来还练了一段时间举重——断臂山。

父亲带我在西湖上乘船，登孤山和灵隐，这成了我记忆中的头一次出远门。

我过去也是很爱动的，比较调皮，否则也不会如此多灾多难。

想想我们在一起时，最深的感受，最平常的感受，就是自由、放松、热烈、愉快，想做什么就做什么，想说什么就说什么，江南倦客，再也没有憔悴之感了。你很聪明，也很质朴，有书卷气。你也了解我的童年与少年，与耕读之家还是有些接近的。这也许是我与你相爱与相知的基本底色。心心相印是俗调重弹。食生活、学生活、性生活，既没有远离圣礼，也没有陷入泥淖。读书不必攀缘为思想家，对金钱的希冀也没有富贾的奢望。不是很好吗？几番离合，如今长相守，西窗可以望月。

我从来没有注意过穿什么衣服，也没有注意过别人穿什么。现在不同了，老师，是你在地铁上指给我看，那一排人，或站或坐，或吊在扶手上，衣服如何如何。早上想穿那件土黄色的夹克衫，想起自己说过的粪球，只好作罢，找了件西服穿——有些比喻，如用在自己身上，总是不舒服。唉，只是这件夹克可惜了，以后在家穿吧。

你的文字极适合写散文，无论状物还是抒情，还有一些细节的注意和观察。比你好的女作家不多。这大概与你古典文学基础好有关。

匆匆先说到这里。想你。

幼棣
2007年10月17日

小翟：

你好！

虽然你离开只有半个多月，我觉得时间特别地长。天天通电话，还是见不到你。虽然你别时没有针线，但别后我的书辞还是不断吧。

天气已经明显地凉了，虽还不是落叶满地，西窗冷雨，这样的天气，在家乡怕要到12月初才有。昨晚睡觉时觉有点冻，醒了，起来加了一条毛巾被。可居然还有蚊子，在耳边嗡嗡地响。——唉，现在广东可是个好节令啊。想北方的冬日，山瘦水寒，没有绿意，也没有生机，越发觉得孤单了。

这几天没有多大事情，也好。正感到无端的疲惫，想歇一歇。有时我们关心的，领导并不关心，只好先准备一些送件放着，也不多做无谓的事情。

刚才有同事来，议论十七大的人事变动，还有什么常委、总理人选。我只是听听而已。谁上对我们都不会有影响。边缘化有时也是好事，不必跟人跟得太紧。五年一届，一晃就过去了，我来时还是朱镕基，好多电脑打不出"镕"字，现在又打不出来了。有些大事，也就不关心了。

日子无比地快。"名岂文章著，官应老病休。飘飘何所似，天地一沙鸥。"——其实最想不开的就是一生都从政的人，除了做官就没有什么兴趣、特长与爱好，一从位置上退下来就有失落感。

又看你刚回广州时写的那封信，好感动，结婚了，都成了一家人，爱情有了结果。——现在是人心思变，咱们的事情上，你可不能再思变了。是啊是啊。什么样的感觉，就是最亲的人了，在这个世界上，你是我最亲的亲人。今后的家，也是我这几天思得最多，还没有理出头绪的事情。以后把家收拾好，就好了。

想你。

幼棣
2007年10月18日

小翟：

你好！

十七大一中全会，今天结束了。这个星期可能会比较多，学习和传达会议相关的文件。看电视，说这次十七大的领导人选，一个关键就是年龄，1939年的常委一律退。海外电视台评论说，这里有一个问题，如果确实是优秀的人才呢？——我想政治家们，官员们大概都想在位置上待着，不肯下去吧，只好定这么一个杠杠。

我想起英国多丽丝·莱辛88岁高龄得诺贝尔文学奖。这位老太太一生没有上过大学，全靠写作。说她的读者罕见35岁以下的人，这是不确的，她的《野草在歌唱》《金色笔记》至今在青年人中也拥有很多读者。她也真是神奇，到晚年还写起童话来。这个性格坚强的妇女，从非洲回到英国后的60多年里，她搬过60多次家，看来生活也并不如意。但她把写作已经当成了生命的一部分、生活的一部分。如果不是为了谋生写作,也不图什么名利或教化什么，就一定能写得很好。这也是个体的启蒙与觉悟。

说远了，上午一边听十七大的转播，一边研究方言，写《语言思路之二》，互不相扰。

日子如流水一般过去。秋天的色彩已经有些斑斓了。

习惯的生活有时会有一种惰性，会消磨一个人的意志——其实大多数人也都这么快快乐乐地生活着。人生其实很短暂，特别是与你认识并结婚后。只想过稳定的美好的生活，读书写作，旅游。已经错过了很多，我们不能再失去也不能再错过了。好好珍惜。

晚上台州市委书记说要一起吃饭，他原是浙江环保局的局长，过去就很熟。

亲爱的，想你。

幼棣
2007年10月22日

小翟：

你好！

我想把《语言思路之二》先发给你，请指教。多是一些考证，读起来大约有些难懂、乏味。这稿子昨晚基本写成了一稿。断断续续的，用了好几天的零碎时间。

信写了一半，等会再发给你。

想你。

幼棣
2007年10月22日

幼棣：

不知为何，调整不了字的大小，这样的字号你读起来可能有些吃力吧。

丽娜去出差了，办公室里很安静。这几天也比较轻闲。得思考一下下一步该做些什么了。

家教方面的稿子还是继续写下去，再出两本书，实在做不出名堂才放弃，现在放弃有点早了，有些不甘心。另外也要写点散文。总之要找点事做，没有一点追求也空虚得很。

上下班如果乘公共汽车，得走一段路。下车后，穿过一小片树林是一个治安岗亭，里边坐着一名保安，岗亭前是一排房子，全是些广告、卖红酒之类的小公司，门前寥落。我想不明白，为何在这一片树林和一排房子之间，设一个治安岗亭，这里人迹稀少一片寂静，保安基本上无事可做。

那片小树林里，开着红的灯笼花，还有不知名的黄花开了满树，草地上也落满了花朵。每天走过树林，在林边看到岗亭和朝朝暮暮坐在亭子里的保安，心里都有一种同情，觉得保安像住在监狱里一样：亭子空间狭小，且终日无事可做。

这保安大约30多岁，有时在看一张报纸，有时在捧着一杯茶慢慢喝。有一次居然看见他一手拿着镜子一手拿着一个夹书用的大夹子，对镜夹胡子，我看了不禁哑然失笑。有时候，这保安在神情满足地吃一份简单的快餐，也有的时候，他和附近的居民聊天。不管什么时候，他脸上都是平和快乐的样子。风吹过雨落过，林子里的树一天天长大，这保安也像一棵树一样永远守在那里，且像树一样，身材渐渐变粗，脸上也渐起了皱纹。

年复一年地过去了，心里对保安的同情越来越深：是何原因，这保安要在两平方米大小的岗亭里消磨掉他的青春岁月？不能去找一份更好的工作吗？不能去寻找一份广阔点的天地吗？又一想，换一份工作也是一样吧。的确，我们每个人都如这保安一样，因了这样那样的原因，被局限在一个狭小的空间里，度过一生。我局于杂志社的编稿组稿,你局于几篇报告,公共汽车司机日日守在汽车上,父母年年守着两亩地,等等。每个人都被命运限在一个小小的亭子里,全看我们怎么看这亭子。如果我们觉得这亭子是监狱,那一生都得痛苦地过,如果觉得这亭子是天堂,那会过得快乐一点吧。天堂或地狱全在于心,而不在于亭子的大小。

既有的,即使小小的一片天地,也好好珍惜吧,像那保安一样。就写到这里。

永存
2007年10月23日

小翟:

下午传达文件,我闭着眼睛听,也正好让眼睛休息休息。

回来打开电脑,看到你写的三封信,很高兴。像得了大丰收似的,比抱着一大堆苹果还要高兴。你写的那个小保安和岗亭挺传神的,还有夹胡子照镜的细节。不是从生活中观察,也不可能有这样的细节。

看了《新华文摘》上迟子建的一个小说,《百雀林》。语言也可以,但中国的小说总是看了使人感到难受,作家臆想的东西太多,有些像现在的画,无论油画还是国画,画陕北或者别的地方的农妇老汉,要么一脸痴呆的样子,要么丰乳肥臀,把人的形象画得很丑陋。这种画除了小圈子的人互相欣赏,是挂不到家里的。

即使写小保安也挺好的。这就是一个作家的情怀与胸怀,对生存状况、对人物命运的关切。过去讲典型人物塑造，讲提炼和高大全，这对。而现在把一些人物性格上的缺陷，无节制地放大，也不妥，你说呢？

说远了。很对，我们都是在一个狭小而有限的地方，都是在一个小房间里。问题是你能不能欣赏窗外的风景。去年去欧洲，在一个小镇的中心广场边上一家热热闹闹的酒吧里，钉着个铜牌，大意是某年至某年，哪位著名作家在此写作了哪一部伟大的作品。我拍了一张照片。我想外国没有专业作家一说，国家也不会养作家，国家的御用画师除外。所以作家的生活还是很窘困的，特别是没有成名以前。就像现在的歌星与夜总会的歌手，其实也只有一步之差。

80年代成名的知青作家和后知青作家，要么成了出版社或文艺杂志的官员，要么成了专业作家，但他们多数还占着阵地与杂志——作家还有专业与业余一说？这也就是许多小说散文不值一看的原因，应该说，迟子建那篇小说写得还算好的，认真的。

以上是昨天写的，接着写吧。

昨晚值班，在办公室过夜，很安静。饭后走过中南海边时，暮色沉沉，只听见林中一片鸟啼，空气特别清新。记得电视上的清宫戏中，清帝国的没落，经常有乌鸦的叫声。但现在中南海里这种鸟也很多呀——看来帝国陆沉与大国崛起，与乌鸦都没有关系。

上午写完了方言的考证发走了，也把4篇研究报告及送件报了上去，还有几篇正在写，也快完成了。有时写不同内容的文章，文学的与研究的，历史的与现实的，远与近的，思路互不相扰，写作时互相切换。就像在公园里散步，有好多条纵横的小径。一条路分辨不清时，停下休息一会，绕到另一条路上看看风景，梳理一下思绪，再接着走。咱们都热爱写作，写作的乐趣也是生活乐趣的一部分。不是吗？

很想和你待在一起。

要去修自行车了，不再写。

很想你。

幼棣
2007年10月24日

小翟：

你好！

昨夜睡得很晚，想起《经历：我的1957年》，和母亲通了电话，母亲许多已经记不得了，又和姐姐通话。我当时只有8岁，只有朦朦胧胧的一点记忆。那本书确有许多不足，不是文字上的问题，记述别人时，就写得好，真实，一写到自己在农村时，就琐碎，特别是一些写景，还挺抒情，这就大大败坏了情绪与阅读。也是与《古拉格群岛》的差距所在。

姐姐长我一两岁，她记得还多一些，如搬家，父亲被带走送去劳改农场的情形。我都记不得了。她已经有些懂事，搬家时就躲在里面不出来，说我和母亲一趟趟地跟着手拉车。1958年夏天，从城里到小山村后，就有很多印象了，那年我9岁，突然开始懂事了。对我的生活来说，这也是个转折。

我想这不是我们一家的苦难，也是中国知识分子在那个时代的遭遇，当时全国知识分子只有200多万人，五分之一都成了右派。小叔当时是华东师大的学生，右派边缘，党员被取消了预备期，幸亏最后还是分配了工作。与《经历：我的1957年》那个女作者相比，父亲其实要不幸得多：她最后还回了报社，而父亲劳动教养时被学校开除了，失去了工作。他的几个学生上大学后，在父亲劳改时，还多次到浙江三门等地的各个劳改农场找他，想给他送东西，那是大饥荒的年代。后来我还在黄岩见过这个学生，叫陈达能，上海某研究所所长。父亲的许多书籍，《语文知识》《历史教学》等等许多杂志，一箱一箱，一直放在家里楼上，舍不得卖掉，他一直想能够重返讲坛。我没有见过一个老师订有那么多刊物的。这些后来都成了我的学习材料。父亲过去在报社工作时抽烟，后来当老师后就不抽了。"人生识字忧患始"，也许有一定道理。

姐姐帮助回忆了好多细节，昨晚就打开电脑记下。可能没什么用处，但先记下一些，再不记，可能都要忘记了。这也是一些基本的积累。昨天讨论时，有同事说，毛打破了千年的封建等级制度，千年社会的旧秩序，包括宗教、宗族制度什么的。说什么因此中国比印度好，改革开放比印度快。我没有说什么。中国的门阀等级制度，早在晋、唐时代就已经破除了，破除这种制度的最有力的就是科举，能从贫民寒士中直接选拔人才。而毛的那一套阶级斗争，又产生了新的等级与迷信。说远了，不再说。

与你通完电话后，又找身份证，想起有一张稿费今天要取，找了半天才找到，接着就有点不困了。

讲了一些沉重的话，与你说说，说完心情就畅快些了，谁让你是我的女人呢？

亲爱的，又到周末了，特别想你，先说到这里。晚上新华社与航运的几个朋友要一起吃饭，回去可能有些晚。任杰还向我要字，早上写了两张，到办公室快10点了，好在无事。

幼棣
2007年10月26日

小翟：

你好！

回到办公室后，打开邮箱，看到了你写的信。确实已经好久没看到你的信了，昨天下午找不到你，你说在外。心里突然感到有些落寞，天黑了，还坐在办公室里，不知道回家了似的。确实，两个人，这时感到你在我的心里所占有的位置，我们实际上已经须臾不能离开了，不是吗？

上午8点半开始，讲了3个小时，顾不得累。我讲话的频率比较快，所以讲的内容也多，大约别人就可以讲一天了。总的反映还是很不错的，后来大家的提问与讨论也比较踊跃。食品药品局的同志又提出要与我一起搞些调研。我说好好。毕竟，调研我还是比较熟悉的，只要讲几个条条，分一分层次，就有许多故事与体会。昨天晚上的地铁上我还在考虑今天要讲的问题。我前两年在研究室的一个调研培训班也讲过一课,现在把那个稿子也带上看,看了一遍,有好多不适合的地方。

完成一篇文章后,总有一两天感到无所事事,心神老也集中不起来。

天阴沉沉的,阴霾天气,冷冷的风。能几日,又晚秋,水带寒露。在这种日子里,格外地想你。

桌上的柿子开始熟了,排着,一个两个三个。

经过海边时,看到白玉兰一树黄叶中,叶底竟有一个粉红的花蕾绽放——秋天开的花?小阳春天气?"欲买桂花同载酒,终不似,少年游。"

要开始做翟老师交的作业了,不再写。

幼棣
2007年10月30日

小翟:

你好!

又一阵寒流,起风了,天气明显地凉了,深秋也就有了初冬的景象。沿着红墙,自行车从金黄的铺了一地的落叶上骑过,突然有了岁月如流的感觉。也许从本质上来说,我也是悲观的,特别是在遇到你之前。

今年最大的事情是什么?细想一想,便是与你走到了一起,成了一家人。虽然还有一些调动等具体的问题,但对于我未来生活来说，有了亮色，有了希望，有了温暖。也许这种关键对我来说只有三次，一是升学，二是分配到新华社，第三就是这一次了。对我来说，失败其实只有一次，就是那一次过去了的结束了的婚姻。如同过去了的令人懊恼的夏天，都已经模糊不清了——在事业或者工作上，走得有快有慢，但总的来说还是在前行的。不是从政或者为官，那是有尽头的，"官应老病休"。所从事的工作还是比较丰富，多数也是自己所愿意做的。这也是一个人的际遇。有时候，人就像公共汽车上的售票员一样，看着一天到晚都在走，走出去了好远，车窗外不断有好风景掠过。其实一下车，还是回到了原地，还是感到孤独。

秋天总让人沉静，虽然天空亮得使人有点炫目和恍惚，总让人想做点什么又觉得要做的事情还很多。每天清晨起来写几幅字，然后来到办公室。桌上的材料堆得老高，还没有矮下去的迹象。我想坐在材料与书堆中，对着一个电脑，大概与那个保安坐在岗亭中差不多吧，只是没有照镜子拔胡子，他能看的风景也许比我还多。唉。读书、写作——不管是散文还是其他研究文章，还有写字，喝茶，恐怕是一辈子都改不了的习性了。

很想与你在一起，想着与你说话。下午得把那本书的合同寄走，得早一点走。

想你。

幼棣

2007年10月31日

幼棣：

　　来信收到，字里行间，读出一个古代书生形象。陋室孤灯，心静如水，安坐临帖；登山临水，蒿莱乱草，寻访先贤踪迹。遗世独立，高迈出尘。京城红尘中，亘古一书生。

　　今天冷了点，要穿长袖衫了。凉鞋不能再穿了，就拿出上次在北京买的那双皮鞋来，鞋跟的高度适宜，皮子又软，穿上很舒服，款式也休闲，与牛仔裤很相衬。真后悔没有多买一双。记得你当时一直劝我买两双。想起上次逛街的情景，心里觉得很温暖。

　　想你。要休息了，先写到这里吧。

　　对了，家教稿快写啊。

永存

2007年11月1日

小翟：

　　你好！

　　天气特别清冷。穿上羊毛衫了。广州呢？

　　早起又写了两小幅宋人的诗。昨晚你问为什么爱写字。为什么？——似乎，与现代人的生活方式格格不入。细想一下，原因也很复杂。首先是喜欢。古人贤人离我们的生活已经很远了，早已走出了我们的视线，他们留下来的也多是些文字与故事。其他似乎什么都没有留下。但他们留下了书法，留下了手札。起笔落笔，情绪、气度、神态、禅意,乃至日常生活都可以从他们留下来的碑、帖中读出,感觉与我们特别地近。墨迹如新,仿佛刚刚放下笔出去。那是什么样的感觉?

我想这与你喜欢古典文学是一样的。只是书法比古典文学更加直接、更加形象,有时几乎可以面对面。李白唯一保留下来的字迹是《上阳台》,就是张伯驹以一个宅院买下的那张,其字迹豪放、率直,随意写来。其字迹还有点像颜真卿《裴将军诗》笔意中的古朴与变化。杜牧流传下来的有《张好好诗》。陆游的就更多一些了,他是南宋中兴三个书法家之一。"矮纸斜行闲作草,晴窗细乳戏分茶",看来诗人是经常写草书的,可惜现在能见到的多是行书。现在的官员诗人作家在闲暇之时做些甚呢?——唐朝的贺知章也是大官,又是诗人,与李白的交往很多,也喜酒。他的草书极好,有草书《孝经》等传世。

过去我们要看到真迹,没有那个条件,好作品、珍品都是秘不示人的,或藏之于宫中。能看到的顶多也是拓本。记得黄庭坚在四川准备沿江东下时,看到怀素的《自叙帖》真迹,就住下不走了。一天到晚地临摹,此后书法大进。现在照相和彩印技术发展了,能买到原样大小的真本影印字帖,真是眼福。——我想读帖,也是与你读唐诗宋词一样的。星期天我还抄写了《离骚》全文,顿有心如秋水之感。

记得前些年,我在浙江衢州开会时,会后,参加会议的人都去了义乌买东西,然后从杭州上飞机,那里有大飞机。问我从哪里走,我说就在本地,乘小飞机回北京,也不去义乌,最好能安排我去一趟江山,看看仙霞关。于是我一个人上了仙霞岭,看了武夷山中的古镇廿八都,后来又看了深山中的仙霞关与其他几个关遗址。在与福建交界的枫树岭上，找到了枫树关，在那里意外发现立有一个碑，边上还有一个亭，碑上刻着"空海之路"几个字，是日本的一个文化团立的。空海是日本高僧，唐时西渡，遇到风暴，船只漂到福建登陆。他沿闽江而上，过仙霞岭，那时道路还未开，荆棘遍地，他几乎死于此。空海从这里到长安，后返回日本。他的书法造诣极高，在日本与王羲之的地位相仿，被称为书圣。望着连山低云枯草，我感慨不已，这么游人罕至之地，都有日本人来找寻重走"空海之路"，那不但是文化，还有精神。是不是？现在除了丝绸之路作为旅游线路推出，我们还真正寻找过什么呢？我在老家看到祖父留下来的几厚本日本30年代出版的《书道》，里面就有空海的作品。到了枫树岭，虽然没什么现在一些人大谈的"禅意"，但走了空海之路，就顿悟了。

想你，说到这里吧。下午再给你写。

幼棣
2007年11月1日

小瞿：

你好！

广州还下雨吗？北京的秋天是很少有雨的，也没有冷雨敲窗的情景。寒流来时，就是风硬。在清冷的夜晚，往往思念也愈深，愈浓。不管看电视还是做什么，晚上都感到很孤独。——那一时刻的光阴你是无法穿过的。我似乎已经习惯了孤独，而与你认识到结婚,这一切又不习惯了。因为终究有了希望与温暖。

天已经很冷了。早晨走到街上才感觉到,背上有些发紧,透凉。再回去拿衣裳已经来不及了,好在白天的温度渐渐高了。到办公室后,"痴呆"了一会,就动手把那个家教的稿子写完,还没有摸到你们杂志的路子,不满意,而且写家教更是外行,只好请你动手改或者重写了。我先把这个稿件放在附件里,你先看看,我来时再把郝易白写女儿的两本书带上。

现在都说人与自然和谐,其实,人与内心的和谐程度也是很重要的。而过去都说超越自我,其实超越也是有限度的。人心不是风浪中的船——记得那年在南极遇到十二级风暴时,浪涛把船只抬起,船体都发出了咯咯和断裂声,至今想起仍有后怕。心抛得太高,人体就扭曲,就会有毛病。我想姐姐身体上的问题,更多的是人与内心不和谐引起的。我现在只好找不求上进的理由了。

先说到这里吧,看看还能不能再改一篇研究报告出来。

想你,又是周末了,想起过几天就要见到你,感到高兴。

幼棣
2007年11月2日

小翟:

你好!

过去只关心国际上的大事,国内的新闻也只看看破案的。成了你的作者后,现在又关心起社会新闻来了。每天像做功课似的,打开电视都要浏览一遍,看看有没有适合你们杂志用的。一早起来,一边写杜甫的"剑外忽传收蓟北",一边看广东顺德容奇镇一个打击强迫卖淫的大案,诗与电视里说的极不相干,当然也有相扰,落款时信手写了"杜甫绝"——才想起不是绝句——怎么办?整幅字又写得不错,只好改成"杜甫绝尘而去",此诗浑然天成了。

昨天说检查保密什么的,给台式机装了新的杀毒软件。不知怎么就不能打印了。你传来的稿子也打印不出来,我想等会再调调,看看能不能打印出来。

今天关于华南虎召开新闻发布会。事实上,立足点不同,看照片的角度也不同。40张相片,有人找与年画相似的,有的发现与年画上不同的,还有眼睛的变化。事实上,只要有一张虎的眼睛不同,开或闭,已经说明了虎是一个活体了,还要每一张都不同么——一个农民,有必要对一张年画的放大画片,跑到高山上,在20分钟里连拍70张照片么?造假两三张就足矣。那么多人折腾一个山区农民,而他又缺少话语权,真是悲哀。上午的新闻发布会上,还有一个《南方都市报》的记者提问题,真蠢!

狗崽怕的是真虎,对纸老虎是不怕的。

山西省一个久未联系的副秘书长来电话,谈《胡富国传》的事情,已经准备了一些材料,开了几次座谈会,现在正分头在看。他说还没确定怎样写,他们都认为最好由我来写。写省委书记不可避免会牵涉山西一些具体的人和事。虽然在书中不写人名出来,但当事人都很清楚。如果写一般的没意思,一具体深入,就有顾虑。我说再想想吧。

下午一直在写稿,所以信就没有再接着写,好像没有结尾似的。先发给你吧,想你。

幼棣

2007年11月4日

小翟:

你好!

早起便淅淅沥沥地落雨。带了把伞出门,冷雨扑面,黄叶满地,行人匆匆。打开电视,广告上一个老头不断地说"天气晚来秋",是推销感冒药,什么双黄连的。秋雨绵绵,冷风逼人,万木萧瑟。想起了每年秋冬在达园起草政府工作报告,在圆明园废园中独自彷徨时所见到的情景。斜风细雨,乱愁如织,总易伤感。人生一世,草木一秋,又一年将过也。

这一次在广州待的时间不短,差不多有6天。原想天气也好,这次能去什么地方看看,比如西樵山,在江苏时就想给你打电话说说。但正是你最忙的时候,只好作罢。以后在一起时间还长,可以经常出去旅游。总是寻常的生活,总是忙碌,但也过得挺好。特别是夜里醒来,俯瞰丽江岸边,灯火密如星云,如同飞机在晚上降落时看到地面的样子,再看看熟睡的你,感到惊异,在这个年龄谈爱情,总觉得有些奢侈。虽无危栏可倚,但夜景无双,秋夜也很美,还是高楼好啊——当然,这次还吃了三回馒头,差不多噎住了。出地铁时,瞅你噔噔地径自阔步前走,昂首挺胸,想想又觉得好笑。爱情有时像装在瓶里的水，水太满了，两个瓶一碰，不小心还得溅出来，满出来，大家都不高兴，以后不再和你吵架了。只是不在梦里，可成追忆？——不说了，这期的稿子都编完了吗？

天阴得厉害，下午就是傍晚的样子了。晚来天欲雪，能饮一杯无？

想你。

幼棣
2007年11月14日

小翟：

你好！

回到了北京。昨晚还是觉得很累，上个星期出差了两趟，中间只隔了一天，晚上也不是睡得很好，也可能与疲倦有关，好在时间不长。特别是在南京城墙外走的时候，南方11月还是初冬，天气尚暖。唉，如果你能来就好了，南京还是旅游的好地方，毕竟是古都啊。特别是那城墙，高高大大的，在其他地方很少见到，无论是山西平遥还是西安，城墙都没有那么高大，有历史的沧桑感。城市里是很嘈杂的，汽车如流，但在城墙下走就听不到了，还有竹林和树林，有花草和湖泊，真是个好地方。我独自一人，转了一个上午，感觉真好。这次在南京，买票看了南京博物院的"镇馆之宝展"。过去对徐渭的书法，有些不以为然。徐青藤的书法老是把纸写得很满，也比较杂乱。这次看了他的长卷水墨画《杂花图卷》，长达四五米，极受震撼。无论是芭蕉，还是其他花树，都极有意境与功力。在此前，我还没有看见过如此有震撼力的水墨画，使我也萌生了重拿画笔的愿望。

在新疆期间非常忙碌，一天时间都在现场参观，农场一个接一个地跑。阿克苏古代叫姑墨，是西域三十六国之一，其古迹不是太多。但在阿克苏地区的库车可是大大的有名，是龟兹的所在地，附近的拜城县境内的克孜尔石窟更是闻名天下。新疆去过不少地方，从阿勒泰到和田、伊宁。就是没有去过库车和阿克苏。这次拍得较好的飞越天山的照片，有些景色十分壮观。我走的时候，是否带那个单反相机和变焦镜头，还再三犹豫，看来这次这么个大家伙还是没有白带。

——路上林业局的人说，用你那个相机拍华南虎就好了。对了，今天看网上消息，陕西林业厅副厅长说，如果那照片有假，他将辞职。这71张照片是在25分钟内拍摄的，全部公布。老虎的眼睛还是有不同的变化，这是造假造不出来的。我想我的坚持还是有道理的。后来一想，为什么呢，一是新闻摄影我也可以算个准专业的，考察南极时就兼过摄影记者，一次就拍摄了上百张照片。二是对自然保护与野生动物并不陌生。我是第一个报告东北虎在中国境内没有灭绝的消息的。大约是1994年，从延边经八家子林业局上长白山，在八家子林业局采访时，听说有三个林业局的人日前见到了两只东北虎，我还专门赶到了那个分场，做了十分详细的调查，找到了目击者。而就在几个月前，国家林业局、中科院联合发布消息，说经过考察和航空调查，用红外热遥感什么的，说东北虎在中国境内已经灭绝，当时新华社还发了消息。现在已经不用再争论了，中国境内还是有东北虎。

我特别反感的是那个北京香山植物园的那个所谓科学家，他还在电视上说自己是什么科学家。植物学家就是植物学家，动物学家就是动物学家，怎么能冒充什么科学家？也许是见过所谓的科学家多了，看到这副模样，真为他感到羞耻，怎么看都像一根"搅屎棍"。真是欺负农民。只好用西班牙国王说过的话，他为什么不闭嘴？

——有些话，也只好跟你说说。现在，即使走得很远，走到天涯海角，也可以思念你，想着你，我不再感到孤单。这也是一种幸福。

先说到这里吧，想你。

幼棣
2007年11月26日

小翟：

你好！

先给你发上两张新疆天山的照片。一张是雪山的背阴部分，呈幽蓝色调，另一幅是快要在阿克苏降落时，南山及戈壁的风景。最好的景色是离开乌鲁木齐时，我的座位不靠窗，十分可惜。——想起凤凰卫视广告上的一句话，人生不在于目的地，而在于路上的风景。——不是看女人哦。在飞机上，还想起我走过的天山达坂，有些景色和经历，对于人的一生都是难忘的。

其实镇坪华南虎也与我无关，但看那些新闻，那些所谓科学家与所谓专家的嘴脸时，一口一个老农民，总使人感到气愤，还有那些媒体记者与评论员之类，大言不惭地在采访中如何设圈套询问。如今怎么堕落至此啊！虽然早已不是愤青的年龄了，人总有正义与真理的。我想以后可以慢慢地给上海的《新闻记者》写一篇东西。

　　从汉水、大巴山，到大宁河，这一带的南北，我都走过。在大宁河边有一个古镇叫宁厂，这个古镇过去是重要的产盐地，又是三峡地区与陕西之间重要通道，现在已经完全凋敝，如同交河与高昌故城，令人感慨不已。这次在新疆阿克苏讲课时，我指出阿克苏绿洲的重要意义，在塔里木河的上游与塔里木盆地的西北部，因塔里木盆地多西北风，其生态与环境保护，不仅有益于当地，还有利于塔里木河下游的数百公里的绿色走廊，有利于罗布泊与台特玛湖地区的生态恢复，有利于南疆昆仑山下和田、于田、民丰等小绿洲的保护，有全国和全局的重要性。后来中央研究室的同志说，地委书记他们都听得很晕乎，地委书记就提出要申报国家生态环境试验区，还说明年要把生态问题作为阿克苏高层论坛的主题。不说了。

　　下午开始写那个稿子，已经写了3000来字了，我不知道你要多少字，由你定。想你。

幼棣
2007年11月27日

小翟：

你好！

大风降温，连车都有点骑不动，风太硬，突然泪流满面。从地铁上来，到图书大厦转了一会，偶然看到一本三峡古镇的书，里面有一节关于宁厂古镇，就是我在上一次信中说到的那个地方。站了10多分钟细细翻阅，还是没买。常常有一些莫名其妙的想法，与生活无关，现实、历史，与其他相关知识，在相对稳定的生活中，有时这更像一种心灵的漫游——现在也没有想到再去三峡。与你走到一起了，也不能到处乱跑了。

翻这本书，还是勾起许多回忆与联想，记得当年游小三峡时，看到崖壁上有许多栈道的遗迹，百思不得其解，这里又不是交通要道，怎么会有古栈道？现在想起，可能是运盐的。宋代在宁厂就设了盐监。这也算是一个发现吧。又看了本关于越文化的书，说绍兴那个地方，为什么没有成为越文化的中心——南宋以来，大量中原和其他地方的移民至此定居，又多为与朝廷关系密切的官宦大族，原有的文化受到了破坏。我想这有一定道理。现在绍兴、宁波的民营经济就不太发展，也没有形成温州那样的文化。经常在图书大厦转转，这里都成了"家里的"图书馆了——不说了，这些乱七八糟的书，你可能没有兴趣，你说呢？

处理一些杂事。开始要写稿了，再写两三篇，今年的任务也就完成了。把放下的题材重新捡起来，进入这些领域的思考还要一些时间。而我又不愿说人家说过的话，想有一些新的见解，这就比较难，一个星期也出不了一篇。但这是工作，也是没有办法的事情。

看了一篇散文《赵登禹将军的菊与刀》，写得不错，那本《新华文摘》撕下这几面后扔掉了，将军是河北人，古称曹州，不知道是不是离你的故乡不远？

白天有事情好一些，回到家里时特别想念你，很孤独啊。时序变化，只是炽热的情感依然。

想你。

幼棣
2007年11月29日

幼棣：

读你的信，文字很美，你的情调你的人格让我很感动，有欲落泪的感觉。相知越深，越深深地爱上了你。其实，你是我所知的最有情调的男人，书法，文学，登山临水，探索考证，这是要怎样无利无欲、空明澄澈的心境，才有可能欣赏到的美啊。天下熙熙，皆为利来，天下攘攘，皆为利往。当然你也是爱稿费爱讲课费的，但那都是君子爱财，取之有道，凡是影响到生活质量的追求财富的方式，你是不感兴趣的，这已非常难得，尤其在当今的都市。

时常羡慕你生活的宁静和富有诗意，从这一点来讲，你是一个真正的诗人。不像我，拔发不能离地，总有无穷无尽的俗世烦恼，不得解脱。

这么好的男人，老是闲居空房，太浪费人才了，所以，就天天盼着和你生活在一起，一起喝茶，一起读书，一起聊天，一起做饭，一起散步。愿做鸳鸯不羡仙。

写到这里吧，在这样落寞的周末，格外地觉得孤独，心中的那份思念也格外强烈。

想你。

永存

2007年11月30日

小瞿：

你好！

一早开机关党委会，每到年底，总有很多这类程序性的事，党委还要换届。所以很早就去挤地铁了，正是上班的高峰，地铁里都挤得身上发疼。在会上还说，领导干部如何，反腐倡廉什么的，其实都是普通老百姓，甚至还不如你们生活得好啊。但是人还是要随遇而安才好。

日常生活总是单调的，但我们还总是有对生活、写作，甚至还有艺术的冲动与憧憬，还有一些莫名其妙的想法，这些都是慰藉心灵的良药——虽然自己个人的生活常常处理得一塌糊涂。你说呢？

在英国时到剑桥去参观，那是一座大学城，弯弯曲曲的剑河穿城而过。那是个星期天，河上有不少划船的学生，也有好多桥。导游不断地说这座桥可能是康桥，那座也可能是，搞得人糊里糊涂的。看了几座桥后,再也没有视觉的触动了。后来我想,那其实是一座存在于诗中、活在诗中的桥,天上的云彩也只是诗意飘动的定格,如同油画——实际上与剑桥的桥无关了。穿过剑桥的黄昏后,穿越英格兰丘陵的夜影后,那忧伤也是淡淡的。记得那时给你打电话,在旅馆木楼梯下的电话间里,拨来拨去地急出一头汗来。我想,我们都应该在生活中发现一些美好,如同你的丽江,你的茶室。欣赏潮涨潮落,总比感受股市涨落心情要好得多啊。那才有坐看云起处的闲情。

昨晚给姐姐的电话没打通,开始打了两次没人接。后来我就边看电视,边把生三七粉装到空胶囊里去,满手都是药面。等装好,11点多了。生三七粉是去年从云南买来的,放了2年了。天暗了下来,只有墙上还留着一抹余晖。又是周末了,每到这时都特别地想你,想你也觉得心里充实。你说得很对,我们要尽快生活在一起的。

先说到这里吧。

想你。

幼棣
2007年11月30日

小翟:

你好!

晨光熹微的清早,边写字,边煮着豆浆,打开了电视。

又是一个北京电视台关于家庭的栏目。两个再婚的中年人,男女总是不信任。在广州买了一套房子一辆车,用的是女方的名字,女方也出了大部分钱,一吵架,女的就叫男的滚。女的说男的自己藏着经济收入,有一次检查过他的钱包,后又问他有多少钱,男的说了一句,她觉得与她刚才检查的数字对不上号。他们同居4年了,现在能不能结婚都成了问题。看了以后感觉不好。如果说昨晚那个节目做的,是男的太猥琐的话,而今天又是女方太庸俗。——都是一些经济问题,都是家庭琐事,都是说不尽的烦人,看后感到头晕,怎么还尽是这些人哪,还去电视台做节目。我一下子没有了采访写作的欲望,总觉得味道不对,还是更愿意去关注华南虎的问题。

两个人在一起还是要有一些美好的细节,即使寻常的生活,也可以很美,苏东坡不就是如此吗?做汤、做鱼、做肉都做出了学问,做出了品位。人究竟要多少钱呢?什么能比,什么不能比?我最讨厌那些公务员、当官的在一起谈房子,特别是在那些老板面前。就不怕被人家笑话?我们什么比他们强?

人与人比较,有一些是不对称的,不可能好处全占了。知道自己的长处与短处,顺其自然,也容易满足,有自己的一方天地,才能生活得好。我们不必为别人活着,为自己活着,为咱们活着。你说呢?

看了看网上的新闻,说华南虎的照片是假的。其实并没有新的材料,主要是两点,一是农民拍这个照片,不像一个初次搞摄影的人照的——现在傻瓜相机,还需要那么多专业知识专业技术吗?一个猎人,拿着相机,像打枪一样瞄准、按快门就行。记得我去南极时,也是第一次配相机,那时还不是自动的,从28-80,80-200两台尼康相机,速度、焦距、曝光,都是手动的,拍出来就发了新闻照片,上了报纸和画报。还有一点质疑是华南虎的某张某张照片与年画上的老虎条纹高度相似,等等。都简直不值一驳——记得前几天,有不少人在网上质疑中国嫦娥卫星播报的照片作假的帖子,说与美国的月球照片相似,而且还刮起了一股风。后来由于采取了比较坚决的措施,科学家在两幅照片上指出了细微的差别,这股差一点泛滥的"月球照片造假"说才消了下去——中国的媒体、网络媒体究竟出了什么问题?

不说了,还是说咱们两个。听了那几个人的故事,我觉得咱们还是挺好的。不光是兴趣与爱好的相同,还有信任与真诚。有些难以表述的,比如气质、性格,这一切,与家庭与文化有关也无关。总之,与你走到一起还是挺幸运的。不是吗?找到一张三年前在五台山拍的照片,发给你。

先说到这里,想你。

幼棣
2007年12月3日

幼棣:

读了来信,有些想笑。生活的庸俗与残酷超过人们的想象。就是爱情这种最美好的东西,也根本经不起金钱的检验。

很多中年人的爱情就是这样,爱是爱,钱是钱,爱是真爱你,柔情似水,如胶似漆,可是你不能花他的一分钱。张爱玲说得好,爱一个人,到可以向他要零花钱的地步,那可真是一个严格的考验。

"真情人物"查了一下,有些已经发过了,最值得做的是天津的那个王贵武拥军的题材。114和网上都查不到电话,我已托天津的作者去问了。这个王贵武是福布斯榜上的富豪,有善良之心,有军人情结,值得做。

现在把查到的资料发给你。

想你。

永存
2007年12月3日

小翟:

你好!

一上午没做什么就过去了。找照片,发现我自己的很少,数码相机是在2002年才买的,那年去了俄国和乌克兰,但内存卡小,主要还是胶片。我多照的是风景。现在竟找不出来,也是与自己样子不好有关。在电脑里翻了半天,把图片发过去,那边又说没有收到。

你走后,家里空空落落了不少,自己感到都有点不习惯了,觉得冷清,也没人可以说话。好像做什么都没有精神。买了电热壶后,连另几个房间都不想去了,而这些自己过去还不大觉得。还是有你在好啊。

我觉得,我们在一起不但过日子,而且还能做不少事情。人的一生职业可能会有好多变动,这就是所谓的工作,但对我来说,变与不变,只有写作是始终的。如果没有遇见你,也不会有知音,一个人的孤旅,现在终于可以两个人同行了。上午发出去的这张照片,你看行不行?前年在达园宾馆写政府工作报告时照的。

还有些事情,先说到这里吧,想你。

幼棣
2008年1月4日

小翟:

你好!

这是新年的第一封信。明天是情人节,这是一早起来看凤凰电视新闻才知道的。在地铁上我就想如何给你写信了。我想情人节,不仅是一般意义上的情人,也应该包括终成眷属的有情人,你说呢?——尽管你明天还可能在网上收到若干没有成本的"玫瑰花",但我写给你的信,对你的祝福,应该是最重要的。

回黄岩老家算起来过了10天,匆匆风雨冻雪,鲜有晴天。大约自己觉得有点意思的只有3次。一是登方山寺,看双塔在湖水中的倒影,九峰山的高处,山上满是冰雪的树挂,景色绝佳。

还有一次是去国清寺和智者塔院。天台山的国清寺,其地位大约相当于佛教中的清华北大。那天雨雪纷纷。虽然过去也去过,但看雪中的国清寺,却是第一次。天台山是与李白、寒山、拾得,以及编写《大衍历》的高僧一行法师等联系在一起的。我到过很多名刹，但就单个寺院来说，国清寺的规模是最大的。电影《少林寺》等好多电视实际上在这里拍摄的。与一般寺院影壁上写着"南无阿弥陀佛"不同，国清寺门前的影壁上写着"教观总持"，而智者塔院的影壁上写着"即是灵山"。智者塔院相当于北大的研究生院，里面没有其他佛像，只有智者的肉身塔。

天台宗是佛教传入中国后，第一个与中国文化相结合产生的宗教流派，早于禅宗、净土宗等，而且深刻影响了日本、韩国和东南亚国家的宗教与文化。我买了《国清寺志》《寒山诗选》等。我想写一篇散文，对这一现象做一些研究。宗教其实并不完全是迷信，更是一种文化与信仰，否则你怎么解释一行法师到天台山来学习天文数学上的计算，《大衍历》第一次测算了地球的子午线，此历法在中国运用了几百年，直到西洋天文学的传进。那时天台山聚集了多少诗人科学家文学家哲学家——现在硕士、博士等论文的答辩，也源于宗教对佛经的宣讲。

雪中寻访智者塔院，厚厚积雪、修竹、雪中的梅花，四顾苍茫，阒无一人的禅院，还是极受震撼的。

再就是与那个收藏家的街头相遇。他送我一幅几年前收藏的祖父论书的墨迹，后来还去他家看了一些藏品。有玉器、佛像、瓷器，但多数还是字画。我对现代国画知道一些，对古画不在行，但对书法比较熟悉一些。对当代名家的作品，如沙孟海还有其他一些人的作品，大抵能看出优劣。名家也不都是好作品，如沙孟海的那个条幅，墨色太浓，往好的说是沉雄，但缺点也明显，就是用笔迟滞、草率。

昨晚回到家里，再看看古代的名家，黄庭坚的名作，不使自己的脑际意象被那些劣作所占。

回到办公室，看到了寄来的书。

一坐，椅子坐坏了——看来不再需要"交椅"了。

想你，想你幸福看电视的样子，还有喝着茶或咖啡。

深深地爱着你。

幼棣

2008年2月13日

小翟：

你好！

今天可以坐下来给你写信了。流水账：昨天给医药报写了篇文章，今天上午交了一份研究报告《防止"一药多名"带来的风险》，还想再写个研究报告。动手写人口计生十七大读本，写三章。他们送来了一箱国家人口与计生研究报告。杭州还来电话，让我给他们题一个书名《春天的故事》，是一本关于深圳几十年发展和深圳一代人命运的书。大约他们觉得我的书法还不错吧。

生活与工作多是琐事，如流水一样，日子就过去了。后天还要去参加文化部厅局长会。

有了点空，整理自己的一些文字，想起宋词，待把旧家风景，写成闲话。

突然想起韩愈说的"五鬼"，即智穷、文穷、学穷、命穷、交穷。

他说的都对，但他没有说财穷，想来韩愈是不缺钱的。

　　好像我们还不至于到这几种都穷的地步，读书学习还是很重要的。昨天下班，顺便到图书大厦转了转，看到了一本书《中国历史地理概述》，翻到了黄淮海平原上包括你的家乡邢台，至今还没有发现新石器时代的遗址，原来黄河在历史时期从河北到苏北平原，呈扇面"扫射"，原始时期人们不敢居住在洪水泛滥的大平原上。

　　北京已经有一些春天的迹象了，天气转暖，地面也似乎有些返潮了。但北方三月无夜雨，不会有"风又飘飘，雨又萧萧"的节令。

　　亲爱的，我们的性格与爱好确实有很多共同之处。在一起生活，在一个屋顶下，共同的话题还是很重要的。喜欢与你一起喝茶聊天，谈新书旧作，谈人生沉浮感受，说不着边际的国内外大事与现实的生活小事。生活得轻松一些，不再有沉重的话题。一个人的全部精力都放在体制里，单位里，如同鸟在鸟笼，叫得最好听也不是自由的。写到这里，想起那天我们在公园里骑自行车的情景，觉得非常愉快。

　　先说到这里。计生委叫我三月两会期间去上海调研，时间大约三四天，我还没有答应。不知你什么时候能来京，我好把时间错开？想你盼你。

幼棣
2008年2月20日

小翟：

你好！

好些日子没有写信了，虽然每天都通电话。写文字需要有一个好的心境，相对能够坐下来，安静地想一些文字，想一些事。

上午去图书大厦时，转了好久，买了一本书《美人如诗草木如织》。这是一本介绍《诗经》里植物的书，还配有植物的照片，作者读诗时的感受。这从小在城里生活的人，可能就没有多少感受了——于是觉得书有点意思。像"桃之夭夭，灼灼其华"，就配有一个大桃子的图片。它就要比一般《诗经》的注要好得多了。我又想，唐诗和宋词里的植物，可就更多，也更有意思了。

——看来，不管做什么，只要角度选得好，就能做出学问，也能做出书来。我原想买张承志的一本散文，是我上次看好了的。其中有一篇提到扁都口，与我正在写的散文祁连山南道，走过的是同一处。后来仔细翻了翻，还是重复得太多。其中十有九都是我在他其他书中见过的，只好放弃了。重复自己，就是编本，也不能一而再、再而三地倒腾旧货啊。

岁月如流，结婚后，生活是平静了些，心里是时时想着你的，在心底里的位置是不能替代的。有什么话，第一个想说的，就是你。还是分别的时候多，"水平天远""短梦依然江表"。

这几天，实在因为写那些文字，把人都搅糊涂了，静不下来。今天补写了这几天的日记，经过时，看到中南海的白玉兰都开始凋谢了。从3月8日那天买武警的那本书，采访，到写两篇稿，也只有一周时间。虽然稿子写得不好，时间短，真正写的也只有三四天，来不及细想。你花了很大的精力去改，辛苦得很啊。

亲爱的，很想你，什么时候能来？确实已经好久没有见面了。

幼棣

2008年3月17日

小翟：

你好！

这篇书评还是写得不错的，不是因为他在说《后望书》好才发给你。我是觉得把握得比较好，行文也比较大气，民间还是有人才的。我是在想，我是不是写得出来？看来那个人看过的书也不少，这评论一共是三部分，其他两部分是评论其他书的。

想你。这些日子辛苦了，肯定比较累，好好休息吧。

虽然是初夏了，北京今天又是刮风又是下雨，又穿上外套了。下午出去买了一只箱子。

幼棣

2008年5月11日

小翟，亲爱的：

昨晚可休息好了？

你父母要在中午才能到家吧？

老人不能再到地里劳动了，劳动了一辈子，也够了，你一定要劝他们想开。自己能行动、能料理生活比什么都好。

这两天一是看汶川地震的新闻,一是不断写有关温州的书《浙江民营经济的社会学调查》。感到生命真的很脆弱,也很无助,人是不能胜天的。都江堰看过好几次,还有杨柳湖大坝的坝址。岷江上都江堰以上修了六七个水电站,其中都江堰以上的紫坪铺水库是150多米高的高坝,正好修在龙门山断裂带上——这次地震就是龙门山断裂带出的问题。现在不能断定与紫坪铺大坝有关,但它诱发的可能也不是没有。就像锁与弹簧,可能哪个地方不小心一拔,弹簧就弹出来了。至少,现在进不去汶川,是与修了电站后,原有的公路没入水中,公路改道有关。不说这些了。总之,老虎头上是不能挠痒的。

昨天听了一场报告,关于隐蔽战线的斗争。说近十年来的间谍多数是自己送上门去的。有好多故事,听得惊心动魄,曲曲折折。除了给钱,就是亲属子女出国留学,提供全部的费用,还有高尚的活动,像打高尔夫球等。有一个人大约可以评为最窝囊的间谍,原是国家机关的重要部门的处长,要把老婆送到国外去留学,人家给他提供了全部费用,还派两个情报人员陪读,轮流陪她上床。最后这处长走上了不归路。

《浙江民营经济的社会学调查》这本书,采访量大,平时抽空采访,先写下来一些,还得看一些必要的书,经验的理论的社会学的,经过自己的分析思考,故事好看,但也得有保留价值。能够作为经典的不多。现在写民营经济的书太多了,大多是人云亦云。

亲爱的,寂寞的时候想你,忙碌的时候也想你。我们在一起时多好啊。

早上起来还写了三张字，抄的都是辛词。晚年辛词很清新、旷达，"憔悴江南倦客""莫思身外"——真是难得的好心情。

先说到这里，想你。

幼棣
2008年5月15日

小翟，亲爱的：

生活与工作真是很琐碎，就像昼夜一样周而复始，忙个没完，使人感到疲惫，特别是心理上的压力。

其实在我的心里盛满一个女人的影子，盛满了对你的感动与感激。即使你已经回到了南方。每天回到空空落落的家中，常觉得你还在身边。早晨起来，一走动，就听到小屋里传来你的喊声。而现在只好自问自答了。

春天快要逝尽时，人的心里就会有惆怅。

坐在那个角落，坐在被你清理出来的沙发上，昨晚我一边剥豌豆，一边看电视。

写纪实稿，有时就像做一种手艺，那是很容易丢失文字本质的，但人有时还得靠手艺谋生。你说呢？

爱你想你。

幼棣
2008年5月16日

附录

怀念幼棣（文章六篇）

翟永存

买面包

幼棣：

　　清明渐近。幼棣，这是你去世后的第一个清明，我是如此地想念你。

　　走在你走了上千遍的小区路上，去你去过上千遍的超市买东西，到处都是你的足迹，到处都是你的笑声，幼棣，让我如何不想你。

　　今晨去味多美面包店。这个店的面包卡还未用完——可能是哪个单位发给你的卡——早晨或晚上散步时，我们常常一起去这家店。你喜欢买瓶装的饼干，我总说太贵了，一小盒要十几元。我喜欢这里的奶油蛋糕。可你血糖高，不能吃。每次你都鼓动我买蛋糕。看着我一边吃一边叹今晚走路白走了，减不了肥了，你就说我得便宜还卖乖。记得有一次，面包工人刚做好牛角包，刚出炉的面包香喷喷的，十元钱买了七八个，回来的路上，我一边走一边吃了三四个。你快乐地笑了。你的笑声响亮、好听，富有感染力。再也听不到你的笑声了，再也听不到你富有磁性的男中音了。幼棣，我愿意用整个世界来换取再听一次你的笑声！

今天，我独自买面包。架子上的塑料盒装的饼干排得整整齐齐，有你最爱买的那儿种。可是，幼棣，你永远走了，再也不回来，即使在这阳光明媚的春季。看了一会货架上的奶油蛋糕，耳边响起你的声音："想吃就买吧。"我叹息一声，没有买。回家的路上，我不会再一边走一边吃。回家？独自一人、没有了你的家还是家吗？眼泪于是就淌下来了。风有点大，迎风走着有些吃力。有你的日子，我是一个孩子，无忧无虑，吃蛋糕吃得满嘴都是白色的奶油。你走后我就老了。老了的我，孤独地走在回家的路上，一边想着你的笑声。风越发大了，尘土满天。桃花在风沙中明艳。这样的日子，幼棣，让我如何不想你！

有一种孤独不能承受

幼棣：

我打算去买双鞋子，可是一想到去商场，没有你陪伴，要一个人孤零零地去，就十分想你。

我们去得最多的是附近的物美和华堂。去物美是买菜，去华堂是买衣服。与许多男人不同，你喜欢逛商场。理由是，夏有冷气冬有暖气，适合散步；看看物价也是了解社会的一个途径。晚上如果不是去花园散步，我们便去逛商场。

幼棣，在你走了半年后，我才鼓起勇气去华堂。生活终要继续，我终要去这离家最近的商场买衣服。我沿着我们一起走了无数次的路第一次独自一人进华堂时，心里很疼很恐惧，一如走上刑场。

商场二楼电梯的沙发上空空的，你再也不会在这里等我——

我们经常分头逛，你去看三楼的运动装，我看二楼的时装。我们约定，如果我先看完就到三楼去找你，如果你先看完就坐在二楼电梯附近的沙发上等我。很多次，都是你坐在沙发上等我。而今，你再不会坐在这里等我了！

二楼一家THEME店撤走了，但我常逛的赛斯特店仍在。每一次，我在赛斯特店挑中了衣服，就让你参谋，你觉得漂亮，我才去买单。在这家店，你帮我挑过几件裙子。其中一件细格连衣裙是我的最爱，每次见我穿它，你都说，"我挑的这件漂亮吧，你说实话你说实话"——只要期望我表扬，你总会说"你说实话"。连衣裙的拉链在背后不好拉，每次穿这件裙子我都走到你身边，转过身，说"老公帮忙"，你就放下手中的毛笔或是从电脑前站起来，认真地帮我拉好拉链。

如今是我一个人逛这赛斯特店。服务员热情地打招呼，还说，你是那个常看好了衣服，让老公参谋的姐姐吧。我心中一阵刺疼，笑容僵在脸上，勉强点点头。她又笑道："你老公今天没来啊。"她说这话全是无心，像是随手把茶杯放在桌上，哪里知道，这杯子重重地放在了我心头的伤口上！我不知如何回答，而且嗓子也突然被什么东西噎住了，说不出话来。售货员又欲聊下去，我逃也似的快步走了。唉，幼稚。我最怕人家问起家人，问起老公。

我失魂落魄地在商场里走来走去，情不自禁地走向三楼。三楼有运动装，我常常逛完时装后到耐克店或李宁店找你。你见了我会说："看中了一件，你看合适我否。"记得黑色、肩上有白道的耐克T恤衫，两百元一件，你一下子买了两件，以至于我现在一想起你的形象，就是你穿这件衣服的模样，潇洒干练、充满朝气。

幼棣，耐克店有新装上市，但你再也不会来买；你喜欢的斧头牌运动装在打折，可是你再也不能来看……

我一点一滴地回忆着我们一起逛商场的情景，失魂落魄地从二楼走到三楼，从三楼又走到二楼。久久地徘徊在电梯边的沙发旁，明知道你再也不会在这儿等我，可我的目光仍一次次落在沙发上。那红色的沙发，像火一样灼疼了我的眼睛……我抚摸着它，这里曾是你坐过的，像是触摸到了你，忍不住泪水如雨……

幼棣，在你走后的3个多月里，我一直没有勇气进物美超市，可日子总要往前熬，我终要去这离家最近的商场买菜买日用品。

几个月未来，商场变样了。原来结账在一楼，现在改在了二楼。我们总是分头逛超市，然后在结账处会合。有一次，我结账后等了半小时，仍不见你。这儿七八个结账口，人头攒动，或许你没有找到我，自己回家了？或许还在为一件东西挑半个小时？越等越气，最后一个人回家。

你没有在家。我回来半个小时后，你才进门，生气地说："你回来也不说一声。"我说："我没有带手机。你又不是望妇石，找不见我，自己回家就行了。"你听了更生气。

后来我们就约定在一楼卖茶叶的地方等。这个地方小，就不会再错过了。

幼棣，茶叶专柜仍在原处，可是我再也等不到你了；海鲜也仍在原处，海虾堆在冰块上，服务员卖力吆喝，一如往昔，我似乎又看到你站在这里买虾买带鱼；书摊仍在原处，你常常站在这里看书，看得很专注，我走到你身边时，你会向我推荐某一本书……

每一次，我挑好商品后，便在一排排的货架中找你。虽然往往要找好一会，但最后总能在某一排架子前找到你，你或者正在挑牛奶，或者正在挑果汁。我走到你身边，你抬头笑眯眯地问，买了啥？又买扒鸡了？一次与东华能源的王总一起吃饭，你说小翟最喜欢买扒鸡，提了扒鸡一进家门，就趴到扒鸡上去啦。大家哄堂大笑。

笑声仍回响在耳边，一排排高高的货架，仍伫立在原处，可是我从第一排走到最后一排，又从最后一排走到第一排，再也无法找到你。我呆呆地站在那里，明知阴阳相隔，相会无期，可仍下意识地抬头在超市熙熙攘攘的人群中寻找你。都是陌生的面孔，再也不见我熟悉的面容！泪水就淌了下来。幼棣你怎么能这样对我，怎么能让我承受这种生离死别的痛苦！

我在超市中漫无目的走来走去，像一个游荡的孤魂，怅怅地寻找你的足迹。灯光明亮，尘世繁华，但我如同坠入黑暗的冰窖。热闹和欢乐是别人的，属于我的只有思念和痛苦。人群的喧闹声似乎很吵又似乎很遥远，泪水模糊中，攒动的人头像是浮在雾中，如同一个个纸片，无数面孔望过去也似乎都一模一样，都是五官不清的纸片。幼棣，万千众生，都是路人都是陌路，他们于我，我于他们，如同这超市里的商品一样，互不关切甚至互不留意——有一天在小区花园里散步，我穿反了T恤衫，花园里有许多人，却没有一个人注意到——能关切能共情的只有你一个人，只有你一个是我的亲人，有我熟悉的笑容，有我喜欢的笑声。可是现在万千人中，我唯一的亲人永远消失了。幼棣，那一刻人群中的我，是如此的绝望，如此的孤独，那是一种痛入骨髓的孤独。真正的孤独不是在寂无一人的荒野而是在喧闹的人群中啊。在这繁华处，在这万头攒动处，我感受到了冷彻心扉的孤独，一种让人绝望的孤独！

幼棣，这样的日子，让我如何不想你！

你独自在照片中

幼棣,我将你的遗像从书架顶上取下,在桌上摆好。你在镜框里望着我微笑,穿着雪白的衬衫,外套黑色马甲,腕上戴着一款漂亮的男式手表。你是如此优雅,气质高贵。记得你到北大演讲时,我帮你搭配衣服,就穿了这套,果然显得儒雅至极。坐在北大明亮的教室里听你精彩的演讲,看着学生们认真提问,我心中非常为你自豪。

你去北大演讲过多次,多是为成人讲课,只这一次,是应未名社邀请,为大学生演讲。时间应该在2013年初,因这次演讲是为推广你的新著《怅望山河》。

我轻易不敢将你这张有黑框的遗照拿出,因为一见它,必要痛哭一场。只在过节或你生日时拿出来,祭奠一番。2015年你生日时，我仍如往年一样，给你包了饺子，放了一碗供在你像前。我端了一碗坐在桌前，陪你一起吃，似乎又听见了你的夸奖："老婆的饺子比饭店的好吃多了！"便觉酸楚难过，泪水大滴大滴落到碗里。双手端着碗，忍不住放声痛哭。幼棣，这样的日子，让我如何不想你！

你独自在照片中，眼神凝望着我，仍是往昔英俊勃发的模样。你走后，我老了很多，头发也白了很多，根根数数，全为君故……"纵使相逢应不识，尘满面，鬓如霜。"

窗外秋风萧瑟，黄叶纷坠。这是你离开人世的第二个秋天。我本来已经习惯了孤独，与朋友说起你时不再哽咽。可今天收拾夏天裙子，将秋装从门上方的柜橱里取出，又忍不住哭了。往年，都是我踩着椅子，你将衣服袋子递与我，一边聊着些闲话。如今再没有人相帮……

又是一年霜降天。找出棉被套被罩。那被罩是我们多年前一起在一个菜市场里买棉布做的，因价格便宜，选了不同的花色，一下子做了好几个。以前每套被罩，我总唤你帮忙，你从书房来到卧室，我用家乡话吩咐"拗住"，你揪住被罩的两个角，也学我喊"拗住"，我笑着又提高声音喊"拗住"，两个人比赛似的，把这"拗住"喊了一遍又一遍，笑了又笑。而今，我一人套着被罩泪就落下来，好一会也套不上。幼棣，这样的暮秋，这样的黄昏，教我如何不想你！

我端出香炉，焚起三根香。袅袅烟雾起了，缓缓升向空中。幼棣，这升起的烟雾必定能让我的思念上达天空，必能使你的在天之灵有所感知。我拿张小木板凳——那是你从商场买来的，平常守着茶几吃饭，你坐在沙发上，我总是坐这小板凳——坐在桌前，守望着镜框中的你。

窗外寒风掠过长空，叶落草折，窸窸窣窣，一如雨声。室内，你独自微笑在照片中。夜已深沉，从中午到现在，我已经陪你枯坐了十几个小时。在这萧杀深沉的秋夜，我们静静地彼此凝望，一如往昔岁月。我伸出手，仔细地抚摸着你的照片，抚摸着你亲切的面容。

你的额头如此宽大高隆，里边蕴藏着无穷的智慧。我深信聪明的人都如你一样有高高隆起的额头；不喜欢额头窄小的男人，只因为你长了宽阔好看的额。你的鼻梁不高，鼻头厚实圆润，据相书上说，尖鼻头的人狡猾，圆鼻头的人忠厚实在。我对此说深信不疑，因为你正是那种心地仁善、待人宽厚的人。

你对我呵护备至。记得一个冬天的早晨，天还甚黑，我早早起床去上班。来到楼下停车场，发现两边的车距太窄，折腾了好一会，无法将车开出。再晚就要迟到了，正急得一头汗，你穿着防寒服、戴着黑毛线帽向我走来。我如遇救星，惊喜地问："老公你怎么下来了？"你说："我一直在窗前看着，没见你的车出来。"那一刻，我满心感动。这就是家人，他会惦记你，会在这么细小的事情上为你操心。你帮我看着车，指挥我如何打轮，见我出错，索性自己从车窗外把住方向盘，帮我将车从缝隙中开出来。你就是这样聪明，不会开车，却知道如何转方向盘方能将车安全开出。那个寒冷早晨的情景至今仍历历在目，穿过岁月的风尘它将温暖我的一生。

你独自在照片中。你的下巴很有棱角，显得刚毅，下巴上长满了硬硬的胡茬。记得我那时还在广州工作,我们还是两地分居。我休假住在北京,因为家里没有双人床,我们分开睡。每天早上等我醒来时,你穿着李宁牌的蓝色运动衣,已在书房里临帖临了一两个小时了。你每天早上六点起床,第一件事就是写毛笔字,然后吃早饭,出门上班。清晨听我醒来叫老公,你便放下笔走到床边,带着一团寒气,抱一抱我,用脸挨一挨我的脸。你的脸很凉,胡茬扎疼了我的脸。问你冷吗,你说不冷。那样雪重霜寒的冬天早晨,那样有力的拥抱令我至今留恋……

我凝视着你的照片。你的嘴巴有漂亮的弧线,十分性感。这是曾经深吻过我、我也深吻过的嘴唇。记得我们第二次见面,已是在通了五六十封信后,二见钟情。在丽江花园我的房子,在那寒冷的冬天,我们一起坐在床上,看你的笔记本电脑。那里边有你出差时拍来的各地照片,有上万张之多,分省分国家建成文件夹。你一一和我分享,说有一天带我一起再去这些地方。这期间,你不停地吻我,我说:"不要再亲啦,嘴唇都被你亲疼啦!"

我轻轻地用手抚摸着照片中你的嘴唇。你曾四处演讲,讲进口药对民族医药企业的冲击,老百姓看病难看病贵的症结所在……有几次在电视上看到你,口若悬河,纵论滔滔,忧国忧民之情,令人肃然起敬……

在这深秋的寒夜,你独自在照片中微笑。你的眼睛非常好看,眼神聪慧、柔和,笑起来时,有点羞涩,有点单纯,有点憨厚。你的聪明与善良,都在眼神中流露。那是我曾经如痴如醉地凝望过的眼睛,那是曾经深情凝视过我的眼睛。我用手轻轻地抚摸着我再熟悉不过的眼睛，我熟悉它们胜过我自己的眼睛。

你独自在照片中。姿势自然，神情潇洒。胳膊支在书桌上，双手交叉放在脸的一侧。那是一双写得一手好毛笔字的手，那是一双写过二十多本书的手。那是我走路时经常握着的双手，那是曾紧紧地环抱过我的有力的双手，那是曾经为我做饭洗衣的手。我一周有两天即周二、周四上班，下班回到家，一推门，必是满屋饭香。进门的第一句话便是，"老公，谢谢你给我饭吃，我感激不尽。"若是我下厨，你必然也说，"老婆，谢谢你给我饭吃，我感激不尽。"咱们家以你做饭为主，我一直以为你喜欢做饭，后来听你姐姐说，你在与我结婚前从不做饭，那一刻，满心感动。

你独自在照片中微笑，那笑容优雅宁静。一起生活多年，我从未见过你有愁眉双锁的时候，从来都是谈笑风生。我本不是个性格乐观的人，但自跟你生活在一起，也经常开怀大笑。你经常出语惊人，机智幽默，令人捧腹。朋友吃饭，餐桌有你必定笑声不断。有一次在方山顶上，博士请我们吃饭。众人举杯之际，小朋友嘴里啃着小勺子，你说："小朋友最可怜，只有勺子可吃！"大家哄堂大笑。

在黄岩，朋友带我们去一家名叫老扁的餐馆，菜好吃，价格也不菲。王伟要请你到老扁吃饭，你坚持要去他弟弟开的小餐馆。饭后，你对王伟弟弟说："菜比老扁的还好吃，我要给你写个匾挂在门上，'掮老扁'！"大家大笑，王伟弟弟高兴地说，好，好。

就是夫妻过日子了，你也总逗我笑。一次，喝正山小种红茶，也不记得你又说了什么聪明的笑话，我笑出了眼泪。以至于现在一喝这茶，就想起当年笑得肚疼的情景。和你在一起的日子，非贵非富，但却快乐无比。

2014年5月，你在阜外住院做支架时，病房里，我把三个椅子拼起来挨了一夜，硌得背生疼。后来我说："我为你睡椅子，以后我病了，你能照顾我吗？"你认真地说："你为我睡椅子，我为你睡铁丝！"幼棣，奈何言而无信，铁丝尚未睡，你就这样丢下我走了！

你走后，我常常痛苦困惑。一个大活人，一个生龙活虎的人，怎么会永远消失了？！为什么是永远？永远是多远？

我对父亲说，我想不明白幼棣为何永远消失。那一年父亲87岁，白发人送黑发人，显得很衰老。他叹口气说，人死可不就是永远走了。我哭了，我能接受他消失，因为他会出差，但不明白他为何是永远消失。要知道，这么多年来，他天天坐在家里的桌前，天天坐在沙发上。我下班回来，敲门，他必定开门，除非他出差了，出差便有电话打回家。他陪了我那么多年，朝朝暮暮，形影不离，一起买菜做饭，一起散步聊天，一起和朋友会面，一起逛商场买衣服，一起回黄岩老家。可是有一天，他却突然不见了，他的书还在书架上，他的衣服还在衣柜里，他的书法还挂在墙上，桌上是他的电脑，抽屉里是他的移动盘，他的笑声还在屋内回荡；但是，他却永远也不再回来，他那么爱写作，却不会再将未竟的书稿写完。一个朝气蓬勃的人，一个笑声爽朗的人，突然永远消失了，他怎么能永远不回来，不是很奇怪吗？我百思不得其解！

你买的花仍在窗台上，兰草仍然枝叶繁茂，悬结了许多小吊兰，从窗台上成串成串吊下来。还有一盆是仙人掌，是我们从回龙观回来的路上，逛一个卖花的批发市场买来的。它仍开着红色的花朵,美艳至极。"一朝春尽红颜老,花落人亡两不知。"奈何春未尽,花未落,人已亡!

草木无心且无情,岁岁年年,春来发花,秋来摇落,虽是一岁一枯荣,终能荣后又枯,枯后又荣;树木苍老了,柳老不吹绵了,仍能静守一个个黄昏,静望一回回圆月。就是死了,还有木头,还有迹可寻啊。便是一块土坯,坏了烂了,土泥仍在,并不曾消失。奈何你一旦离去,便化为异物,境况不及草木!不要残忍地说到骨灰,树与枯木差别不大,土与泥坯本乃一物,聪明如你,博学如你,善良如你,风趣幽默如你,与这骨灰怎有关联?有谁见过,一座高山成了一粒灰尘?一条大河成了一缕青烟?

你独自在照片中。再也不能陪我聊天,再也不能给我讲笑话,再也不能为我做饭。只留下我一人,孤独伤感地回忆当年的快乐和笑声。当初有多少甜蜜,现在就有多少痛苦。佛祖是如此刻薄吗?只因为曾幸福,所以就得被打入十八层地狱备受煎熬?幼棣,你告诉我!

因你走了,我对死再无所恐惧。想到死后说不定能与你重逢,便觉得未尝不是一件幸福的事儿。

黄泉路上,亲爱的,假如你见到我,一定要相认。我愿意下辈子仍和你做夫妻,生生世世,直到永远。

到哪里去找你

幼棣,为了散心,前一段去了趟广州,回了丽江花园的家。

在丽江花园住了十几年。刚来时院里树木尚小,现在都长成了参天大树,翁翁郁郁的,遮住了阳光,阴凉黯淡,不似往昔干净明朗。进得星海洲大门,绿树环绕着一个池塘。心里一阵疼痛。想起来有一次,和你一道在这里放生一条鱼。那条鱼本是养在鱼缸里,吃污泥,可以清洁鱼缸,所以被叫作清道夫。当初买鱼时买了一对,后来,那公的清道夫长得个子很大,模样丑陋,看了觉得害怕。你来广州时,我央你帮我捉了这条鱼扔到小区的池塘。可是,半个月后,留在鱼缸里的那条母的清道夫,竟然死掉了。它是抑郁而死吗?它是相思而死吗?它是孤单而死吗?它也有情有爱吗?鱼都需要一个伴儿,况人乎?幼棣,你走了,丢下我一个人，孤孤单单，教我如何活下去？

开门进屋，禁不住一阵伤感。半年前，我们一起来过广州，屋里晾着你的毛巾，还有你的内衣，还有你的袜子，像是你不曾离去，像是你即将归来，像是你出差远行。床前的塑料箱，放着你的休闲装，箱里全是你的衣服；箱上是一份材料，那是你帮广东智库写的一份报告。打印的稿件上，有你手写的几行字。凝视着那清秀潇洒的字迹，忍不住眼泪滚落下来。叹息着，将这份有你字迹的文件放到一个纸袋里，珍重收好。即使你多年前的体检表，因上面有你手书名字，也珍藏起来。看到你的字，似乎能看到你当时的感受和情绪，墨迹未干，似乎是你放下笔，刚刚转身出去。这是读你的书、读那些铅字时所没有的亲切感受。

在广州住了两夜，竟夜夜梦见你。有一次，紧紧抱住你，如此真切地感受到了你温暖的体温，感受到了你滚热的泪水滑落在我脸上。我说，老公，这次是真的找到你了！你的手指轻轻拂过我的长发。惊惧梦醒，脸上热泪仍在。室内一片寂静，窗外皓月在天。夜风飒飒，掠过树梢。幼棣，那是你的灵魂飞过？起坐徘徊，叹息再三。斯人已逝，永无归期！

丽江花园被丽江环绕，沿河是条石子铺就的小路。每天傍晚，我们在江边散步。累了坐在石椅上看江水浩荡，看隔岸灯火如同天上繁星。江水滔滔，不舍昼夜，岸上紫薇花又开，又是一年夏天。依旧是曲径通幽，花开缤纷，依旧是石椅静伫，似待人来。幼棣，可你永远归去，永不会再来！

去我们经常买菜的菜市场，找不到你；去一起喝过许多次早茶的饭店，仍寻不见你；去我们天天买东西的超市，人头攒动，热闹非凡，我的目光在人群里搜索，仍是没有你。商场的一角是酒的货架，你曾蹲在这儿挑选黄酒；那边玻璃柜台里的剃须刀，你曾买过五六个。我抱怨说："怎么又买？"你说："不用你管。"自顾自地认真挑选。我站在柜台边，久久地凝视着那些剃须刀，心里阵阵作痛。

路过小区的书店，忍不住进去，呆呆地站在书架前。你最喜欢丽江花园的地方，便是它有几家书店。你说，北京的小区到处是小饭店，没有一家书店。常常下楼散步或买菜时，你就拐进了书店，半天也不肯出来。我催得急了，你会没好气地说："你先走，不要等我。"看到好书，会记下书名，让我到网上去买。也有几次，因为想立刻读，就在书店买下。这书店曾留下过你的踪迹，留下过你的气息。架上的书，哪些是你抚摸过的？哪些是你目光停留过的？我在书店一楼站了一会，又走到书店二楼，似乎上楼就能找到你，一如从前那样，站在你身边，轻声问："看中了什么书？"你快乐地说，这一本，还有这一本。

我徘徊在书店里，也不知过了多久，直到店里打烊，直到店员说要关门了，才如梦初醒。怅然下楼，怏怏而去。星光满天，夜风如水。幼棣，告诉我，到哪里才能找到你？

无数张车票都为逃离

幼棣,住在我们一起生活了多年的房子,睹物思人,日子难熬。拉开抽屉,是你的名片;打开书柜,书大多是我们一块买来;电脑里是你未写完的几部书稿;厨房里是你买的好几袋木耳,因为木耳能降血糖,你一度以坚强的毅力,顿顿吃一碗木耳;打开冰箱,里边有巧克力,那是你去台湾时给我买的礼物。旅游买的东西叫纪念品,的确,看到一件东西,当时的情形、场景全浮现出来,东西只是触动记忆的开关啊。

你用过的每一件东西,有关你的一切,在不经意间看一眼,就会像刀割破伤口一般痛疼。整理衣柜,有几条新毛巾,是我们从鄂尔多斯买来的。想起你带我和车总一块去白城子、老牛湾旅游的快乐日子;抽屉里有张收费单据,是急救车费用,那红色的纸片如火一样烫了我的手,你入院当天的情形像电影回放一样一幕幕浮现在眼前……看到一件风衣,是在太原买来的。你当时嫌贵,我见你的确喜欢,就说:"买吧,你不就这点爱好吗?想穿就穿,人生苦短。"唉,一语成谶。今晨看见你的棉线秋裤,将它紧紧抱在怀里,似乎这样就能感受到你的体温,似乎抱着衣服就是抱着你。

朋友劝我换个地方住,可是,租房也很麻烦。再说,有家不敢回,心情就能好吗?

在家伤心,出去走走吧。可是,走路却成了专注想你的时光。

以前你在世时,我们散步经常一前一后,一路似也无话可说。当然有时候也聊聊形势。而今散步,我却一刻不停地在心里与你说话。路过某个小店,某个石椅,某块草地,就想起与你一起走过此地的情形,脑海里像放电影,一幕幕的,全是你的音容笑貌。其实都是再寻常不过的生活细节。我想不明白,当年你如何向我求婚这样的大事,竟如年代久远的魏碑石刻,风剥雨蚀,漫漶不清,但为什么你离世后,有关你的柴米油盐生活琐事,竟如刀刻石板一样清晰,再不会被岁月风沙遮盖?是失去了的才珍贵,还是思念和痛苦是生活底片的显影剂?

走过小区图书馆,我们曾一起在这里借书。你选的什么书目全忘了,但你站在书架前专注地看书的神情模样,历历在目。你走后我再也没来过这图书馆,借书证也不知道放哪里了。

小区主路上有一家东北菜馆,这里的猪肘子26元一份,非常划算。朋友来了,我们就到这里吃"京城第一肘"。有几次是和王永生一起来的,他带着老婆孩子,大家聊得热闹极了。每次路过这小店,心里都难受至极,都张望那张我们常坐的桌子,靠墙一排，倒数第三桌。没有你，空空的。有一次和朋友吃饭，进了这店，坐了我们常坐的桌子。有那么几分钟，恍惚中觉得你一定会走过来，会笑吟吟地和朋友打了招呼坐下。突然意识到你永远走了，顿觉惊惧绝望。幼棣，多么希望能再听到你说话，再听到你爽朗的笑声啊。

小区的超市，是去得最多的地方了。2014年冬，夜里下来散步，你有时觉得心脏不舒服，说天太冷导致血管收缩之故，于是走到这小超市，暖和一会，果然就好了，便接着散步。我几次说去医院看看吧，你说，支架也做了，再看又怎样。催得紧了，你就生气，说："我自己的身体自己知道，天暖时就好了。"春天来时，果然好些。但很快，4月23日住306医院，5月4日出院，5天后又急救送至阜外医院。6月3日你匆匆走了。现在回想，那个冬天已是凶兆四伏，却竟然没有早住院！每念及此，痛悔万分，然噬脐莫及也。家里大小事儿都是你做主，便是我自己的事儿，也于你言听计从，你不肯住院，我又能奈何！但我仍不能原谅自己！

小区的花园，是我们天天散步的地方。花园里树木高大，花草繁茂。花园的中心，环绕着一片竹林、松树、草地的是一条水泥铺就的健康步道，长500米。我们俩都属于书呆子，在这小区住了两年，不知有这个所在，天天都沿马路散步，汽车多灰尘大，我一边忙忙地走，一边要留心你的安全。你高度近视看不清路上垂得很低的电线，也看不见路上的沟坎。发现这条跑道后，我们就天天进花园，你散步，我跑步。跑道上迎面遇见你，穿着黑色羽绒服，戴着黑色毛线帽子，不徐不疾地走着，安详淡定。我有时与你开玩笑："朱老师好！""朱老师你散步啊。"你常常走几圈后，坐在跑道边的一个花坛的水泥台上等我。我跑过这水泥台时，见你坐在那里，静静的，在沉思什么。跑步结束，便陪你坐一会，聊一会，然后相跟着回家。

你走后，整整半年时间里，我一次花园也没敢去，怕的是在你等我的水泥台上，找寻不到你的身影。直到半年后，终于鼓起勇气进去。正是暮秋，杨树在秋风中哗哗地响着，黄叶遍地，寒蛩鸣声凄切。我沿着步道走，一时恍惚，觉得在拐弯处一定会遇到你。走到你常坐着等我的地方，水泥台上空空的，花坛里草萎花落，一片萧瑟。我两腿发软，再也没力气走，在水泥台坐下，挨着你平日坐的地方，一如往常那样。

一轮明月悬挂在辽阔的天宇，碧蓝的天空上，白云缕缕。幼棣，你的在天之灵能看到我的思念我的痛苦吗？你走后，我就开始相信有灵魂了，只有相信，才觉得能喘过气来，才觉得心疼得没那么厉害。虽然生死相阻，阴阳相隔，虽然爱人化为异物，但是亲爱的，你的在天之灵，必在这云端深情地注视着我，陪伴着我。

我和永生都相信那天的旋风是你的灵魂。我们在繁华热闹的北京，费尽周折，找到一个行人车辆少的十字路口焚烧衣物，为的是方便你的亡灵来取。蹲在十字街头，一件一件烧着衣服、纸钱。火苗乱窜，像蛇一样噬咬着我的心脏。永生念叨说："大哥，来取钱吧。"一语未完，果真起了一个小旋风，旋着黑色的灰烬，旋到我身边，围着我转了五六圈，又旋过永生那边，低回不已，似有无限眷恋。永生说，这便是大哥的魂。幼棣，那一定是你。

今夜，当我坐在花园的水泥台，秋夜寒风中思念你时，你的在天之灵可也想念我？也不知坐了多久，霜冷露重，直到抵不过浸骨寒意，才起身回家，一边说"幼棣，我们回家吧"，一如从前。

在你离世的半年内，每个周末，我都回邢台老家。如果周末我一人在北京，会疯掉的，会被无边的痛苦吞没，会陷在痛苦的沼泽里无以自拔。地铁火车，风中雨中，无数张车票，无数次奔波，只是为了逃离，要逃离处处有你遗踪的地方，要到一个你未去过的地方，如此，才能喘过气来。

可是，在邢台与父母聊天，不上三句，又聊到你。有一夜我梦见你两次，早晨说与父母，母亲说："我也梦到幼棣，他说进不了门，我就帮他开了门。"幼棣，一定是你来看我了。

今天从邢台返京。在火车站先坐七号线，后去换五号地铁。见"开往天通苑"几个字就觉得亲切。往这个方向坐地铁，就到了家，家里有你在等候。很多次返京，一推家门，满屋的菜香，你已将饭做好了。有时夜里八九点才到家，火车上打电话嘱咐你先吃，但到家后，你总是抱怨："这么晚才到，饭都凉了，我也饿坏了。"

如今归家，再无人等。夜色寂静，仰望楼上，家的窗口一片漆黑。在黑夜里为我亮着的那盏灯熄灭了，不再有一个好男人在灯下守候，眼泪就如断线的珠子般滚落下来。来到门前，突然不知钥匙放在何处，心里一阵恐慌。以前，不用担心，先生在家。而现在，就算能打开门，空荡荡的房子，叫家吗？

找到钥匙，将它插进锁里，心里突然无端生起希望。希望你曾来过，回过家，希望一开门，就能感到你来过了，哪怕你的魂魄来过也好。进了门怅怅四顾，走到书房，走到卧室，自言自语："幼棣，你回来过吗？你一定想念我们的家。"

在北京睹物思人，逃回邢台也伤心凄凉。我去了一趟美国，异国他乡，或能不再触景伤情。一天傍晚，坐在宾馆的阳台上，忆起我们一起长沙旅游时，有一天傍晚坐在阳台上看火红的晚霞。

秋风刷啦啦地吹着落叶。异国的天空，风冷云暗，雁过长空。记得你给我的情书上写道："在旅馆房间里都能够听到雁叫声。我于是就起来，迎着寒风在旷野上游逛。芦花泛白，衰草瑟瑟，云压得很低，大雁飞得更低，从头上不紧不慢地飞过。总有一只两只孤雁，叫声特别地凄切，从林梢或屋后飞来。"幼棣，我就是那只孤雁。

从夏到秋，从秋到冬，从冬到春又到夏，又是一年秋，我仍然沉浸在痛苦中，哭得眼睛都疼了。

朋友劝我振作起来，说我不能为逝去的人活着。我也劝自己，难道我的价值就是思念你吗？难道我自己的生命就没有意义了吗？那个四处采访、写出获奖作品的女记者哪里去了？那个在报纸上开专栏的女作家消失了吗？可是，这痛苦的沼泽无边无际，我怎么也走不出来；这漆黑的黑洞深不见底，我怎么也爬不出来；这无数思念像无数绳索，捆得我几乎窒息。唉，幼棣，夫妻本是两条线编成的绳，你绞着我我绞着你，欲要割断你这根时，早已先伤了我。想起那首《你侬我侬》："你侬我侬，忒煞情多……把一块泥，捻一个你，塑一个我，将咱两个，一齐打破，用水调和，再捻一个你，再塑一个我。我泥中有你，你泥中有我，与你生同一个衾，死同一个椁。"现在，你碎了，我如何能完整？如何能完好无损？

教我如何不想你

　　幼棣，你走后我独自沿着我们一起走过千遍的路去买菜。这是一条伤心路。

　　到了菜市场，看到萝卜发呆，这是你爱吃的，见了白菜叹息，这是你喜欢的。菜摊上芥菜青青，你最喜欢做清炒芥菜，原汁原味，有点淡淡的苦。看见茭白，更是伤感。这是你老家浙江常见的菜，你小时候曾经种过。甜豆颜色碧绿，粒大饱满。番茄煮甜豆，我们百吃不厌。你经常一边看新闻一边剥甜豆。我从厨房洗碗出来，看见这温馨场景，总打趣道："阿毛剥豆哩。"我前天买了些甜豆，夜里一边看电视一边剥。一粒，一粒，又一粒，像以前幸福的日子一样数不清……

　　正是五月，菜摊上有刚上市的杨梅，那红艳欲滴的果实刺疼了我的眼睛。这是你唯一爱吃的水果。你常感叹北京的杨梅不如家乡黄岩的好。好在每年这时都有老家朋友整箱寄来。你大吃一顿,余下的洗净加白糖,放到高粱酒里腌制杨梅酒。夏天吃饭时喝一点,可以消暑。你走后,阳台上两大瓶杨梅酒再也未动过,落满灰尘。

菜市场的第一家,是一对夫妻经营。每次路过,都觉得心里疼痛。初冬时分,我和你常从这家买过冬大白菜,六毛五一斤,一百多斤够吃一冬天。有时是卖菜的女人推着车帮我们送菜到家,有时是她丈夫送。他们养的那条小黄狗,必定跟来,蹿前蹿后,兴奋至极。你走后,每次路过这菜摊,看着那些绿色的大白菜——你称之为青口菜,认为它比叶子白的白菜好吃——就心酸难过。

每次菜市场走一趟,都像受了一次酷刑,千疮百孔的心,又遭重击。

提着菜,缓缓走在槐荫下的人行路上,回忆着以前一起买菜的幸福。其实也很寻常,我前边快走,你后面慢跟。经常一回头不见了你,原来走到马路对面去了,也不说一声。追上去埋怨你一句,又提醒你小心路边只有半人高的电线。你高度近视,走路爱沉思,我不能不操心。

如今我独自走在回家的路上,想象着你跟在身后。有几次,明知道不可能,却还是忍不住回头张望,没有你的身影,又下意识地看马路对面,都是行色匆匆陌路人,再也寻不见你。心中一阵绝望——你是真的走了,幼棣!

走到小区的地下通道,想起你最后一次买菜的情形。那是个周四,我下班开车进了小区,好一会才将车停好。抬头见你站在通道边,正望着我。我惊喜地说:"老公,你看见我了啊!"你说:"我看了你好一会了。"这是你最后一次买菜,此后的第三天,就半夜急救送至医院。现在回想起你当时的模样,夕阳照在脸上,你的表情有些忧郁,有些伤感。这地下通道从此成了我的地狱,每次走过,都似万箭穿心。

提了菜穿过地狱,孤零零地回家。开了门,屋里空空荡荡的。

进了厨房,柜里是你未曾吃完的罐头、黄花菜、鸡精、黄酒、陈醋——你喜欢逛超市,这些东西总是买一大堆放着。柜里有一个懒汉锅,白色的锅盖底圆口尖,高高的像个小丑帽子。你总是把土豆和洋葱放进去,盖上盖子,因为密封好,不用翻搅,火候到了开锅盛菜就行,所以称懒汉锅,你走后我再也没有用过,上面满是灰尘。

每次进厨房,心情都十分灰暗。一做饭就想起你站在厨房忙碌的样子,想起以前分工合作,我洗菜,你掌勺,两个人说说笑笑。醋熘绿豆芽是我的拿手菜,诀窍是断生就关火,关火后溜锅边放醋。你总夸奖说脆嫩味也鲜。你走后这菜我怎么也做不好。炸带鱼你做得好,颜色金黄,外焦里嫩。每次带鱼尚未炸完,你一定要夹几块让我先吃。我大呼好吃,你高兴地说:"再来一块,再来一块!"在这个世界上,关心我吃多吃少的,除了父母,便只有你一个人了。你走后,有一天食堂里炸带鱼,对着那菜,胃里满满的,勉强吃了几口,胃疼了一个下午。

你最爱吃我包的饺子。你走后我从未包过。前几天包了一次,调馅时忆起,你喜欢往肉里放点虾皮;煮饺子时伤感,以前总是我包你煮。有一次你将饺子煮破了,我叮嘱说,水开了才下饺子,一边要用勺搅动。以后你每次煮我都做技术指导;端饺子上桌,又拿了两双筷子……

厨房是不折不扣的刑场。你走后我很少做饭，小区的快餐馆，从东吃到西，再从西吃到东。以前两个月的煤气费是80多元，现在只有4块钱。

今天我一个人做菜，厨房里冷冷清清。做做停停，不时怔在那里出神。

做好饭，端到餐台，想起这是你喜欢的炒蛏子，又守着那盘菜发呆。"羹饭一时熟，不知贻阿谁"！

出版后记

朱幼棣被吴晓波称为"士大夫式的传统知识分子",是一位真正心怀国事、心系民生的记者、学者。曾出版人文环保啼血之作《后望书》《怅望山河》、聚焦医疗改革的问心之作《大国医改》《无药》等一系列掷地有声、震撼人心的巨著,以其丰沛的专业知识、详备的调查结果,追思历史,剖析时事,为读者打开了新视野。

2015年朱幼棣先生谢世后,遗孀翟永存女士表达了出版两人往来邮件的意愿,于是便有了《山河尺素》一书。

希望本书能让更多的读者理解这位夙夜忧叹的知识分子,了解这位品位高妙、情怀悠远的谦谦君子日常生活的所思与所感。

服务热线:133-6631-2326　188-1142-1266
服务信箱:reader@hinabook.com

后浪出版公司
2017年7月